我、六道《りくどう》を懼《おそ》れず【立志篇】(上)

真田昌幸 連戦記

海道龍一朗

PHP
文芸文庫

○本表紙デザイン＋ロゴ＝川上成夫

我《われ》、六道《りくどう》を懼《おそ》れず【立志篇】(上) 真田昌幸 連戦記 目次

本文絵図――山下正人

〔下巻目次〕

我、六道《りくどう》を懼《おそ》れず【立志篇】（上）

真田昌幸　連戦記

序

蒼天。新緑。そして、火焔《かえん》。

まるで真昼の山火事でも起こったが如《ごと》き壮観だった。

真田源五郎《さなだげんごろう》は思わず足を止め、その光景を見つめる。

——ああ、なんと綺麗《きれい》なんだろう。

童《わらべ》は眩《まぶ》しげに眼を細め、立ち竦《すく》んでいた。

その背後へ、もう一人の童男《おぐな》が近寄ってくる。

こちらは同じ子供でも、源五郎より遙《はる》かに軆《からだ》が大きい。

二人の面立《おもだ》ちはよく似ており、どうやら、少し歳の離れた兄弟のようだった。

「どうした、源五郎?」

真田徳次郎《とくじろう》が眉《まゆ》をひそめて訊《き》く。

一緒に遊んでいた弟が急に動きを止めたので驚いていた。

「兄者、あれを見て! 山が燃えてるみたい!」

源五郎が小さな手で山間《やまあい》を指差す。

「おおっ……」

兄の徳次郎も額《ひたい》に手を翳《かざ》し、斜面《しゃめん》を見上げる。

「つつじの花か。今年も咲いたのだな」

燦々《さんさん》と降り注《そそ》ぐ清光の下、生《お》い茂る若葉の間に、鮮《あざ》やかな朱色《しゅいろ》の花が咲き誇っていた。

信濃国《しなののくに》小県郡《ちいさがた》にある真田の里には、立夏の候を過ぎて皐月《さつき》を迎えると見事な躑躅《つつじ》の花が開く。

その繚乱《りようらん》は山躑躅だけでなく、花弁《かべん》の大振《おおぶ》りな蓮華《れんげ》躑躅の群生も混じり、まさに火焔の如く見えた。

「昨日は雨ばっかり降って、花なんか咲いていなかったのに……」

源五郎は不思議そうな顔で辺りを見回す。

「何を言ってるんだ、源五郎。雨がたくさん降った後に、お天道様《てんとう》が顔を出したから花が開いたんじゃないか。いいか、あの四阿《あずまや》のお山は、雨の神様《ののさま》なんだぞ」

兄の徳次郎は遙か北東にそびえ立つ山影を指差す。

そこには、信濃と上野《こうずけ》の国境をなす四阿《あが》山があった。

この峻峰《しゆんぽう》は古来から水分《みくまり》の御神体と崇められ、里の中央には四阿山を源《みなもと》とする神川《かんがわ》が悠々《ゆうゆう》と流れている。

周囲の山々からも角間《かくま》川、傍陽《そえひ》川、洗馬《せば》川が合流して千曲《ちくま》川まで通じているが、地の者たちは神川の本流だけを御手洗《みたらし》の水と称《たた》え、他の川を俗水と呼んでいた。

真田の里は周囲を険阻《けんそ》な山岳に囲まれた狭隘《きようあい》な盆地だが、水利に恵まれた土地は決して貧しくない。それもみな、水分神《みくまりのかみ》である四阿山の恩恵があってのことだった。

「そしてな、山家《やまが》のお社《やしろ》に祀《まつ》られているのが、大地の神様なんだ」

兄が言ったように、この里には延喜式《えんぎしき》の神明帳《しんめいちょう》にも名を連《つら》ねる山家神社があり、産土神《うぶすながみ》として大国主命《おおくにぬしのみこと》を祀っている。それゆえ、ここは山家郷とも呼ばれていた。

「源五郎、その神様たちがおわして、お天道様がお恵みをくださらなければ、つつじの花は咲かないんだぞ」

この年で齢《よわい》十一となる徳次郎は、母に教えられてきたことをそのまま弟へ講釈《こうしゃく》する。

四つ年下の源五郎は、兄の話にじっと耳を傾けていた。

「真田の里はな、山に棲《す》む神様たちに守ってもらっているんだ。だから、ちゃんとお祈りをして、感謝しなければいけないんだぞ。それで、神様がおわす処《ところ》を、ええと……。なんだっけ、ええとぉ、か……」

父に教わった難しい言葉を、徳次郎は必死で思い出そうとする。

「……かんなび、だ！　源五郎、神様のいるお山を、かんなびと言うんだぞ」

「かん、なび……。かんなび……」

これまでに聞いたことのない響きを持つその言葉を、源五郎は忘れないように何度か呟《つぶや》いてみる。

神奈備《かんなび》とは、神々の依代《よりしろ》となる神籬磐座《ひもろぎいわくら》、つまり、神木や巨石などを有する霊場のことである。

四阿山を始めとする山々は、まさに神奈備と呼ぶに相応《ふさわ》しい風情《ふぜい》を備えていた。

その証左に、ここは修験道《しゅげんどう》の霊場であり、諸国からの行者《ぎょうじゃ》が集まってくる。

起源は遙か古《いにしえ》の奈良朝にまで遡《さかのぼ》り、白山《はくさん》への信仰を創始した泰澄《たいちょう》の弟子、浄定《じょうちょう》行者が白山比咩《しらやまひめ》神社より伊邪奈美命《いざなみのみこと》と菊理媛神《くくりひめのかみ》を勧請合祀《かんじょうごうし》し、四阿山に奥宮《おくのみや》を建立《こんりゅう》したことに始まるという。以来、日《ひ》の本《もと》諸国の中でも有数の得験《とくげん》修行の場となった。

それゆえ、ここに棲む一族は、修験《すげん》僧《ざ》や山の者たちと深い繋《つな》がりがある。ただの辺鄙《へんぴ》な集落にしか見えない地が、古《いにしえ》から実に多くの因縁《いんねん》を持っていた。

そして、真田の里は摩訶《まか》不思議な験力《げんりき》に守られてきた土地でもあった。

「どうだ、わかったか、源五郎」

兄は得意げな顔で笑い、偉そうに胸を反《そ》らす。

「……うん」

弟は小さく頷《うなず》いた。

「うん、じゃなくて、はいだろ。ちゃんと教えてやってるんだから」

「……はぁい」

「よし。じゃあ、続きをやるか？」

徳次郎は菖蒲《しょうぶ》の葉束《はたば》を持ち上げて言った。

これまで二人は、剣術遊びをしていたのである。編《あ》んだ菖蒲の葉を刀に見立て、二人で打ち合い、先に切れた方が負けだった。

「あっ、ちょっと待って、兄者」

源五郎は額に手を翳し、再び色鮮《あざ》やかな山々を見回す。

それから、四方を向いて何度も頭《かぶり》を振った。

「なにを、やってるんだ？」

兄は顔をしかめて聞く。

「えへへ……。かんなび」

弟はもじもじと軆をくねらせながら答える。

「かんなび？」

「うん。兄者に勝てますようにと、神様たちへお願いした」

「ああっ！　ずるいぞ、源五郎！　教えてやったことを、すぐに使いやがって」

「だって、兄者が強すぎるから……」

「えっ⁉　……そうか？」

「……うん」

「なら、仕方ないな。神様は、おまえの味方でいいよ。よし、じゃあ、勝負だ」

徳次郎は編んだ菖蒲の葉を持ち上げ、構えを取る。

「こい、源五郎！」

「えいやっ！」

源五郎は真剣な面持ちで菖蒲の葉を打ち込む。

童たちの潑剌《はつらつ》とした気合が、瑞々《みずみず》しい山間にこだまする。

二人の頭上には、翳《かげ》りなき天日が輝いていた。

暦《こよみ》は天文《てんぶん》二十二年（一五五三）の五月五日を示し、尚武《しょうぶ》の節供《せっく》を迎えた真田の里は生気に満ちている。

源五郎、齢七の眩《まばゆ》い初夏であった。

後に元服して真田昌幸《まさゆき》と名乗る童は、後世に稀代《きたい》の謀将と呼ばれるようになる己《おのれ》の宿命を、この時はまだ知る由《よし》もなかった。

そして、この日が幼き身空にとって試練の旅立ちになるということも。

第一道

近習

武士《もののふ》の世となってから五月五日は尚武《しょうぶ》の節供《せっく》とされ、男子《おのこ》の祝会《しゅくえ》となった。

真田《さなだ》館にも六連銭《りくれんせん》の旗幟《きし》が立てられ、先祖伝来の鎧《よろい》が飾られていた。

この日は男衆に酒肴《しゅこう》の馳走《ちそう》が振る舞われ、時に童たちへは大好きな甘物《あまもの》が与えられた。

真田源五郎《げんごろう》は縁起《えんぎ》の良い粽《ちまき》を食べた後、大好物にかぶりつく。

「兄者、甘いね」

餡《あん》を挟《はさ》んだ餅《もち》である。

「おお、旨《うま》いな」

兄の徳次郎《とくじろう》も両手にもった餅を交互に頰張《ほおば》る。

普段ならば「行儀《ぎょうぎ》が悪い」と叱《しか》られるところだが、尚武の節供だけは童たちの無礼講《ぶれいこう》だった。

古《いにしえ》より陰陽道《おんみょうどう》においては、偶数の日が気の昏《くら》い陰《いん》、奇数の日を気の晴れる陽《よう》と見る。しかし、たとえば三月三日など奇数の重《かさ》なる日は、陽の気が強くなりすぎるため、かえって不吉となり、祓《はら》えが必要だとされていた。そのため、縁起の良い季節の植物や供物《くもつ》を捧《ささ》げて祝いの会を行なう。それが一年に五つの節供となった。

元日過ぎの一月七日は、人日《じんじつ》の節供として獣《けもの》に至るまでの殺生《せっしょう》を慎《つつし》み、七草《ななくさ》を入れた羹《あつもの》などを食べて壮健を祝う。羹とは、汁の熱い吸物《すいもの》のことである。

三月三日は上巳《じょうし》の節供と呼ばれ、桃の花が咲く季節であることから、曲水《きょくすい》の宴《うたげ》を開いてこれを愛《め》でる歌会などを行なった。宮中では雛《ひいな》あそびが行なわれたことから、いつしか桃の節供は女子《おなご》の祝会となった。

そして、菖蒲《しょうぶ》の生い茂る五月五日は端午《たんご》、あるいは菖蒲の節供と呼ばれていたが、上巳が女子の祝会となった頃から男子の節供とされるようになった。菖蒲の葉は剣《つるぎ》の形に似ており、文字通り「しょうぶ」という響きが尚武に繫《つな》がることから、特に武門においては童が立派な武士になれるように祝う日としたのである。

残りの二つのうち、七月七日は若竹飾りに願いを託す七夕《しちせき》の節供であり、もうひとつの九月九日は重陽《ちょうよう》と呼ばれ、菊の節供だった。

これら五節供の中でも、武門では家の繁栄と存続を願い、尚武の節供が最も盛大に催《もよお》される。

祝いの夕餉《ゆうげ》が終わった後、源五郎は母親と一緒に具足《ぐそく》の間《ま》で正座していた。

ここには伝来の鎧が飾られており、節供の日には父親から武士としての心構えなどを訓戒《くんかい》される習わしとなっている。

その室《へや》へ、源五郎の父、真田幸綱《ゆきつな》（のちの幸隆《ゆきたか》）が入ってきた。

倅《せがれ》の前に座り、じっとその顔を見つめる。それから、静かな口調で言った。

「於雲《おくも》、源五郎と二人で話をしたい」

「はい」

妻の於雲は両手をついて頭を下げる。

「そなたは徳次郎に話をしておいてくれぬか」

幸綱にそう言われ、於雲は憂《うれ》いを含んだ面持ちで頷《うなず》く。

「畏《かしこ》まりました」

於雲は室を出て、音もなく戸を閉めた。

いつもと違う両親の気配を感じ、源五郎は神妙《しんみょう》な面持ちで父の顔を見つめる。

「源五郎、これから、大事な話をせねばならぬ。年端《としは》のゆかぬおまえには、少しばかり難しい話になるやもしれぬが、まずは父の話を黙って聞くのだ」

幸綱は重々しい声で言い渡す。

「……はい、父上様」

源五郎は膝の上で小さな拳《こぶし》を握りしめる。その掌《てのひら》が、じっとりと汗ばむ。

父親の声色《こわいろ》から、これからの話がただの訓戒ではないことを感じ取っていた。

「源五郎、おまえは明日よりこの里を出て、甲斐《かい》の古府中《こふちゅう》へ行くことになった。躑躅ヶ崎《つつじがさき》の館《やかた》で、武田《たけだ》の御屋形《おやかた》様に仕えねばならぬ」

幸綱の声が、源五郎には遠くで響いているように聞こえた。

甲斐。古府中。躑躅ヶ崎の館。

何となく聞き覚えのある名だったが、それがどこにあるのかはわからない。

ただ「明日よりこの里を出て」という父の言葉が、源五郎の胸に突き刺さる。

「おまえにとっては突然の話で、惑《まど》うことしかできぬであろう。されど、これは変えようのない事柄なのだ。おまえは武田晴信《はるのぶ》様の小姓《こしょう》となり、躑躅ヶ崎の館で暮らすことになった。厭《いや》だと泣き喚《わめ》いても行かねばならぬ。……どうだ、父の言うことが、わかるか？」

幸綱に訊かれ、源五郎は小首を傾《かし》げる。

「わからぬことがあるならば、なんなりと申せ」

「……父上様と母様《かかさま》は？」

「やらねばならぬ仕事があるゆえ、甲斐へは一緒に行けぬ」

「あ、兄者は？」

「徳次郎もこたびは行かぬ。されど、源太左衛門《げんたざえもん》の如《ごと》く、元服《げんぷく》が済んだ後には、百足衆《むかでしゅう》となるために甲斐へ赴《おもむ》くやもしれぬ。それまであと数年、ここで厳しい修行を積まねばならぬ」

父が言ったように、長男の真田源太左衛門は元服を済ました後、武田の百足衆に取り立てられ、武田晴信の使番《つかいばん》となっている。

今では真田信綱《のぶつな》と名乗り、齢《よわい》十七になっていた。

源五郎よりも十歳年上の大兄である。

「……げ、源五郎、ひとりで、かいへ？」

「うむ。さようだ」

そう呟いた幸綱は、腕組みをして眼を瞑《つむ》る。

その胸中《きようちゆう》に複雑な思いが去来《きよらい》しているような様子だった。

父の答えを聞いた源五郎の瞳《ひとみ》に、じんわりと泪《なみだ》が湧《わ》き出る。

――父上様や母様や兄者と離れ、この里を出て、たった一人で見知らぬ甲斐へ行かねばならない。

己の境遇《きようぐう》が激変したことを初めて悟《さと》り、源五郎は小さく鼻をひくつかせる。

「泣くな、源五郎。武門に生まれた子がこれしきのことで泣いてはならぬ」

倅の気配を察した幸綱が、あえて厳しい声を発する。

「辛《つら》いであろうが堪《こら》えよ。今から泣いていたのでは、これからの何ひとつにも耐えられぬ。堪えるのだ、源五郎」

「は、はい……」

源五郎は口唇《くちびる》を嚙《か》みしめ、必死で泪を止めようとする。

「……されど、なにゆえ、源五郎だけが……」

「うむ。その訳《わけ》をしかとおまえに話しておかねばなるまい。これから父が話すことは難しすぎ、幼いおまえにはわからぬことが多かろう。されど、己が覚えられることだけでよいから心に留めておけ。いつか必ず、今日の話が解《げ》せる日がくる。よいか」

「……はい」

「わが真田の一統は、甲斐の武田一門の中で生きていかねばならぬ。父はさように決心いたし、この真田の里へ戻ってきた。いや、さように決心いたさねば、ここへは戻ることが叶わなかったであろう。武田の御屋形様に仕えることで、真田家は再び小県《ちいさがた》で生きることを許されたのだ」

幸綱は真田家が甲斐の武田へ帰順した経緯《いきさつ》を話し始める。

七歳の倅に聞かせるには少々難しい話だとは思っていたが、あえて有りのままを伝えようとしていた。内容がほとんどわからなくても、父親が心底から息子に伝えたいことを話しているのだという気構えが伝わればいいと考えていたからである。

その気迫が確かに伝わり、源五郎は一生懸命《けんめい》に父の言葉を覚えようとしていた。

幸綱が語るところによれば、真田家が武田晴信に従うことを決めたのは、七年前の天文《てんぶん》十五年（一五四六）のことだった。

それまで、真田の一統はこの地を追われ、上野国《こうずけのくに》の箕輪《みのわ》城主、長野《ながの》業正《なりまさ》の下に身を寄せていたのである。そして、真田一統を小県郡から駆逐《くちく》したのは、甲斐の武田家とそれに与力《よりき》した諏訪頼重《すわよりしげ》、村上義清《むらかみよしきよ》の軍勢であった。

真田家は元々、信濃《しなの》の名族である滋野《しげの》家の血脈を受け継ぐ海野《うんの》家から分かれた一族である。海野家は古くからの豪族として信濃の海野平《うんのだいら》に根を張り、真田家はその下で小県郡真田庄を所領としてきた。

ところが、天文十年（一五四一）に海野平で大乱が起こり、海野棟綱《むねつな》の率《ひき》いる一族は、武田信虎《のぶとら》が糾合《きゅうごう》した諏訪と村上の大軍勢に攻め寄せられ、大敗を喫《きっ》して信濃から追われてしまう。その中に、当時二十九歳だった幸綱の率いる真田一統もいた。

真田家は伝来の所領を失い、居候《いそうろう》として上野で細々と暮らすことになった。

それでも、幸綱は虎視眈々《こしたんたん》と旧領の奪還を狙《ねら》い、四阿山《あずまやさん》の修験僧《すげんざ》たちを使って東信濃の情勢を探り続けていた。

そして、思わぬ好機が訪れる。

海野攻めの直後、武田信虎が廃嫡《はいちゃく》を目論《もくろ》んでいた長男の晴信によって駿河《するが》へ追われたのである。これは武田家に起こった無血の内紛だった。

重臣たちに支えられて家督を継いだ武田晴信は、これまで父親が糾合してきた勢力と決別して信濃進攻へと踏み切る。まずは諏訪頼重を滅ぼし、さらに佐久《さく》へと進出し、村上義清と睨《にら》み合うようになる。

これを好機と見た幸綱は、武田晴信の側室に娘を入れていた禰津《ねつ》家を通じ、密《ひそ》かに帰順を打診《だしん》する。伊那《いな》に進攻しようとしていた武田晴信は、東信濃の地勢を熟知した幸綱をこれ幸いと迎え入れた。

「その年に、源五郎、おまえが生まれたのだ。大事な戦《いくさ》に勝ち、元気な男子《おのこ》のおまえが生まれ、皆は喜びに喜んだのだぞ」

懐かしそうに眼を細め、微《かす》かに笑った父の顔を見て、倅は恥ずかしそうに體《からだ》を縮める。

「されど、その時まだ、われら真田一統は、この里へ戻れてはおらなんだ」

真田家が小県へ戻るためには、まず村上義清の勢力を一掃《いっそう》しなければならなかったからである。

しかし、北信濃の鬼と呼ばれた村上義清は一筋縄《ひとすじなわ》でいく相手ではなく、武田勢は上田原《うえだはら》の合戦で思わぬ大敗を喫してしまう。武田晴信にとっては、自分を擁立《ようりつ》してくれた重臣の板垣信方《いたがきのぶかた》と甘利虎泰《あまりとらやす》を討死《うちじに》させてしまうという痛恨《つうこん》の敗戦だった。板垣信方の脇備《わきぞなえ》を担《にな》っていた幸綱にとっても、大きな悔いの残る戦となった。

それまで順調だった信濃進攻が止められ、武田晴信は苦渋《くじゅう》していた。

それを察した幸綱は、佐久に点在する村上方の勢力を調略する策を進言する。手始めに、佐久の望月源三郎《もちづきげんざぶろう》を武田方に寝返らせ、春日《かすが》城を落として望月家と伴野《ばんの》家を武田に誘降《ゆうこう》させた。

さらに真田の里とは目と鼻の先にある村上方の要害、砥石《といし》城を攻めるための下拵《したごしら》えとして村上方の清野《きよの》家や寺尾《てらお》家を次々に調略する。

この功績により、幸綱は武田晴信から小県郡諏訪など千貫文《がんもん》の所領を与えられることとなった。

しかし、満を持して行なった砥石城攻めは、村上義清のよもやの逆襲で武田勢が敗北してしまう。これは砥石崩《くず》れと呼ばれ、武田晴信にとっては二度目の大敗となった。

ところがその後、幸綱は砥石城の足軽《あしがる》大将であった矢沢頼綱《やざわよりつな》を寝返らせ、たった一日でこの城を抜いてしまった。

頼綱は矢沢の姓を名乗っていたが、実は幸綱の弟だったのである。幸綱には三人の弟がいたが、それぞれ所領の名に由来して矢沢、常田《ときだ》、鎌原《かんばら》の姓を名乗っている。海野平の大乱により一度は一族の者が離散し、それぞれの勢力へつく道を選んだが、幸綱が武田に従って勢力を取り戻したことで再び皆が集結した。

それにより難攻不落と言われた砥石城が易々《やすやす》と落ちたのである。矢沢頼綱、常田隆永《たかなが》、鎌原幸定《ゆきさだ》の三人の弟は、幸綱に従って真田の家臣として武田に帰属した。

この砥石城の陥落《かんらく》を機に、村上勢の中に大きな動揺《どうよう》が起こる。武田に内通した大《おお》須賀久兵衛《すがきゅうべえ》が、いきなり村上方の狐落《こらく》城を攻めて城将の小島兵庫助《こじまひょうごのすけ》を討ち取り、その首級《しるし》を手みやげに寝返った。

それを見た村上方の諸将は、雪崩《なだれ》の如く武田家へと走る。室賀《むろが》家、屋代《やしろ》家、石川《いしかわ》家などが降伏し、佐久や小県にまで勢力を誇っていた村上勢の結束《けっそく》が完全に瓦解《がかい》した。

そして、今年、天文二十二年（一五五三）一月に小笠原長時《おがさわらながとき》が信濃から越後《えちご》へ遁走《とんそう》する。

四月には武田勢の猛攻に耐えられなくなった村上義清の本城、葛尾《かつらお》城が自落し、義清は越後の長尾景虎《ながおかげとら》を頼って敗走した。

こうして武田家は信濃の大半を手にしたのである。

村上家崩壊の序曲は、すべて砥石城の陥落にあった。すなわち、幸綱の謀計だった。

小県から村上方を駆逐《くちく》した真田一門は、ついに念願の郷里へ戻ることができた。今は武田の信濃先方衆《さきがたしゅう》として善光寺平《ぜんこうじだいら》を睨んでいる。

「源五郎、それゆえ、おまえは真田家が武田一門に従う証《あかし》として、甲斐の古府中へ行くのだ。この際だから、はっきりと申しておこう。おまえはただの奉公へ出るだけではなく、真田の質《しち》として武田の御屋形様の下へ参らねばならぬ。人質として行くということは、おまえの命を御屋形様の手に委《ゆだ》ねるということだ。ゆえに、この父は明日からおまえの父ではなく、御屋形様がおまえの真の父となる。晴信様に嫌われぬよう精進《しょうじん》せよ」

そこまで言い、幸綱は奥歯を噛みしめる。

幼い倅に過酷《かこく》な話を申し渡さなければならない己に、忸怩《じくじ》たる思いを抱いていた。

「……ち、父上様」

固く拳を握《にぎ》りしめた源五郎がやっとのことで声を発する。

「何だ」

「……源五郎は……源五郎は、真田の家から……す、捨てられるので……ありましょうか」

握りしめた小さな拳が震《ふる》えていた。

幸綱は思わずその光景から眼を背《そむ》ける。ずっと見ていれば、己が哭《な》いてしまいそうだった。

「いや、ここからは離れるが、決して捨てられるわけではない。おそらく、この父がおまえから捨てられることになるのであろう。そして、おまえが真田の家を救うのだ」

それだけを言い、幸綱は口唇をきつく嚙みしめる。人質となる幼い倅の宿命を嚙みしめるが如く、しばらく父は黙《もく》していた。

源五郎も必死で泣くまいと堪えながら、小刻みに軀を震わせていた。

幸綱は大きく息を吐き、おもむろに袱紗《ふくさ》の包みを差し出す。

「源五郎、それを開けてみよ」

「……あ、はい」

源五郎は袱紗の包みを解く。

その中から小太刀《こだち》が一振《ひとふ》りと四辺を折り畳んだ緋毛氈《ひもうせん》が現われた。

「その小太刀は父からおまえへの形見分けだ。御屋形様が新たにおまえの父となるゆえ、少しばかり早いが渡しておく。それは吉光《よしみつ》の守刀《もりがたな》と言い、偉い刀工が打ったもので父が一等好きな刀じゃ。まだ、おまえにはわからぬかもしれぬが、いずれその良さもわかるようになろうて」

幸綱が形見分けとして渡したのは、鎌倉の世に活躍した刀鍛治《かたなかじ》、粟田口《あわたぐち》吉光が打った逸品《いっぴん》だった。

京七口のひとつである粟田口には優秀な刀工の一族が根付いているが、その中でも特に吉光は短刀作りの名手として知られていた。

「源五郎、その緋毛氈をめくってみよ」

父に促《うなが》され、源五郎は恐る恐る毛氈をめくってみる。

すると、そこには奇妙なものが現われる。

「それが何か、わかるな、源五郎」

幸綱が優しげな声で訊いた。

幼い倅は、じっと毛氈を摑《つか》んだ指先を見つめている。

「はた……。真田の旗……」

源五郎の潤《うる》んだ瞳に映《うつ》っていたのは、古びた六つの永楽銭《えいらくせん》だった。

緋毛氈の上に置かれた穴あき銭は、まさしく真田家が旗印《はたじるし》としている六連銭の姿である。

それをじっと見つめる倅に、父の幸綱が語りかけた。

「源五郎。これは冥銭《めいせん》と呼ばれるものだ」

「めいせん……」

源五郎が初めて耳にする言葉だった。

「さよう。本来ならば冥銭は、われらの如き生ける者が持つべきものではない。冥《めい》府《ふ》へと旅立つ死者が三途《さんず》の川を渡れるようにと、柩《ひつぎ》の中へ入れてやるものなのだ。なにゆえ、それが六つなのか、わかるか?」

「いいえ」

　恐縮した源五郎は、父の表情を窺《うかが》う。

「……すみませぬ」

「気に病《や》むことはない。これは大人にとっても難しき事柄であるがゆえ、わからぬのが当たり前なのだ。されど、この冥銭にまつわる話は、真田の旗印と深い関わりがある。これから、それをおまえに話して聞かせよう」

　父は優しげな面持《おもも》ちで話を続ける。

「仏の法が説くところによれば、此《こ》の世で生きる者が死した後は、彼《あ》の世という処へ向かうという。彼の世には、人が生前に行なった善悪の業《ごう》によって赴かねばならぬ六つの迷界《めいかい》がある。それは地獄道《じごくどう》、餓鬼《がき》道、畜生《ちくしょう》道、修羅《しゅら》道、人間《じんかん》道、天上《てんじょう》道と呼ばれ、此の世で行なった善行悪行の報《むく》いとして行かねばならぬ処だとされている。これを冥府《めいふ》の六道《りくどう》と申す」

　幸綱はひとつひとつを嚙み砕くように説明する。

　源五郎は身動《みじろ》ぎもせずに、それを聞いていた。

「……悪行を重ねた者は地獄、餓鬼、畜生の三悪趣《さんあくしゅ》へと堕《お》ちやすく、争いの業を持つ者は修羅道から抜けられぬ。凡庸《ぼんよう》なる行ないで生を終えた者は人間道へ赴き、善行を尽くした者だけが天上道へ導かれるとも言われておる。されど、天上道といえども、まだ煩悩《ぼんのう》からは解き放たれておらぬ迷界のひとつにすぎぬ。一切《いっさい》の煩悩から解脱《げだつ》した仏がおわすのは、天上道ではなく極楽浄土《ごくらくじょうど》と呼ばれる処だ。それゆえ、六道へ赴いた者は、すべからく解脱には遠き迷妄《めいもう》の徒《と》なのだ。人はなかなかに悟りを開けぬ弱き衆生《しゅじょう》ゆえ、この六道の間を生まれては死に、死んではまた生まれて迷い続ける」

幸綱は倅の表情を確かめ、理解の度合いを測りながら言った。

「それを六道輪廻《りんね》と申すのだ」

その言葉を聞いた源五郎が、はたと何かに気づく。

――りくどう、りんね。……道が六つだから、銭も六つなのか。

「すでにわかったようだな。冥府へと旅立つ死者は三途の川の畔《ほとり》で、この六道へ赴くための渡し賃を払わねばならぬ。払えねば、六道へも行けぬ魔縁《まえん》の外道《げどう》となり、永劫《えいごう》に解脱への道に戻ることができぬからだ。それが冥銭というものの意味であり、死者に六つの銭を持たせてやる所以《ゆえん》なのだ。そして、不吉とも思えるこの六連銭を、真田はあえて旗印としておる。それにも深い本義があるのだ」

父の話は相当に難解なものだった。

しかし、倅は一言一句を忘れまいという面持ちで聞き入っている。

「よいか、源五郎。武士《もののふ》という者は、戦うことを宿命として此の世へ生まれ落ちる。主家のため、一統のため、信ずる義のため、それらを守るために戦うことを本分とせねばならぬ。されど、戦いを本分とするならば、時には敵を滅《めっ》せねばならぬ時もあろう。それゆえ、武士とは実に業の深き者として生きることになる。その業を背負う覚悟なく戦場《いくさば》へ立てば、己の一身さえ守ることができぬのだ。どうだ、わかるか、源五郎」

「はい」

源五郎は大きく頷く。

武士として生きることの気構えは、物心ついてからすでに何度も訓戒されていた。

「もしも、敵を滅するために戦うことを此の世の悪行と見るならば、われら武士はみな地獄へ堕ちるのであろう」

幸綱の声は次第に熱を帯びてくる。

「さにあろうとも、今生《こんじょう》で戦うことに恐れをなしてはならぬ。来世で地獄へ堕ちることにも怯《おび》えてはならぬ。それが武士に生まれし者の宿命なのだ」

まるで己の覚悟を噛みしめるような父の言葉だった。

熱風の如き気が源五郎に伝わり、小さな軀が微かに震える。

その様子を見た幸綱は、細く長い息を吐く。昂《たか》ぶりすぎた己の気息を整えていた。

それから、静かな口調で訊く。

「源五郎、論語《ろんご》と孫子《そんし》の素読《そどく》は進んでいるか？」

「はい」

源五郎は力強く頷いた。

武門の子息は当然の教養として論語と武経七書《ぶきょうしちしょ》を学ばねばならない。

武経七書とは、「孫子」「呉子《ごし》」「尉繚子《うつりょうし》」「六韜《りくとう》」「三略《さんりゃく》」「司馬法《しばほう》」「李衛公問対《りえいこうもんたい》」の唐渡《からわた》り七書のことである。これらには君子たる者の心構えから兵法軍略用兵術の極意までが記されていた。

読み書きを覚えた武門の子息は、まずは論語と孫子の素読から始める。それが終わったならば、さらに「呉子」「六韜」「三略」などを読破し、より深く兵法軍略用兵術を学んでいく。論語と武経七書のすべてを制覇《せいは》して、やっと一人前と認められた。

源五郎も五歳の節供を過ぎてから論語と孫子の素読を始めている。

「まだ素読を始めたばかりゆえ、学んではおらぬであろうが、論語には子罕《しかん》という篇《へん》がある。そこに、かような言葉が記されておる。子曰《いわ》く、知者は惑《まど》わず、仁者は憂《うれ》えず、勇者は懼《おそ》れず。これは次のような教えを説いておる。物の道理をわきまえた知者は、無用な迷いを抱《いだ》いたりせぬ。常に正しき行ないを心掛ける仁者は、無用な悩みに揺《ゆ》れたりせぬ。そして、信義のみに力を尽くす勇者は、無用な懼れに囚《とら》われたりせぬ。さような意味である。父は己が初陣《ういじん》に臨《のぞ》む前、おまえの祖父様《じじさま》から冥銭とこの言葉を渡されたのだ」

幸綱は懐《なつ》かしそうに眼を細める。

祖父とは幸綱の父、真田頼昌《よりまさ》のことだった。

この先代は三十三年前に他界しており、残念ながら源五郎はその面影《おもかげ》さえ知らない。父から何度か話を聞いているだけであり、この具足の間に飾られた鎧だけが祖父の名残《なごり》だった。

「本日と同じように、父はおまえの祖父様から六道輪廻の意味を説かれ、かように言われた。この六連銭を渡すということは、すでに今生での別れを済ましたということである。これを具足の懐《ふところ》に忍ばせ、六連銭の旗指物《はたさしもの》を背負い、存分に初陣の野を駆けめぐってくるがよい。冥銭を抱く覚悟を決めた者は死者と同じじゅえ、二度は死なぬ。戦いの業によって地獄へ堕ちることも厭《いと》うな。身命《しんみょう》を惜しめば命を失い、武名を惜しめば命が残る。武士とは、さような生き物ぞ」

幸綱は己の父から受け継いだ訓戒を倅へと渡す。

「真田に生まれし者ならば、六道さえも懼れず。それが六連銭を旗印に背負う者の矜持《きょうじ》なのだ。おまえの祖父様は、さように申された」

そう言ってから、父は睫毛《まつげ》を伏せ、遺《のこ》された言葉の余韻《よいん》を確かめていた。真田に生まれし者ならば、六道さえも懼れず。それが六連銭を旗印に背負う者の矜持。

祖父から父へと受け渡された至言《しげん》に、源五郎も揺さぶられる。そして、六連銭の旗印がいかに重き意味をもっているかを、言葉以上に魂魄《こんぱく》の震えで理解していた。

倅の表情からそれを見てとった幸綱が訊く。

「なにゆえ真田が六連銭の旗印を背負うか、少しはわかったようであるな」

「……はい、父上様」

「本当はこれを初陣の時に渡すつもりであった。されど、思うていたよりも早く時が訪れてしまったようだ。おまえは真田と武田家が結んだ和の証となるゆえ、容易《たやす》く戻ることはできぬ。その覚悟ができたならば、この冥銭を懐へ収《おさ》めるがよい」

幸綱はあえて厳しい口調で言い渡す。

源五郎は奥歯を嚙みしめ、六つの永楽銭に眼を落とす。それから、素早く緋毛氈を畳《たた》み、懐中《かいちゅう》へと押し込む。

幸綱が驚くほどの潔《いさぎよ》さだった。

しかし、源五郎は潔く覚悟を決めたわけではない。すぐに冥銭を懐へ収めたのは、長く見つめていると気持ちが挫《くじ》けてしまいそうだったからである。

──行きとうございませぬ。

本当はそう叫び、今すぐに泣き崩れてしまいたかった。

それを堪《こら》えるため、源五郎は本能的に動いたのである。時をかければかけるほど覚悟ができなくなるということが幼心《おさなごころ》にもわかっていた。

「源五郎、よくぞ思い切った」

幸綱が腕組みをして言葉を続ける。

「甲斐へは河原《かわら》の伯父上が供《とも》をしてくださる。されど、今のままでは御屋形様にお仕えできぬゆえ、しばらくは古府中の仮住まいにて伯父上から行儀作法を教えていただくがよい。おそらく、躑躅ヶ崎の御館へ上がれるのは八月頃となろう。それまで行儀見習いに精進し、甲斐の水に慣れておくのだ。河原の伯父上には厳しく躾《しつ》けていただくようお願いしたゆえ、しかと学んでおけ」

「はい」

河原の伯父上とは、幸綱の正室《せいしつ》となった於雲の兄、河原隆正《たかまさ》のことである。

河原家は小県において海野家の代官衆を務める家柄だった。

河原隆正は海野棟綱に仕えていたが、やはり、幸綱と同じく海野平の敗戦で上野へ落ち延びている。それから、しばらくは海野棟綱に従い、関東管領《かんとうかんれい》の上杉憲政《うえすぎのりまさ》の配下に属していた。

しかし、真田家が武田に属して村上義清を駆逐《くちく》すると、妹の縁を頼って小県へと戻ることを望んだのである。今では真田の重臣となった河原隆正が、源五郎の傅役《もりやく》として同行するらしい。

「源五郎、出立《しゅったつ》まで間もないが、今宵《こよい》は存分に母と過ごすがよい。大儀《たいぎ》であった」

「……はい、失礼いたしまする」

源五郎は両手をついてお辞儀をしてから、吉光の守刀が入った錦袋《にしきぶくろ》をかき抱《いだ》き、おずおずと立ち上がった。

戸惑《とまど》いながらも踵《きびす》を返した倅に、幸綱が思わず声をかけてしまう。

「源五郎……」

「はい、父上様」

呼び止められた源五郎は嬉しそうな顔で振り向く。

過酷《かこく》な運命を言い渡した倅を、最後に思いきり抱きしめてやりたかった。

しかし、幸綱はぎりぎりのところで、その衝動《しょうどう》を押さえ込む。

――情に溺《おぼ》れてさようなことをいたせば、幼い倅が必死で堪えたものを台無しにしてしまう。隠忍自重《いんにんじちょう》せねばならぬのは、この身であったか。

「いや……。母が待っておる。早く行ってやるがよい」

「はい、失礼いたしまする」

源五郎は一礼し、具足の間を後にした。

幸綱は腕組みをしたまま眼を瞑《つむ》り、所在なく天を仰いでいた。

一方、父の室を出た途端、源五郎の小さな肩に夜陰《やいん》が重くのしかかる。心の中には野分《のわき》が吹き荒れ、肌が粟立《あわだ》っていた。

これまでの話をどう受け止めればよいかわからぬまま、俯《うつむ》き加減で昏《くら》い廊下を歩く。

その薄闇に声が響く。

「源五郎……」

兄の徳次郎が廊下の角《かど》に立っていた。

「兄者！」

源五郎は錦袋を抱いたまま走り寄る。

「おまえ……。おまえ、甲斐へ行くことになったそうだな」

顔をしかめた徳次郎が呟くように言った。

それを聞いた源五郎の堰《せき》が切れる。これまで堪えていた泪が一気に溢《あふ》れ、弟は兄の胸に飛び込んで号泣《ごうきゅう》し始めた。

「源五郎……」

徳次郎は弟の肩をきつく掴む。

「泣くな、源五郎！　泣くな……」

諭《さと》した兄の瞳からも大粒の泪がこぼれ落ちる。

声を上げて泣きじゃくる源五郎の肩を抱き、徳次郎もしばらく滂沱《ぼうだ》の涙を流していた。

それでも、さすがに兄の方が泣き止み、童水干《わらべすいかん》の袖で何度も顔を拭《ぬぐ》う。

まだしゃくり上げている弟はそれを見上げていた。

「……おまえが泣くからいけないんだぞ。もう、泣くな」

徳次郎は照れくさそうな顔で言った。

「うん」

「甲斐へは大事なお務めで行くんだろ」

「……うん」

源五郎は洟《はな》をすすりながら小さく頷く。

「俺はおまえが羨《うらや》ましい」

「な、なぜ」

「俺より先にお務めをもらったし……。向こうには、大きい兄者もいるからだ」

「うん」

「だから、寂しがったり、泣いたりするな。わかったか」

「うん、わかった」

「よし」

徳次郎は兄らしく頷き、握った右手を差し出す。

「じゃあ、これをおまえにやる」

開かれた掌には、黒い石が載っている。

それは黒曜石《こくようせき》で造られた鏃《やじり》だった。

「兄者、ほんとにいいの？」

源五郎は瞳を輝かせ、鏃と兄の顔を交互に見る。

「うん、いいよ」

「でも、兄者の寶物《たからもの》……」

「いいよ。おまえのお守りにしろ」

この鏃は二人が四阿山に行った時、徳次郎が見つけたものである。

明らかに当世の鏃とは違い、古代の民が黒曜石を削って造ったものと思われた。

源五郎はそれを欲しがり、自分も山を探してみたが見つからなかった。仕方なく兄にねだってみたが、「俺の寶物にするから嫌だ」と邪険《じやけん》に断られた。

それでも諦めがつかず、兄の寶箱《たからばこ》からこっそりと黒鏃《くろやじり》を持ち出し、散々に怒られたこともあった。その大事な寶をくれるというのである。

「欲しくないなら、やらないぞ」

徳次郎が手を引っ込めようとする。

「あ、欲しい！」

「ほら、持っていけ」

「ありがとう、兄者」

黒鏃を受け取り、源五郎は嬉しそうに眺め回す。

「母上が待っているから、もう行け」

「兄者は？」

「これから、父上のお話を聞かねばならぬ。おまえと交替だ」

徳次郎は訳もなく寂しそうに笑った。

「うん、わかった。兄者、これ、ありがとう」

「おう、なくすなよ」

徳次郎はそう言い残すと、大股《おおまた》で具足の間へと向かった。

寶物を握りしめた源五郎は、その背中が室内へ消えるまで見つめていた。室の戸が閉められると、廊下を走り出し、母親の待つ室へと急いだ。

「母様！」

駆け込んできた源五郎を、於雲がやんわりと制する。

「はいはい、話は後にして、まず湯浴《ゆあ》みをなさい。昼間は山で遊んだのでしょ」

「あ、はい」

「菖蒲の湯ですよ。さっ、背中を流してあげるから湯殿《ゆどの》へ」

母は笑みを浮かべて源五郎を促した。

尚武の節供には縁起《えんぎ》を担《かつ》ぎ、男子は菖蒲の葉を浮かべた湯に浸かる習わしになっている。

実際、縁起だけではなく、菖蒲の葉には虫も避《さ》ける強い香気《こうき》があり、これが不《ふ》浄《じょう》を祓い、邪気を遠ざけてくれると伝えられていた。

菖蒲の生気が最も強くなるこの時季に、剣葉を浮かべた尚武湯はまさに薬湯《やくとう》である。

源五郎が湯に浸かる間、母はいつものように話をするだけで甲斐のことにはまったく触れなかった。

しかし、湯から上がり、背中を流してもらっている時、源五郎は異変に気づく。

母の手が微かに震えていた。

――母様が泣いている……。

源五郎はそう思ったが、あえて気づかない振りをする。

「母上、兄者がやっと黒鍬をくれた」

「うん。源五郎が欲しかったもの。兄者がずっと寶物にしてたやつをくれたんだ」

「……黒鏃？」

「そうなの。よかったね」

「お守りにしろって……」

そう言いかけて、源五郎は言葉を呑み込む。

気がつくと母親が避けていた甲斐の話に、己から近づいていた。

源五郎が沈黙した意図を察し、母は優しい口調で言う。

「そのお守りを大切にして、軆にだけは気をつけるのですよ。さ、もう一度、湯に浸かってから上がりなさい。ゆっくりと百まで数えて、よく温まるのですよ」

母は倅を湯に入れて外へ出る。戸の陰でそっと目尻を拭っていた。

この夜、母は源五郎に特別の菓子を出してくれた。黒蜜《くろみつ》をかけた冷たい葛切《くずき》りである。二人でそれを食べてから、蚊帳《かや》の中に並べられた床《とこ》に入った。

源五郎は五歳を過ぎてから、すでに一人で寝るように躾けられていた。しかし、七歳になったとはいえ、まだまだ母親の温もりが恋しい年頃である。この夜は心おきなく甘えられるようにと、幸綱が配慮したようだ。

床についても、源五郎はなかなか寝つけなかった。あまりに激変した己の境遇に心がざわめき、胸の裡《うち》でまたぞろ野分が吹き荒れていた。

蒲団《ふとん》の端を嚙みながら何度も寝返りを打つ。

「源五郎、眠れないの？」

蒼《あお》い闇の中で母の声が響く。

背中を向けていた源五郎は、黙って蒲団にくるまっていた。

「こちらへ、いらっしゃい」

その言葉を聞いても、まだ源五郎は黙っている。

しばらく身動《みじろ》ぎもせずにいたが、やがて痩《や》せ我慢の限界が訪れ、己の蒲団を撥《は》ね飛ばす。源五郎は転がりながら隣の床へ潜《もぐ》り込む。

母は昔してくれたように優しく背中を叩いてくれる。その拍子《ひょうし》が源五郎の鼓動《こどう》と重なり、胸の裡で吹き荒れていた野分がいつのまにか静まっていた。

温かい母の胸元に顔を埋《うず》め、懐かしい匂いに包まれた時、今度はまったく別の感情が源五郎の胃の腑《ふ》からせり上がってくる。必死でそれを抑えようとするが、鼻腔《びこう》の奥に痛みが走り、堪えきれずに短い嗚咽《おえつ》を漏らしてしまった。

急に恥ずかしくなった源五郎は、軀を離して背中を向けようとする。

母はそれを止め、耳元で囁《ささや》く。

「何も恥じることはありませぬよ。今宵は好きなだけお泣きなさい」

その言葉を聞いた刹那《せつな》、もう源五郎に泪を止める術《すべ》はなかった。

母の胸にしがみつき、身も世もなく嗚咽を上げる。

泪が涸《か》れるほど泣き続け、朝方になり、やっと泣き疲れて眠りへと吸い込まれた。

翌日、真田の里には見事な皐月《さつき》晴れが広がっていた。

旅支度《たびじたく》を調《ととの》えた源五郎は、父母と兄に付き添われ、館の表へと出る。

そこへ伯父の河原隆正と数名の供がやって来た。

「幸綱殿、お待たせいたした」

「隆正殿、こたびはご足労をおかけいたしまする」

幸綱は義兄に頭を下げる。

河原隆正は今年で齢四十四となり、齢四十一の幸綱より三つほど年長だった。

「いやいや、なんの。可愛《かわい》い甥御《おいご》のためじゃ、労は厭わぬ。それに一度は甲斐の古府中を見ておきたいと思うていたところよ」

義兄が幸綱の肩を叩きながら豪快《ごうかい》に笑う。

「かたじけなし」

「さて、わが主《あるじ》の御尊顔《ごそんがん》を拝見《はいけん》するといたすか」

河原隆正が膝《ひざ》を屈《かが》め、源五郎の顔を見つめる。

——ほう、昨夜はだいぶ泣いたのであろう。両の瞼《まぶた》が腫《は》れ上がっておる。かような幼子《おさなご》が質とは、いたわしいことよ。されど、この子、思うたよりも強い光を瞳に宿しておる。

源五郎の面《おもて》は泣きすぎて腫れ上がっていたが、その双眸《そうぼう》はしっかりと開かれ、決意の光が浮かんでいた。

「源五郎、儂《わし》を覚えておるか？」

「はい、伯父上様。五つの節供の時に兜《かぶと》をいただきました」

「おうおう、よく覚えておったの。聡《さと》い子じゃ」

河原隆正が笑みを浮かべながら小刻《こきざ》みに頷く。

「少しばかり長い旅になるが、これならば大丈夫そうじゃの」

「あ、いえ……」

誉《ほ》められた源五郎はもじもじしながら頭を掻《か》く。

「ここにいる者たちは、そなたと一緒に甲斐へ行く者たちじゃ。そこにいる坊主たちは清開坊《せいかいぼう》、西蔵坊《さいぞうぼう》、円頂坊《えんちょうぼう》といい、四阿山の修験僧だ。ま、そなたの護衛と荷物を運ぶ役といったところだな」

河原隆正が三人を紹介すると、髭面《ひげづら》の修験僧たちは錫杖《しゃくじょう》を鳴らして礼をした。

いずれも白衣《しらぎぬ》の上に篠懸《すずかけ》と呼ばれる茶渋色の法衣を纏《まと》い、括袴《くくりばかま》を着けている。胸元に梵天《ぼんてん》という丸い房《ふさ》の付いた結袈裟《ゆいげさ》を下げ、腰には護摩刀《ごまがたな》を佩《は》いていた。

「……よろしくお願いいたしまする」

源五郎も慌《あわ》てて礼をする。

「それで、そっちにいる二人の女子《おなご》が、お万阿《まあ》とお久根《くね》じゃ」

河原隆正が指した女人二人は見るからに不思議な格好をしている。

小露《こつゆ》の附いた白の千早《ちはや》という表衣《うえのきぬ》に、鮮《あざ》やかな紅《べに》の切り袴を着け、腰には金銅の瓔珞《ようらく》という飾りを吊《つる》している。髪は禿《かぶろ》と呼ばれる切下《きりさ》げにしており、頸《くび》に数珠《じゅず》と鉦《かね》をかけ、右手には撞木《しゅもく》を持っていた。一見したところでは神社の巫女《みこ》に近い装束だが、それとも少し違っている。

源五郎は驚きの眼差《まなざ》しで二人の女人を見ていた。

「源五郎、この者たちは禰津《ねっ》の歩巫女《ののう》じゃ。一度くらいは見たことがあろう」

河原隆正の言った「ののう」とは、歩き巫女とも呼ばれ、諸国を勧進《かんじん》して廻《まわ》り、祈禱《きとう》や口寄せを行なう者たちのことだった。

真田の里にほど近い小県郡の禰津には、古より歩き巫女の行《ぎょう》が行なわれる集落があった。

信濃では神様のことを「ののさま」と呼んでいたので、神に仕える女ということで「神女《ののう》」と呼ばれるようになったらしい。

真田家は四阿山の修験僧だけでなく、禰津歩巫女とも深い繋《つな》がりを持ち、諸国を巡遊《じゅんゆう》するこの者たちから多くの報を得ていた。

どうやら、幸綱は源五郎の供をさせるだけでなく、この者たちに古府中の様子を報告する役目を命じているようだった。修験僧や歩巫女ならば、古府中と小県を何度行き来しても怪《あや》しまれることはない。転んでもただでは起きぬ知将らしい策である。

武田の傘下《さんか》に入ったとはいえ、真田家はまだまだ新参に過ぎず、幸綱には武田晴信が古府中で何を考えているのかを探る必要があった。

旅装に身を固めた源五郎は右手で胸を押さえ、大きく息を吸い込む。

その懐には父から渡された六連銭、そして、兄から貰った黒鏃《くろやじり》のお守りが忍ばせてあった。

里の大気に鏤《ちりば》められた匂いを決して忘れまいとするように、源五郎は何度も深呼吸する。それから、意を決した面《おも》持ちで頭を下げた。

「父上様、母様、行って参りまする」

「うむ。達者でな」

父の幸綱は倅を見つめ、微《かす》かに頷《うなず》く。

隣には母と兄が心配そうな面持ちで立っていた。

「源五郎、俺も行くから……。すぐに百足衆となるために甲斐へ行くから、それまで頑張れ！　めそめそするんじゃないぞ！」

兄の徳次郎が真剣な眼差しで気合を入れる。

「うん、わかった」

源五郎は兄の瞳を見つめ返し、深く頷いた。

「では、参ろうか」

優しげな笑みを浮かべた伯父の河原隆正が声を掛ける。

「はい」

源五郎は口唇を真一文字に結《むす》ぶ。それから、踵を返し、河原隆正と一緒に歩き出した。

それを守るように三人の修験僧が付き従う。少し離れて二人の歩巫女が後を追った。

源五郎は歩き始めたら振り向かないと決めていた。歯を食いしばり、前だけを見《み》据《す》えて懸命に足を動かす。

その後姿を、母は大粒の泪を流しながら見ていた。走り出したい衝動を抑えるように、次男の手をきつく握《にぎ》る。兄の徳次郎も母の手を握り返し、奥歯を嚙みしめて泪を堪えた。

父はすべての感情と気配を殺した表情で黙っている。

末子《ばっし》の小さな背中が辻を曲がって消えてしまうまで、三人はじっと見守っていた。

一行は真田の里を出た後、神川《かんがわ》に沿って歩く。

黙って歩を進める度《たび》に、源五郎の胸の裡で後髪《うしろがみ》を引かれるような思いが強くなる。歩調に合わせて風景が変わってゆく中、潤《うる》んだ瞳に鮮やかな躑躅の色だけが焼き付いた。

南へ進んで川を渡ると、やがて、右手側に父の幸綱が守る砥石城が見えてくる。そこからさらに西へと進み、一行は街道へと出た。

陽はすでに中天へと昇っている。館を出てから半刻《はんとき》ほどが経ち、二里ほどを歩いていた。

「源五郎、やっと上田《うえだ》（常田庄《ときだのしょう》）へ出たの。この辺り一帯、秋和《あきわ》と上田原は武田家にとって因縁《いんねん》深き要衝《ようしょう》であり、それは真田にとっても特別の地であるということを意味するのだ。よく見ておくがよい」

足を止めた河原隆正が指さす。

「この大きな道が北国《ほっこく》街道じゃ。ここから北へ行けば、善光寺《ぜんこうじ》様の膝元《ひざもと》を通り、遙《はる》か越後の直江津《なおえつ》まで行くことができる」

北国街道は越後の直江津を発して善光寺平《だいら》へと通じ、北佐久《きたさく》の軽井沢《かるいざわ》にある信濃追分宿《おいわけじゅく》まで伸び、東山道《とうさんどう》と合流する要路だった。

そして、真田の里から街道への出口に上田がある。

「……えちごのなおえつ」

源五郎は北の方角へと眼を凝《こ》らしながら呟く。

「さよう。越後の直江津は、そなたの父上が打ち負かした村上義清が逃げていった処じゃ。されど、かの者が他国の兵を借り、またぞろ信濃へ戻ろうとしておる。おそらく、真田は武田家の先方衆として、北から攻め寄せてくる村上と再び戦わねばならぬであろう」

伯父の言葉を聞きながら、源五郎は父から教えられた上田原の合戦のことを思い出していた。

「よいか、この上田から北国街道を北西に三里ほど行くと坂城《さかき》（坂木）という村があり、そこに村上方の本城であった葛尾城がある。村上義清はそれを奪い返そうという魂胆《こんたん》なのだ。そのために、そなたの父は砥石城を改修し、敵襲に備えておる。真田の当面の敵はかの者だが、もしも越後の者が信濃へ出てくるようであらば、少々難儀《なんぎ》な戦いとなるやもしれぬな」

河原隆正の言った越後の者とは、新たな盟主となった長尾景虎のことだった。

「されど、われらはひとまず、この北国街道を逆の南東へ行かねばならぬ。清開

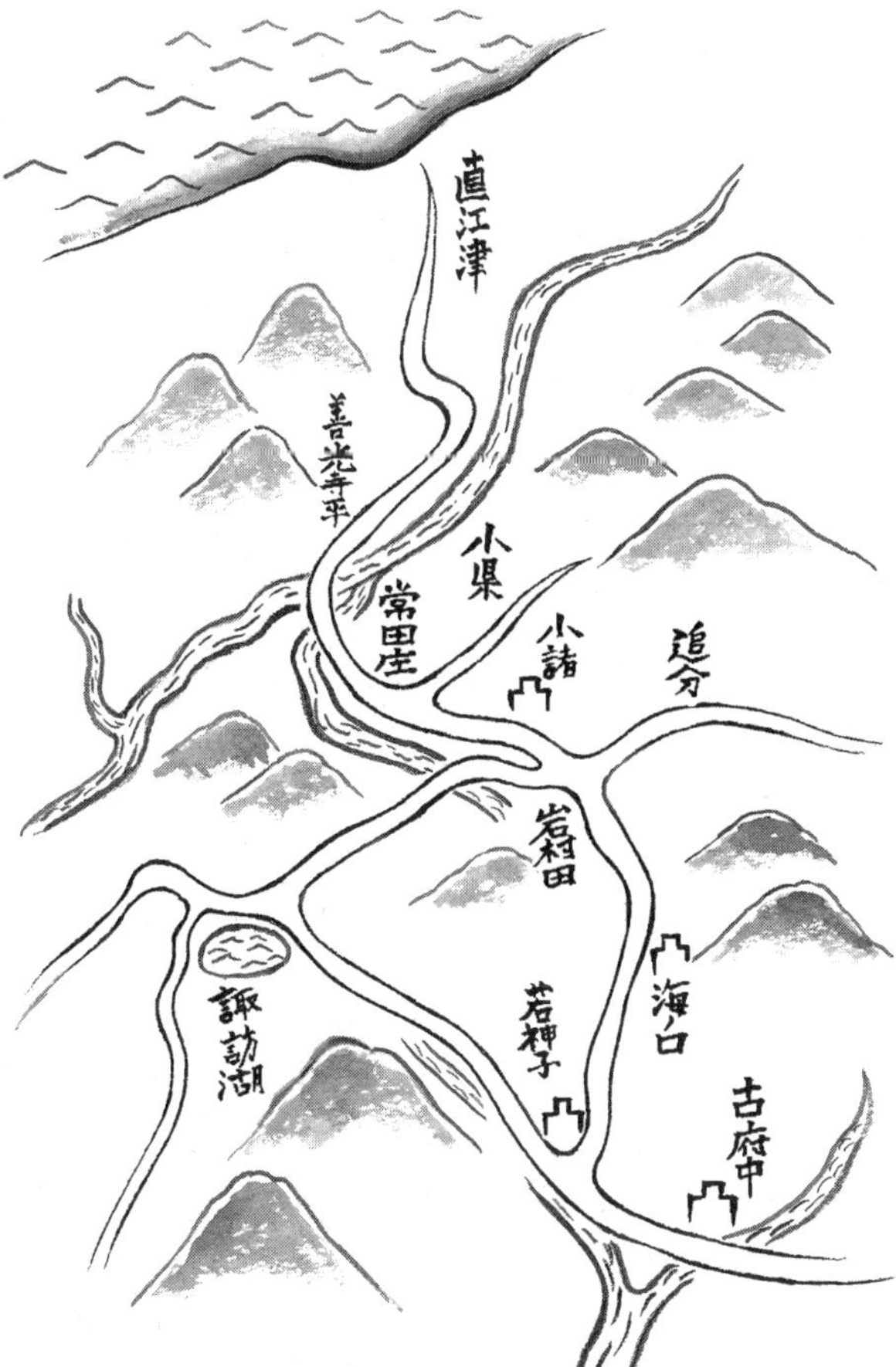
直江津
善光寺平
小県
常田庄
小諸
追分
岩村田
諏訪湖
若神子
海口
古府中

坊、地図を」

河原隆正は一人の修験僧に命じる。

「はっ」

清開坊は胸元から折り畳んだ要路図を取り出して広げる。

修験の者たちは諸国を巡遊するために独自の地図を持っており、そこには甲斐までの道筋と宿場が詳細に書き込まれていた。

「清開坊、小諸《こもろ》の宿までは、いかほどの道程《みちのり》であるか?」

「およそ五里かと」

「急がずに歩いて二刻半（五時間）ほどか。ならば、陽が沈む前に着けるな」

「はっ。されど、お子の足ゆえ……」

「うむ。源五郎、われらはこのまま上田を出立《しゅったつ》し、陽が沈む前に小諸宿へ着きたいと思うておる。およそ五里を二刻半ほどで歩かねばならぬが大事ないか?」

河原隆正の問いに、源五郎はしっかりと頷く。

「はい、大丈夫にござりまする。前に、兄者とお午《ひる》から太郎山へ登り、陽が沈む前に帰ってきたことがありまする。登りの片道だけで二里半ほどだと兄者が言うておりました」

「ほう、さようか。ならば、間に休みを挟むゆえ、急坂のない五里は大丈夫だな。

本日は頑張って小諸宿まで参り、そこで宿を借りることにいたそう」

「はい、伯父上様」

こうして源五郎の旅路は始まった。

真田の里から甲斐の古府中へ行くには、いくつかの要路を踏破《とうは》しなければならない。

源五郎が旅を始めた北国街道は、小諸宿の先にある岩村田《いわむらだ》宿で佐久往還《おうかん》に合流しており、これが甲斐と信濃の佐久を結ぶ要路のひとつだった。この佐久往還は後に、佐久甲州《こうしゅう》街道とも呼ばれ、岩村田宿から八ヶ岳連峰《やつがたけれんぽう》の裾野《すその》となる野辺山原《のべやまはら》の難所を越え、若神子《わかみこ》城のある須玉《すたま》の里へと続いていた。

若神子から先、甲斐の古府中へ至る道は、逸見路《へみじ》と呼ばれている。若神子城から躑躅ヶ崎館までは六里ほどの距離で、徒歩《かち》ならば二刻半ほどで着くことができた。馬を走らせれば、その半分で到着することができ、武田勢にとって若神子城は信濃へ出張《でば》るために最も重要な拠点となっていた。

逆に甲斐から見れば、この逸見路は北へ出る際の最も重要な軍道《いくさみち》であり、若神子で二つに枝分かれする要路が諏訪《すわ》と上田へと通じていた。

そして、諏訪と上田を経由する二つの要路は、善光寺平の川中島《かわなかじま》で再び合流するのである。

さらに、これらの街道は東山道、甲州街道、武州《ぶしゅう》街道などに繋がり、複雑に分《ぶん》岐《き》しながら信濃、甲斐、上野、武蔵《むさし》を巡《めぐ》る網目《あみめ》として広がっていた。

真田の里から甲斐の古府中へ長い旅をする間、河原隆正はこうした複雑な地勢を源五郎に身をもって覚えさせようとしている。それとなく話を聞かせながら、往《ゆ》く道々で宿場や城にまつわる講話を施《ほどこ》すつもりだった。

上田を出た一行は海野と田中を通り、ちょうど陽が傾く頃に初日の宿となる小諸へと着いた。

「源五郎、ここには武田方の小諸城がある。元々は鍋蓋《なべぶた》城と呼ばれる小城であったのだが、そなたの御主君となられる武田晴信殿はこの城を重要と思われ、大きく改修なされた。今では、そなたの父が守っている砥石城とこの小諸城が繋がり、武田家が善光寺平へ出て行くための最も大事な要《かなめ》となっている」

「はい。覚えておきまする」

源五郎は瞳を輝かせながら答える。

故郷から遠ざかってゆく寂しさは確かに募《つの》っていたが、伯父の貴重な話のおかげで気を紛《まぎ》らわすことができた。

「うむ。本日はここでゆっくり休もうぞ。明日からの旅は、もう少しきつくなるゆえ」

「はい、わかりました」

一行は小諸で一泊し、翌朝早くから岩村田宿を目指した。

岩村田では北国街道と東山道が合流し、さらにここが佐久往還の起点ともなっている。午前中は二里半をゆっくりと歩き、岩村田宿で昼餉《ひるげ》を済ましてから、さらに南の海瀬《かいせ》へ向かった。

佐久の海瀬までは三里ほどの距離であり、時をかければさほどの労苦なく歩ける。ここは佐久往還と武州街道が合流する地であり、この街道は十国峠《じっこく》から秩父《ちちぶ》を通り、武蔵の飯能《はんのう》まで続いていた。

この日はさらに八千穂《やちほ》を通り過ぎ、一行は小海《こうみ》まで進む。夕刻には八ヶ岳連峰の東麓へと辿《たど》りつき、源五郎はここで二日目の夜を迎えた。

翌朝、河原隆正は厳しい面持ちで言い渡す。

「源五郎、ここからが此度《こたび》の旅路における最大の難所となる。延々と山道を登り、街道を横切るいくつかの河を渡らねばならぬ。急がずにゆるりと参るつもりだが、それでも幼いそなたには相当にこたえるであろう。もしも、山を登る自信なくば、この里で中馬《ちゅうま》を雇うこともできる。いかがいたすか」

中馬とは、馬の背に荷や人を乗せて運ぶ馬借《ばしゃく》のことだった。

元々は伊那郡の百姓たちが農閑期《のうかんき》に駄賃《だちん》を稼ぐために始めたのだが、今では専業にする者も増えている。勾配《こうばい》の厳しい峠の麓では、旅人がこの中馬を雇うことができるようになった。

「……大丈夫に、ござりまする」

源五郎はじっと伯父の顔を見つめながら答える。

「本当か。音《ね》をあげても、儂はおぶってやれぬぞ」

「……あの、源五郎は真田の山々を遊場《あそびば》にしておりましたゆえ、山登りは苦にいたしませぬ」

「ふっ……」

河原隆正が己の後頭部を叩きながら笑い出す。

「……ははは。どうやら愚問《ぐもん》であったな。確かにわれら、小県《ちいさがた》の者は皆、山の子じゃ」

隣で三人の修験僧も小さく頷いている。

「源五郎、では、参ろうぞ」

一行は小海を出立し、次の目的地となる海ノ口《うみのくち》を目指した。

ここからは延々と登り坂が続き、進めば進むほど勾配がきつくなってゆく。

それでも、源五郎は杖を突きながら、ひたすら登攀《とうはん》を続ける。日頃から山遊びをして坂には慣れているとはいえ、さすがに幼い軆にはこたえていた。

麓から海ノ口までは三里弱のはずだが、登れども登れども目的地が見えてこない。小海から松原湖《まつばらこ》の脇を通り、海尻《うみじり》という里を過ぎるまでに平地を歩く三倍以上の時を費やしている。

さすがの河原隆正もほとんど話をする余裕がない。日頃から修行で鍛《きた》えている修験僧でさえも厳しい面持ちになっている。

源五郎は汗と埃《ほこり》にまみれ、くたくたになっていた。途中で幾度となく音を上げそうになったが、その度に必死で堪えた。

一行は登攀と休憩を繰り返しながら、やっとのことで暮方《くれがた》前に海ノ口宿へ到着した。

源五郎は地べたに座り込み、竹筒《たけづつ》の水を浴びるように呑《の》む。

その様を見ながら、河原隆正が語りかける。

「よく辛抱《しんぼう》したな、源五郎。この海ノ口は、武田晴信殿が初陣を戦った地なのだ」

源五郎は驚き、伯父の顔を見上げる。

「今を遡《さかのぼ》ること十七年前、海ノ口城に籠《こ》もる佐久の国人衆《こくじんしゅう》、平賀成頼《ひらがなりより》を攻めたのが、かの御方《おかた》の初陣であったそうな」

河原隆正はその戦《いくさ》のことを甥に話し始める。

それは天文五年（一五三六）の出来事だった。

その年、武田信虎は嫡男《ちゃくなん》の勝千代《かつちよ》を元服させ、公方《くぼう》の足利義晴《あしかがよしはる》から偏諱《へんき》を受け、名を晴信と改めさせた。

武田晴信は従五位下《じゅごいのげ》を叙爵《じょしゃく》し、大膳大夫《だいぜんだいぶ》と信濃守《かみ》に任官され、今川義元《いまがわよしもと》の仲介《ちゅうかい》で京の公卿《くぎょう》、三条公頼《さんじょうきんより》の娘を室《しつ》に迎えることになった。

この婚姻の返礼として、翌年、武田信虎の長女が今川義元に嫁《とつ》ぐ。こうして、二つの縁結びを契機《けいき》に、積年の敵同士だった武田家と今川家は晴れて同盟を結ぶ。そして、後顧《こうこ》の憂《うれ》いを断《た》った武田信虎は、すぐさま八千の兵を率いて佐久へ出陣し、平賀成頼が籠もる海ノ口城に攻め寄せた。

これが元服を済ました武田晴信の初陣となったのである。

二千の兵で籠城《ろうじょう》する海ノ口城を、武田信虎は三十六日間にわたって包囲する。しかし、城を落とせず、冬の到来によって兵を引き揚《あ》げなければならなくなった。

撤退の際に、武田晴信の傅役となっていた武田一の猛将、板垣信方が殿軍《しんがり》を申し出る。通常ならば、初陣に出た大事な嫡男が撤退の殿軍を受け持つことなどあり得ない。そこには何とか晴信に初陣の手柄《てがら》を立てさせようという傅役の苦悩があった。

実はこの時、武田晴信は初陣への不安とは別に、大きな問題を抱えていた。理由も定かならぬうちに、ずっと父の信虎から不興《ふきょう》を買っていたのである。

元々、武田信虎は版図《はんと》拡大にしか興味がなく、この嫡男を可愛《かわい》がるということをしなかった。ところが、四つ年下の弟が生まれてから父の態度が一変する。なぜか、この次男を溺愛《できあい》し始め、次第に嫡男の晴信を疎《うと》むようになった。

主父子《あるじおやこ》の確執を払拭《ふっしょく》するためにも、全軍にさしたる戦功のなかった中であえて危険な役割を担い、晴信に手柄を立てさせなければならないと板垣信方は考えた。

それが功を奏し、殿軍として残った武田晴信と板垣信方は、わずか三百の兵を率いて海ノ口城へ奇襲を仕掛け、見事に落城させた。

しかし、父の信虎は喜びもせず、誉めもしなかった。それどころか、家中で晴信の廃嫡《はいちゃく》の噂《うわさ》までが囁《ささや》かれるようになる。

その状況に反し、武田晴信に対する重臣たちの信頼は高まっていた。結局、それが無血の当主交代へと繋がっていったのである。

「よく見ておくがよい、源五郎。晴信殿にとって、この海ノ口は様々な思いの籠もった地であるぞ。そして、武田家が佐久から小県へと進出していくための陣所となったのが、海ノ口城なのだ」

河原隆正が語ったように、武田晴信は天文年間に何度も海ノ口城から東信濃へと出張っていた。

――今、この身は御主君となる御方の初陣の地に立っているのか……。

源五郎は何とも言葉にし難《がた》い感慨《かんがい》を抱きながら深呼吸する。鼻腔がひんやりとし始めた山の匂いで満たされる。

すでに陽は山の端《は》に落ち、西の空を茜色《あかねいろ》に染めていた。

「……それとな、ここには戦傷《いくさきず》を癒《いや》すための湯治場《とうじば》がある。源五郎、今宵はその湯に浸かって疲れを癒そうぞ。明日はもうひとつ難所を越えねばならぬからな」

「はい」

「山は登りよりも下りがきつい。體を整えるために、まずは湯浴み。それから、夕餉といたそう」

一行は海ノ口に湧く温泉で疲れを癒し、山の珍味を食してから、ぐっすりと眠った。

旅の四日目は海ノ口から野辺山原を通り、清里《きよさと》までの四里ほどを下る。登攀とは違い、下りの山道は膝に負担がかかり、別の苦しさがあったが、源五郎は二つ目の難行を何とか乗り切った。

清里で一泊した翌日、一行はなだらかになった道を一気に須玉の里へと向かった。ここには武田家の要城《かなめじろ》、若神子城がある。五日目の夜を須玉で過ごし、いよいよ六日目は逸見路を通って甲斐の古府中へ向かうことになった。

若神子城から韮崎《にらさき》まで二里半、韮崎から古府中までは三里半ほどである。この道程を午前と午後に分け、一行はついに目的地へと到着した。

古府中の城下へ入った途端、源五郎はこれまでにない緊張感に縛《しば》られる。鄙《ひな》びた真田の里とは景観も違い、空気も肌を刺すように強《こわ》ばっているような気がした。国府独特の威風に包まれ、七歳の童《わらべ》はどこか萎縮《いしゅく》していた。

それを見た河原隆正は、甥御に要路図を見せ、誉めてやった。

「真田から古府中まで道程は、ほぼ三十里だ。それを馬も使わず、大人と同じく六日で踏破《とうは》したのだ。並みの童《わっぱ》ができることではないぞ。よく頑張ったな」

そう言われた源五郎は、照れたように身をよじるだけだった。

「そなたが歩んできた道は、まさに武田家が佐久から上田へと攻め入った道筋を遡るものだったのだ。その歳でなかなか体験できることではあるまい。ここ数日のことを、大切に己の胸へしまっておくがよい。いつか、そなたの父に話してやるがよい。明日はゆっくりと休み、明後日から御館《おやかた》へ上がるための行儀見習いを始めるぞ」

河原隆正は龍蔵院《りゅうぞういん》という臨済宗《りんざいしゅう》の寺の一角に寄宿を頼んでであり、その後、躑躅ヶ崎館の近くにある仮屋へ移るように手配をしていた。武田晴信への目通りが叶う日まで、源五郎の修行がそこで行なわれる。

数日後、別に行動していた歩巫女のお万阿とお久根が古府中に到着した。

二人から報告を聞いた河原隆正は思わず眉《まゆ》をひそめる。

一行が甲斐へ向かっている間に、小県で大きな異変が起こっていた。

なんと越後から兵を借りた村上義清が、突然、五千の軍勢で攻め寄せてきたというのである。坂城の葛尾城から村上勢を駆逐した武田晴信は、八隊で編成された軍勢を更級《さらしな》郡の八幡《はちまん》まで進めて反攻に備えていた。

しかし、村上義清の率いる北信濃国人衆の兵数が予想よりも遙かに多かったため、武田へ寝返《ねがえ》った者たちに動揺が走り、石川家が内応したらしい。それにより葛尾城を奪還《だっかん》され、武田方の於曾《おぞ》源八郎《げんぱちろう》をはじめとする多数の将兵が討死してしまったのである。

勢いづいた村上義清はさらに小県郡を席巻《せっけん》しながら南下していた。

「何ということか……。いずれ村上の反攻があるとは思っておったが、かように早く大軍を引き連れて戻るとはな」

河原隆正は小さく舌打ちをする。

「して、武田の本隊に関する話は聞いておらぬのか」

河原隆正の問いに、お久根がおずおずと返答する。

「……確かめてはおりませぬが、風聞《ふうぶん》によりますれば、武田晴信様はまず筑摩《ちくま》郡の刈谷《かりや》城にお入りになったとか。同じ筑摩郡の大岡《おおおか》城を中心に軍勢を配し、麻績《おみ》、青《あお》柳《やぎ》辺りで相手を迎え撃つ構えをお取りになったようにございまする」

「ならば、小県の方に手が回っておらぬということではないか」

「……村上義清の背後を脅《おびや》かす形で牽制《けんせい》し、迂闊《うかつ》に葛尾城から動けぬようにしたのではありませぬか。晴信様はすでに刈谷城からもお出になり、先日、松本《まつもと》の深志《ふかし》城までお退《ひ》きになられたと聞き及んでおりまする」

「なるほど、敵の背後を取り、善光寺平への退路も閉ざす構えか。なれば、村上義清もおいそれとは動けまいて」

「隆正様、晴信様は筑摩郡と安曇《あずみ》郡でいくつかのお城を破却《はきやく》する仕置《しおき》をなされ、十一日あたりにはこちらの古府中へご帰還なされたとも聞いておりまする」

「十一日？」

「はい」

「ならば、われらが到着した日ではないか。さように慌《あわ》ただしい気配は感じなかったが……」

「早朝にお戻りになられたのではありませぬか。是非《ぜひ》に、お確かめくださりませ」

「うむ、わかった。お万阿、お久根、そなたらは引き続き話を集めてくれ。清開坊にも伝え、小県の様子を報告させるゆえ」

「畏《かしこ》まりました」

歩巫女と話す伯父の表情を見て、源五郎はただならぬ事態が起こっていることを察知した。しかも話の端々《はしばし》に己がこの旅路で知った地名が現われ、それが真田の里に危機をもたらしていることもわかっていた。

「……お、伯父上様」

源五郎が何か聞きたげな顔で声を発する。

「そなたも聞いた通り、里のすぐ近くで戦が始まったようじゃ。さりとて、われらにはいかようにもし難い。真田は必ずそなたの父が守ってくださるゆえ、余計なことを考えずに修行に打ち込むのだ」

「……はい、わかりました」

「晴信様が古府中におられるならば、いつ何刻《なんどき》、お目通りの通達があってもおかしくはない」

河原隆正は心配そうな甥をなだめ、行儀見習いを続けさせた。

その間、古府中は緊張に包まれたが、武田勢に目立った動きはなかった。

そして、再び局面が動いたのは、七月に入ってからだった。

小県から戻った清開坊らが報告するところによれば、村上義清が葛尾城を出て、塩田《しおだ》城へ入ったというのである。

「塩田城といえば、砥石城と目と鼻の先ではないか。われらが城はいかようになっておるのか？」

河原隆正は眉間《みけん》に深い縦皺《たてじわ》を寄せながら訊く。

「村上義清は塩田城から動かず、上田原を挟んで幸綱様と睨み合っておりまする。われらが探っておりました頃は、まだ攻め寄せる気配はなかったようにござります」

清開坊が答えた。

塩田城は北国街道の上田から三里ほど南西に行った場所にある。砥石城は上田から二里ほど北東にあった。二つの城は上田原を挟み、たった五里ほどしか離れていない。まさに一触即発《いっしょくそくはつ》の距離だった。

「まずいな。武田の本隊が動かねば、籠城では抗しきれぬかもしれぬぞ」

河原隆正は腕組みをしながら唸《うな》る。

まさにその声を聞いていたかのように、武田晴信が甲斐より出陣する。七月二十五日には佐久郡の内山《うちやま》城に入り、八月朔日《ついたち》には電光石火の進軍で小県郡の和田《わだ》城を攻め落とした。

その余勢を駆《か》り、五日には塩田城を取り囲む。小県に残っていた軍勢も参集し、総攻めが行なわれることになった。

もちろん、真田幸綱も砥石城の籠城を解き、この攻城戦に加わっていた。

塩田城に攻め寄せられた村上義清は、あっさり城を捨てる。しかも葛尾城へ籠もることもできず、再び越後へと遁走した。五千もの兵を借りて本城を取り戻したにも拘《かか》わらず、たった三カ月居座っただけの泡沫《うたかた》となった。

武田勢の勝利を聞き、古府中の町は沸き返った。

河原隆正と源五郎も一報を聞き、手を取り合って喜ぶ。

まさに風林火山の真骨頂《しんこっちょう》。源五郎には己が辿った旅路を疾風《しっぷう》の如く進軍する武田勢の姿が見えるような気がした。

圧倒的な強さで敵を追い払い、武田晴信は小県から古府中へと帰還した。

そして、ついにお目通りの通達が届いたのである。

運命の八月十日、源五郎は躑躅ケ崎館に上がり、己の主君と対面することになった。

立秋《りっしゅう》の候を過ぎてもなお、古府中のそこかしこに蜩《ひぐらし》の輪唱《りんしょう》が響いている。河原隆正に付き添《そ》われた源五郎が、躑躅ケ崎の御館へ向かった。

古府中には館を起点として南北へ長い小路《こうじ》が走り、東西路と直角に交差している。その町並みは整然とした碁盤《ごばん》の目に区切られ、まるで京の都《みやこ》を見るようだった。

二人は上《かみ》府中の御前《ごぜん》小路を北へと上っていた。

躑躅ヶ崎館や重臣たちの屋敷がある北側は上府中、城下町の広がる南側が下府中《しも》と呼ばれている。

府中とは、国衙《こくが》や国庁を有する一国の中心を意味する言葉である。

元々、甲斐の国府は、盆地の東部にある八代《やつしろ》郡御坂《みさか》の里にあったが、鎌倉の世になり、その国府が守護職を担うようになった武田家によって御坂から石和《いさわ》へと移された。さらに三代前の惣領《そうりょう》、武田信昌《のぶまさ》の頃、石和から笛吹川《ふえふきがわ》を挟んだ川田《かわだ》の地へ町並みが広がった。

そして、先代の武田信虎が館を建てた時、この川田に甲斐の府中が移され、当世になって古府中と呼ばれるようになった。

まだ暑さが残る中、源五郎はしきりに手拭《てぬぐ》いで額《ひたい》や首下の汗を拭きながら歩いている。

それを見た河原隆正は眉《まゆ》をひそめた。

――御主君への拝謁《はいえつ》を控え、さすがに緊張の色が隠せぬようじゃ。

傅役となった伯父は甥を案じて声をかける。

「源五郎、ずいぶんと暑そうじゃが大丈夫か」

「……あ、はい」

「少し早めに出たゆえ、お約束の刻限まではまだ猶予《ゆうよ》がある。木陰《こかげ》で休んでから参ろう」

「いえ、大丈夫にござりまする」

「うむ。少しでも早く着きたい気持ちはわかるが、このままではのぼせているように見えてしまうぞ。ほれ、御館はすぐそこに見えておる。木陰に入って涼み、汗を鎮《しず》めてからでも充分に間に合うはずじゃ」

河原隆正は優しげな笑みを投げかける。

「……はい、わかりました」

源五郎は強ばった面持ちで頷いた。

二人は木陰に入って汗を拭う。それから、河原隆正は扇《おうぎ》を取り出し、上気した童の頬を扇《あお》いでやる。

「源五郎、何も臆することはない。これまで稽古《けいこ》した通り、御主君へ挨拶《あいさつ》をいたせばよいのだ」

「はい……」

「口上《こうじょう》は覚えておるか」

「はい、大丈夫にござりまする」

「ならば、心配はないな」

河原隆正は古府中へ来てからの数カ月、源五郎に館へ上がるための行儀を教えてきた。

　本日は武田晴信に拝謁することになっており、その成果を新しい主君の前で披露《ひろう》しなければならない。伯父の見たところ、この甥は物覚えが早く、要領も悪くない。おそらく、大きな粗相《そそう》はしないであろうと思われた。

　ただし、口数が少なく、内気な性向であることも確かだった。

　──ひとつ心配があるとすれば、まだ人見知りをするところかもしれぬ。それとて、このぐらいの歳の童ならば珍しいことではなかろう。

　そう思った河原隆正はさりげなく助言を与える。

「源五郎、どれほど稽古を積んでも、人は稽古通りに動けるとは限らぬ」

　その言葉を聞いた源五郎は不安げに伯父の顔を見上げる。

「それゆえ、よしんば挨拶の口上を忘れてしまったとしても、そなたは決して俯いたまま黙《だま》り込んではならぬ。さような時は、皆が驚くような大声で『よろしく御願い申し上げまする』と平伏《へいふく》し、それから真っ直ぐに御主君のお顔を見つめるのだ。よいか、肝心なのは決して俯かぬということ。どれほど恥ずかしくとも、しかと顔を上げて相手から目を背《そむ》けてはならぬ」

「……はい」

「よろしく御願い申し上げまする。それだけが言えれば大丈夫じゃ。童らしく、元気よく」

河原隆正は甥の小さな背中を叩きながら高笑いする。

「はい」

源五郎は少し困ったような顔をしながらも、伯父につられて笑った。

「それにしても、あの御館は実に立派であるな」

河原隆正は目を細めながら遠望する。

躑躅ヶ崎館は武田信虎が花の御所《ごしょ》と呼ばれた京の室町第《むろまちてい》を模《も》して築いた壮麗《そうれい》な屋敷であった。

先代の時には単郭《たんかく》の縄張《なわば》りであったが、当代の武田晴信に引き継がれてから大きく改装されている。惣領《そうりょう》の居館だった中曲輪《なかぐるわ》に加え、東西に曲輪が増築された。東曲輪では政務が執《と》り行なわれ、西曲輪は御一門の住居となっている。内郭は石積みで仕切られ、周囲には深い水堀が切られ、堅固《けんご》な壁が張り巡《めぐ》らされていた。

館の背後にそびえる要害山《ようがいさん》には詰城《つめじろ》が置かれ、西側に湯村山《ゆむらやま》城、南側に一条小《いちじょうお》山《やま》城を配し、外敵が侵入してきた時の防備を固めている。それでも、平地に建てられた京風の館は山上に築かれた城とは違い、大軍に囲まれて一気に力攻めされたならば危《あや》うい感じがする。武田家の本拠地としては、どこか心許《こころもと》ないようにも思えた。

しかし、この地へ至る旅をしてきたものならば、別の意味があることに気づく。

――古府中へ通ずる街道には、いくつもの要城が配され、屈強《くつきよう》な武田勢が詰めておる。それらを経ずしてこの地へ侵攻することはできぬ。おそらく、晴信殿は険阻な山岳に囲まれた古府中と甲斐一国そのものを、ひとつの巨大な要害とお考えになっておられるのであろうな。

それが信濃から古府中へと入った真田家重臣の見立てだった。

「では、そろそろ参ろうか」

河原隆正は竹筒の水を呑んでいる源五郎に言った。

「はい」

二人は御前小路から東の方角へ回り込み、丸馬出《まるうまだし》の枡形虎口《ますがたこぐち》に控《ひか》えていた番兵に面会の用件を伝える。この虎口の先には、躑躅ヶ崎館の追手門《おうてもん》があった。

館内へ伝令が走ったようで、しばらくして小姓《こしよう》が現われ、虎口の木戸が開けられる。

二人は小姓の案内で土橋《どばし》を渡り、追手門の中へ入る。そこから、中曲輪の御主殿《ごしゆでん》と呼ばれる建物へ進んだ。

「これより、御拝謁の方だけを奥へお通しいたしまする。御傅役の方はここでお待ちくださりませ。では、失礼いたしまする」

まだ十代半《なか》ばと思《おぼ》しき小姓は淀《よど》みない口調で告げる。

どうやら謁見の間には源五郎しか入れないようだ。

「伯父上、では行ってまいりまする」

源五郎は眦《まなじり》を決して立ち上がる。

「うむ。しっかりな」

「はい」

緊張した面持ちで源五郎は深く頷いた。

それから、小姓の後について奥へと進む。

長い廊下を歩いた先に大きな広間があった。そこが謁見の間らしい。

がらんとした広間の中程に正座し、源五郎は眼前にある大上座を見つめる。すると自然に鼓動が高まり、頬が熱くなった。

——俯いてはならぬ。背を伸ばさねば……。

そう思いながらも、意志に反して軆が萎縮《いしゆく》してしまう。下腹に尿意《にようい》のようなむず痒《がゆ》さが渦巻《うずま》いており、必死でそれを堪えていた。

そこへ音も立てない摺足《すりあし》で数名の小姓が入ってくる。

最後に最年長の小姓が現われ、皆は下手《しもて》に並んで正座した。

「御屋形様の御成《おなり》にござりまする」

近習頭《きんじゅうがしら》の三枝昌貞《さえぐさまさただ》が背筋を伸ばし、凛《りん》とした声を発する。

その言葉に合わせ、小姓たちが両手をついて一斉《いっせい》に平伏した。一糸《いっし》乱れぬ見事な所作《しょさ》である。

源五郎は慌てて両手をつき、深く平伏する。

板の間に重い跫音《あしおと》が響き、大上座に衣擦《きぬず》れの音が響く。武田晴信が現われたようだ。

源五郎は床《ゆか》に額をつけたまま、音だけでその気配を感じていた。その途端、肌が粟立ち、息が押しつぶされそうになる。

「御新参の方、御屋形様へご挨拶を」

再び三枝昌貞が声を発した。

謁見が始まったという合図である。

この言葉があったならば口上を述べよ。河原隆正からそのように教えられていた。

源五郎はわずかに頭を上げ、必死で声を振り絞る。

「本日は、御屋形様の御尊顔《ごそんがん》を拝謁いたしまする機会を頂きまして、まことに……まことに、き、恐悦至極《きょうえつしごく》にござりまする。……お初《はつ》に御目《おめ》にかかりまする真田、真田源五郎と申しまする。……御屋形様、並びに、ご、御一統《ごいっとう》様、どうか、よろしく御願い申し上げまする。重ねて、こたびの……こたびの塩田城におけまする……ご、御戦勝を……心より……およろこび申し上げまする」

それだけを言い終え、源五郎は再び頭を下げる。実はまだ口上の続きがあったはずだが、完全に脳裡《のうり》から吹き飛び、目の前が真っ白になっていた。

「うむ。余《よ》が武田晴信じゃ。面《おもて》を上げよ」

思いの外《ほか》、張りのある若々しい声だった。

「……有《あ》り難《がた》き仕合わせにござりまする」

源五郎は両手をついたまま顔を上げる。

今年で齢三十三となった武田家の惣領は、泰然《たいぜん》とした笑みを浮かべていた。

武田晴信はふっくらとした面に見事な髭《ひげ》を蓄えている。その表情は柔和《にゅうわ》に見えるが、両眼《りょうがん》に浮かぶ光は鋭い。若々しい声に較《くら》べ、その全身からは年齢以上の貫《かん》禄《ろく》を醸《かも》し出していた。

源五郎は己の主君となる漢《おとこ》を見つめる。そうしているだけで、意味もなく泪が溢れそうになるが、必死で堪えた。

「源五郎、甲斐へよう参ったな。なかなか良き口上であったぞ。されど、余は堅苦しいのを好まぬ。さ、もそっと近《ちこ》うへ寄れ」

武田晴信は手にした檜扇《ひおうぎ》で招《まね》く。

「……あ、はい」

膝立ちになった源五郎は大上座へ躙《にじ》り寄った。

この作法も伯父からしっかりと習っている。

「もっと前へ来い。顔が見えぬではないか」

「はい」

源五郎は戸惑いながらも前へ進む。

「源五郎、歳はいくつになる？」

「よ、よわい七にござりまする」

「七つか……。まだまだ母者《ははじゃ》の乳から離れるのが辛い歳であるな」

武田晴信はそう呟き、何かを思いだしたように目を細める。

「ここへ来る前、そなたの父から何と言われた？」

その問いに、源五郎は思わず絶句した。

父の幸綱から聞かされた話は膨大《ぼうだい》にあり、それが脳裡を巡り始める。何から話せばよいのか迷い、しばし口をつぐんでいた。

それでも、ただ沈黙しているわけにはいかず、意を決して口を開く。

「……この身は、この身は真田からの質《しち》として……御屋形様のもとへ参るのだと。それゆえ、新しき父となる御主君に命を預けよと……」

源五郎の返答を聞き、下座にいた小姓たちが一様に息を呑む。

同時に武田晴信の双眸《そうぼう》が輝きを帯びる。

「ほう、そなたの父はさように酷《こく》なことをはっきりと申し渡したのか」

「……はい」

「それだけか？」

「いえ……。こ、この身は真田と武田家が結んだ和の証となるゆえ、容易《たやす》く里へ戻ることはできぬと。その覚悟をして行けと……」

「なるほど、さようなことまで申したのか。あの真田らしいわ」

武田晴信は檜扇で膝を打ち、含み笑いをこぼす。

このような受け答えをする童に、俄然《がぜん》、興味が湧いたという風情だった。

「源五郎、そなたの覚悟はよくわかった。ここにおる者たちは皆、そなたと似たような境遇でこの館へと来たのだ。されど、よく聞いておくがよい。余はそなたらを質などとは思っておらぬ。人質を取って脅《おど》さねば、忠を尽くさぬ家臣など当家にはいらぬ。それゆえ、武田一門へ参じた家から参ったそなたらは、いわば、この晴信への忠心の証だと思うておる。そして、武田は忠を尽くしてくれる者に決して惨《みじ》めな思いはさせぬ」

武田晴信は源五郎だけでなくすべての近習へ語りかけていた。

その口調は穏《おだ》やかだったが、聞く者の心を揺さぶる独特の響きを持っている。

「源五郎、その証左《しょうさ》がこれだ」

武田晴信は一通の書状を取り出す。

「これが何かわかるか?」

「……いいえ」

「これはな、真田家への安堵状《あんどじょう》だ。そなたの父は実に素晴らしき戦働《いくさばたら》きをしてくれる。それに加え、そなたを忠孝《ちゅうこう》の証として余の下《もと》へ遣《つか》わしてくれた。その褒美《ほうび》として秋和（上田原）の地、三百五十貫《かん》を真田家へ安堵いたすという旨《むね》を記した書状である。秋和の地を所領とすれば、自《おの》ずと真田の里も守ることができよう。そなたが帰る場所が安堵されるということなのだ。これから武田が信濃一国を治めるようになれば、働き如何《いかん》によっては小県《ちいさがた》すべてを所領とすることも夢ではないぞ。すなわち、これがそなたの値打ちというわけだ。わかるか、源五郎」

「はい」

「ここにおる者たちの家にも同じようなものが与えられておる。余はこの古府中に他国の如き大きな本城を築いておらぬ。それが、なにゆえか、わかるか」

「……いいえ、わかりませぬ」

「さようか。ならば、よく覚えておくがよい。余にとっては、人こそが城なのじや。大きな本城を造るよりも、大きな働きをしてくれる家臣がいてくれた方がよい。大きな石垣や堀割よりも、余を守ってくれる兵が大勢になればよい。人は城、人は石垣、人は堀。情けは味方、仇《あだ》は敵なり。人は育てれば城以上の寶《たから》になる。そのためには扶持《ふち》を惜しまぬ。源五郎、それが武田ぞ」

武田晴信は重々しく言い渡した。

「……御言葉、肝《きも》に銘《めい》じておきまする」

源五郎は素早く平伏しながら、主君の言葉を胸の裡《うち》で反芻《はんすう》する。

父の訓戒を聞いた時と同じく、武田晴信が非常に重要なことを語ったと本能で感じ取っていた。

「さて、では、そなたに役目を申し遣わす。ここへきた者はしばらく小姓たちに混じり行儀を見習うのだが、そなたはここにいる近習から行儀を習うがよい」

それは非常に異例のことであった。

通常ならば、年少の小姓に混じり、修行を積むことから始まる。その中で頭角を現わせば、やがて近習に取り立てられることもあった。

しかし、いきなり近習に混じって行儀見習いを始めるというのは珍しい。よほど主君に近い家柄の子か、すでに行儀や教養を身につけた年長の者でなければ、そんな抜擢《ばってき》はされなかった。

どうやら、武田晴信は今の短い問答で何かを感じ、そのように決めたらしい。

しかし、それが源五郎にとって幸いであるかどうかは微妙なところである。近習に混じって行儀見習いを始めるということは、右も左もわからぬまま、いきなり最も厳しい場に置かれるということだった。

「そこに座っておる者たちが、余の近習じゃ。勘解由《かげゆ》から順に挨拶せよ」

武田晴信は近習頭に申しつける。

「三枝昌貞と申しまする。よろしく御願いいたしまする」

この年で齢十七となった三枝昌貞が、近習を束ねる役目を負っていた。

実は昨年まで甘利昌忠《あまりまさただ》という者が近習頭を務めていたのだが、今年で二十《はたち》となったため、三枝昌貞に役目を受け渡して後見する立場に廻《まわ》ったのである。

三枝昌貞に続き、齢十五で元服した長坂昌国《ながさかまさくに》が挨拶する。さらに齢九の土屋平八郎《つちやへいはちろう》、曾根孫次郎《そねまごじろう》が堂々とした所作で源五郎に挨拶をした。

「孫次郎、そなたは今年でいくつになった？」

武田晴信は一番幼い近習に問いかける。

「齢八になりましてござりまする」

下手の末席に正座した曾根孫次郎が胸を張って答える。

「さようか。ならば源五郎、そなたが一番目下になる。わが近習となる者たちは血てもらうがよい」

こそ繋がっておらねど、兄弟の如きものだ。わからぬことは、この兄たちから教え

「はい」

源五郎はちらりと先輩たちに視線を走らせる。

「昌国、そなたの幼名は源五郎であったな」

武田晴信は面白そうな顔で訊く。

「はっ。さようにござりまする」

長坂昌国はきびきびと返答する。

「ならば、同じ名の誼《よしみ》で源五郎の面倒をみてやるというのはどうじゃ」

「はっ。畏《かしこ》まりましてござりまする」

淀みなく答えてはみたものの、長坂昌国は少し困ったように眉をひそめる。

実はこれまで土屋平八郎と曾根孫次郎の二人の面倒をみてきた。己の仕事をこなしながら二人の面倒をみるのでさえ大変なのに、その見習いが三人になれば面倒をみきれるかどうかわからない。それが本音だった。

その様子を瞳の端に留めた武田晴信は、曾根孫次郎に問いかける。

「孫次郎、そなたはいくつの時にこの館へ来たのであったかな?」

「齢五にござりまする」

「すでに三年か。だいぶ動けるようになったの」

「御言葉頂戴《ちょうだい》、有り難き仕合わせにございまする」

幼い近習は主君の誉め言葉に瞳を輝かせる。

「昌国、そなたも見習いが三人では荷が重かろう。ゆえに、平八は勘解由へ預けよ。孫次郎も成長したゆえ、本日からは二人で源五郎を鍛《きた》えてやるのだ」

「御意《ぎょい》」

武田晴信は素早く采配《さいはい》した。

長坂昌国は少し安堵したように頭を下げる。

「……か、畏まりましてござりまする」

曾根孫次郎は戸惑いながらも平伏した。

「源五郎、人には生まれもって授《さず》かる才というものがある。そして、生まれてから伸ばすことのできる能というものを得ることができる。生まれながらの才は変えることができぬ。されど、己の能というものは磨《みが》くことができ、いくらでも変えることができるのだ。余は人の才を愛《め》でるのが好きじゃ。だが、人の能を愛でることは、もっと好きなのだ。わかるか」

「はい」

「精進せよ」

「よろしく御願い申し上げまする」

源五郎は平伏しながら精一杯声を張った。

「本日は大儀であった。後のことは、昌国と相談せよ」

武田晴信は立ち上がり、大股《おおまた》で謁見の間を後にする。

三枝昌貞と土屋平八郎が摺足で主君に付いていった。

源五郎は息を詰め、それを見つめる。武田晴信の背が消えると、思わず細い安堵の息が漏れた。

「源五郎」

長坂昌国が声を掛ける。

「あ、はい。……昌国様、よろしく御願い申し上げまする」

源五郎は緊張した面持ちで頭を下げた。

「おい、同じ近習同士で昌国様と呼ぶのはおかしいぞ」

長坂昌国が苦笑しながら言った。

「……では、何とお呼びすれば」

「兄様でよい」

「では、孫次郎様は……」

源五郎の問いに、長坂昌国と曾根孫次郎は顔を見合わせる。それから、くすりと笑った。

「孫次郎も兄様でよい。目上の者に何か訊きたい時は、兄様と声を掛ければよいのだ」

「わかりました。兄様、よろしく御願い申し上げまする」

源五郎は頭を下げた。

「源五郎、よろしくな」

曾根孫次郎は少し照れたように笑う。

「源五郎、荷物は持ってきたか？」

長坂昌国が訊く。

「はい」

「では、これから、室《へや》へ案内する。本日は荷物をほどき、孫次郎と一緒に館の中を見て廻るがよい」

「はい」

「源五郎、ひとつだけ言っておくが、そなたはまだ行儀見習いだ。御屋形様からそなたの面倒を見るように仰《おお》せつかったが、われらも役目があるゆえ、何もかも手取り足取り教えることはできぬ。細かく説明をしている隙《ひま》もない。とにかく、われらの後につき、何をしているかを見て、それを盗め。それが行儀見習いの仕事だ。足手纏《まと》いになるようなことだけはするな」

長坂昌国は真剣な顔で言い渡す。

「はい、わかりました。兄様」

源五郎も引き締まった顔で頷いた。

「では、孫次郎。そなたが館を案内してやれ。くれぐれも御裏方《おうらかた》の邪魔にならぬよう気をつけよ」

長坂昌国の言った御裏方とは、居館の台所のことである。

主君の身の回りを世話する近習の仕事は、台所とも密接な関係を持っていた。

そして、御裏方の責任者は主君の室であり、御台所《みだいどころ》様と呼ばれている。武田晴信には京から嫁いできた三条《さんじょう》の方《かた》という継室がいた。

この近習は「御裏方をうろうろして御台所様に目をつけられるな」と暗に言っていたのである。

長坂昌国と曾根孫次郎は源五郎を近習の宿室へ連れて行き、仕来《しきた》りの色々を教えた。それから、源五郎は河原隆正の処へ荷物を取りに行き、謁見の報告をした。

その表情から、伯父は謁見が無事に済んだことを見てとる。

「無事に済んでよかった。父上には儂から報告をしておく」

河原隆正は甥の肩を摑み、微笑《ほほえ》んだ。

「はい、伯父上様。これまで、ありがとうございました」

源五郎が両手を膝につけ、深々と頭を下げる。

「源五郎、辛抱《しんぼう》するのだぞ」

河原隆正はしみじみとした口調で言った。

ここからは源五郎が一人で新しい生活を始めねばならなかった。

室へ戻って荷を解いた後、曾根孫次郎に連れられ、館の見学へと向かう。孫次郎はこれまで一番下だった自分に弟分ができて嬉しいのか、細かく場所や決めごとなどを教えてくれた。

その後、皆と夕餉をとり、就寝の時刻を迎える。昼間の緊張のせいか、蒲団に入った途端、眠りに落ちていった。

こうして、源五郎の新たな生活は始まったが、行儀見習いは決して甘いものではない。

先輩たちも初日だけは丁寧に扱ってくれるが、本来の役目をこなす翌日からは違っていた。

長坂昌国が言ったように、優しく何かを教えてくれるわけではない。新参者は先輩の動きを見て、所作を覚えなければならないのである。まさに文字通りの見習いだった。源五郎は翌日の早朝からその試練に晒《さら》されることになった。

小姓たちの朝は早い。

戸外が白々《しらじら》と明るくなる頃、どこからともなく払暁《ふつぎょう》を告げる梵鐘《ぼんしょう》の音が響いてくる。それに続き、躑躅ヶ崎館に乾いた木を打ち鳴らす音が響く。不寝番《ねずのばん》を務めていた若衆が木板を打ち、小姓たちに起床《きしょう》を知らせる柝《たく》の音だ。

その合図を聞いても起きなければ、次は凄《すさ》まじい音が響く中、飛び起きることになる。柝を鳴らした若衆が、力一杯に寝所の襖戸《ふすまど》を開け放っていくからだ。

そうなってから起きたのでは失格である。それゆえ、小姓たちは起床の柝を聞くと反射的に蒲団を飛び出る癖《くせ》をつける。

しかし、前日の緊張からか、源五郎は起床の柝が鳴っても蒲団の中で熟睡《じゅくすい》していた。

枕を並べていた長坂昌国と曾根孫次郎は、すでに床《とこ》から出て蒲団を片づけている。

「おい、源五郎、起きろ」

長坂昌国が新参者の肩を揺する。

源五郎が寝ぼけ眼《まなこ》を薄く開き、面倒見役の近習を見る。しかし、再び、その瞼が落ち、寝息を立て始めた。

「……仕方がないな。孫次郎、あれをやるぞ」

長坂昌国が敷蒲団の端を摑む。

「はい、兄様」

曾根孫次郎も反対側の端を摑んだ。

「せーの」

二人は声を合わせて源五郎が寝ている敷蒲団を一気に裏返す。

その反動で、掛け蒲団に抱きついた源五郎が床の上を転がる。その出来事に驚き、やっと目を開けた。しかし、己の身に何が起こったのか、まだわかっていないらしく、源五郎は寝ぼけ眼を擦《こす》りながら周囲を見回している。

「源五郎、しっかりしろ！　われら近習が他の小姓に朝の支度《したく》で遅れを取るわけには参らぬのだ。いくぞ！」

長坂昌国が眉をひそめて叱咤《しった》した。

「源五郎、手拭いを持ってついてこい！」

手拭いを握った曾根孫次郎が、新参者の腕を取って立たせる。

「……あ、はい、兄様」

源五郎は手拭いを摑み、腕を引かれるままに走り出す。

「ばたばたと音を立てて走るな！　急ぐときでも摺足で音を立てずに走れ！」

長坂昌国が厳しい口調で言い渡す。

「……はい、すみませぬ」

源五郎は見よう見まねの摺足で走った。

小姓の修行はまさに戦いそのものであり、とにかく朝からもの凄い疾《はや》さで動かねばならない。忙しい日課の中で己が行き届かねば、先輩から叱咤を受け、びんたをくらうぐらいのことは当たり前だった。そういった意味では、禅寺での修行によく似ている。

二人の先輩は洗面の場となる井戸へ向かっていた。ここの大石盥《おおいしだらい》に水を汲《く》み、顔を洗い、塩で口を濯《すす》ぐのである。すでに大石盥の前には、他の近習たちが殺到《さっとう》し、行列を作っている。起床からの短い間に洗面、着替え、用便などのすべてをこなさなければならないため、皆は必死の形相《ぎょうそう》だった。

しかも、近習たちは他の小姓よりも常に早く動くことを己に課している。それが近習と呼ばれる者たちの矜恃でもあった。

順番が回ってきた三人は素早く洗面を済まし、寝所に戻って着替えを済ませる。もちろん、厠《かわや》も混雑するため、先に動き始めた者が有利なのである。

「よし、では、御裏方へ参るぞ」

長坂昌国は二人を引き連れて台所へと向かった。

ここで朝餉《あさげ》の膳《ぜん》を貰い、食事を済ましたならば、器を洗って膳を戻す。近習はこれだけのことを手早く済まし、主君がいつ目覚めてもいいように支度を行なう。

熟睡から叩き起こされ、何が何やらわからぬまま動き始めた源五郎にとっては、目が回るような忙しさである。朝餉が終わっても、まだ頭がぼんやりとしていた。

「これより御屋形様のお着替えの用意をいたす。源五郎、ぼやっとしておらず、しかと場所などを覚えておくのだぞ」

長坂昌国が言い渡した。

「はい、兄様」

源五郎は目を白黒させながら答える。

三人は装束《しょうぞく》の間《ま》で真新しい褌《ふんどし》と着替えの帷子《かたびら》を揃え、桐箱《きりばこ》に載せて武田晴信の寝所まで運ぶ。

それから、再び井戸まで行き、二つの桶に水を汲んでくる。最後に、手拭いと空《から》盥《だらい》、三方《さんぽう》に盛った塩などを用意した。

もしも、前夜に奥方の閨房《けいぼう》へお渡りがあった時は、正室《せいしつ》の侍女《じじょ》たちが代わってこの役目を行なう。そうでない場合は、近習たちがすべてを調《ととの》えることになっていた。

三人は準備を終え、主君が声を掛けるまで寝所の縁側に控える。

主君がいつ目覚めるのかはその時々によるので、早く支度が終わっても声掛かりがあるまで、じっと待ち続けなければならない。

黙って座っていると、不意に眠気に襲われ、源五郎の瞼が落ちそうになる。昌国はその様を見逃さず、手にした扇で新参者の腿《もも》をぴしりと打った。

痛みに驚き、源五郎は目を見開き、眠気を振り払うように首を振る。先達《せんだつ》の二人は、その顔を無言で睨んでいた。

「……相《あい》すみませぬ」

源五郎は軆を縮め、蚊の鳴くような声で謝った。

やがて、襖の向こう側から武田晴信の声が響いてくる。

「誰か、ある」

主君が起床したという合図だった。

「昌国にござりまする」

そう答えながら、長坂昌国は音もなく襖戸を引く。

「本日もよい天気じゃ」

武田晴信は大きく伸びをしながら眩《まぶ》しげに外を眺める。

「おかげで、だいぶ汗をかいた」

「お着替えを」

長坂昌国は真新しい褌と帷子を揃えた桐箱を室《へや》の中へ入れる。

曾根孫次郎は阿吽《あうん》の呼吸で空盥を運び、そこに桶の水を張った。

「源五郎、御屋形様に手拭いを」

長坂昌国が命じる。

「あ、はい……」

源五郎は弾《はじ》かれたように手拭いを摑み、うやうやしく主君へ差し出す。

「……失礼いたしまする」

「おお、源五郎ではないか。さっそく務めを果たしておるな。昌国は厳しいであろう」

武田晴信はぎこちなく手拭いを差し出す新参者を見て、面白そうに笑う。それから、汗で張り付く寝間着《ねまき》を脱ぎ、褌も外して乾布《かんぷ》で軀を拭いた。

その間、長坂昌国は手拭いを水に浸《ひた》して固く絞《しぼ》っておく。

汗を拭き取った後、主君はその濡《ぬ》れ手拭いで丹念《たんねん》に軀を拭く。真新しい下帯をきりりと締め、用意された盥の水で顔を洗った。

三方に盛られた塩を摘《つま》み、歯と歯茎《はぐき》へ丹念に擦《す》り込んだ後、豆柄杓《まめひしゃく》の水を含んで口を濯ぐ。そして、糊《のり》の利《き》いた帷子を羽織り、帯を締めた。

「湯漬けの用意をいたせ」

武田晴信は上機嫌で命じる。

「畏まりましてござりまする」

長坂昌国が御裏方へ朝餉の配膳を頼みに行った。

残った曾根孫次郎は、淀みない動作で片づけを行なう。源五郎は戸惑いながらも、それを手伝った。

こうして主君の身辺《しんぺん》の世話から、近習の一日が始まるのである。

しかし、近習は役目だけをこなしていればよいというわけではない。その合間を縫《ぬ》い、涼しい午前中に木剣《ぼっけん》の素振《すぶ》りや剣術の稽古を行なう。

再び雑用や昼餉の用意で走り回った後、午後からは修学や筆の稽古もある。陽が落ちる前には乗馬の稽古を行ない、馬に秣《まぐさ》をやって手入れをしてやる。

晩になれば、主君の湯浴みや夕餉などの世話をしなければならない。もちろん、その他に主君から命じられた雑用などもあった。

すべてをたった三人で行なうわけではなく、他の近習と交代で役目をこなすのだが、その忙しさは文字通り目が回るという言葉がふさわしかった。

自分たちの夕餉を済ませる頃には、皆が互いに口もきけぬほど疲れていた。

要領を得ているはずの先輩たちですらその有様《ありさま》であり、何もわからぬまま走り回った源五郎は食欲が失《う》せてしまうほど、くたくたになっていた。

虚《うつ》ろな眼で箸を動かす源五郎を見て、長坂昌国が声を掛ける。

「源五郎、辛《つら》いであろうが要領を覚えるまで辛抱いたせ。こればかりは手取り足取りで教えるわけにはいかぬ。己で見たものを覚えるしかない。それゆえ、粗相があっても気に病まぬでもよい。皆、最初はそなたと同じだったのだ」

「……はい、兄様」

励まされた源五郎は思わず瞳を潤ませる。

「本日は少し早めに休んでおけ」

「……ありがとうござりまする」

夕餉もそこそこに、源五郎は寝床へ入る。きつい一日を終え、疲れた軆を横たえた途端、泥のように眠り込んだ。

そして、翌朝、再び見事に寝過ごしてしまう。梵鐘も柝の音も覚えがないまま、気が付くと源五郎は蒲団の外へ転がされていた。

走り出した二人を追おうとするが、意識が朦朧《もうろう》としており、昨日よりも軆が重い。先輩たちに付いていこうとすればするほど、思うように動けなくなった。

昨日と同じことをすればいいはずなのだが、ふと意識が遠くなり、源五郎は自分が何をすればいいのかわからなくなる。

――いったい、この身は何をすればいいのだ？　……いや、なにゆえ、ここにいるのだろう。

環境の激変が、明らかにこの童へ変調をもたらしていた。

一日中、迷走を続けた源五郎は、面倒見役にも散々迷惑をかけ、すっかり自信を失った。

そして、寝床へ入っても翌朝の起床のことを考え、眠れなくなってしまった。闇の中で蒲団にくるまっていると、これまで味わったことのない寂しさがこみ上げてくる。

――ああ、真田の里へ帰りたい。

そう思うと、自然に泪が滲む。

源五郎は嗚咽を殺すため、蒲団の端を噛み続けた。

周囲の寝息を聞きながら必死で泪を堪え、疲れ果てた朝方に眠りに落ちると、すぐに起床の時刻となっている。源五郎は寝不足の朦朧とした状態で闇雲に動き、その分だけ失敗を重ねた。昼餉の時も箸を握ったまま眠り、茶碗を手から落とすという始末だった。

その度に先輩から叱咤激励されるが、それもだんだんと心に響かなくなる。二人の言葉が耳を素通りしていくだけで、悪気はないのだが生返事《なま》を繰り返しているだけだった。

さすがにそんな源五郎の態度に怒り、長坂昌国と曾根孫次郎も親身な言葉を掛けなくなる。一日の終わりには、それを気に病み、床へ入っても眠れない。

悪い輪廻《りんね》が、源五郎の幼い精神と肉体を蝕《むしば》み始めていた。

そんな具合で半月ほどが過ぎた頃、近習たちが最も緊張する日がやって来た。

主君の嫡男《ちゃくなん》、武田義信《よしのぶ》との兵法《へいほう》稽古会である。

今年で齢十六となった武田義信はすでに元服《げんぷく》を済まし、初陣を待つばかりとなっていた。

武田義信は幼少の頃から受けている兵法指南とは別に、月に一度、近習たちを集めて自ら稽古を行なっている。この稽古会へは、すでに近習から侍大将や使番《つかいばん》となった者たちも集まり、齢二十七の香坂昌信《こうさかまさのぶ》を筆頭《ひっとう》に原昌胤《はらまさたね》、長坂光堅《みつかた》、甘利昌忠《あまりまさただ》などの面々が駆けつけた。

こうして一人前に立身した若武者《わかむしゃ》は、近習たちの憧憬《どうけい》の的である。特に、奥近習から使番を経て、百五十騎持ちの侍大将となった香坂昌信はその代表格だった。

嫡男の義信としても、父親の近習であれば、いずれは己の側近になる者たちだということを見越してこの稽古会を行なっている。近習たちにとっても、己の技量を示す良い機会だった。

香坂昌信らの指導があった後、武田義信が直々《じきじき》に木剣を取り、近習たちと打ち込みを行なう。剣術の上達を図る恒例の稽古だった。主君の嫡男と先輩たちは、真剣な面持ちで木剣を打ち合う。そうすることで、武田義信は近習たちの顔を覚え、近習たちは主君の嫡男に己の存在を覚えてもらうのである。

そして、先輩たちの打ち込みが終わり、源五郎の番が回ってきた。

「ん？ ……新参の者か？」

武田義信が訊いた。

「……はい。さ、真田源五郎と申しまする」

源五郎は上目遣《うわめづか》いで主君の嫡男を見る。

「おお、こたび館へ上がったという真田の倅か。よし、遠慮はいらぬぞ。思い切り打ち込んでくるがよい」

武田義信は微《かす》かな笑みを浮かべ、木剣を正眼《せいがん》に構える。

それを見た源五郎の軆に緊張が走り、筋《すじ》という筋が強《こわ》ばる。木剣を握る手に力を入れようとすればするほど感触が曖昧《あいまい》になった。

背筋には冷汗が伝い、まともに相手を直視することもできない。

「……どうした。遠慮はいらぬと申したはずだぞ。思い切り懸《か》かってこい」

眉をひそめた武田義信が言い放つ。

「……お願いいたしまする」

源五郎は意を決して打ち懸かる。

しかし、その足下《あしもと》は今にもつまずきそうなほど覚束《おぼつか》ない。当然の如く、打ち込んだ木剣にも力が入らず、その太刀筋《たちすじ》も定まらなかった。

数合《すうごう》を受けた武田義信は仏頂面《ぶっちょうづら》になり、鎬《しのぎ》で源五郎を弾《はじ》き返す。

「どうした。思い切り打ち込んでこぬか」

「えいや！」

源五郎は再び必死で打ち懸かるが、萎縮《いしゅく》した軆の動きはばらばらになり、まともな打ち込みとなっていない。真田の里で兄と稽古していた時の半分も実力を出せていなかった。

さすがに武田義信も呆《あき》れ、適当に相手の木剣をあしらう。

打ち込みをすかされた源五郎はたたらを踏み、地面に転がった。

「もうよい。その程度の腕ならば、まだ、わが稽古会へ参加するには及ばぬ。もう少し素振りを鍛《きた》え、太刀筋を磨いてから来るがよい。では、本日はこれまでといたす」

武田義信は憮然《ぶぜん》とした面持ちで申し渡す。

その言葉が源五郎の胸に突き刺さる。他の近習からの冷ややかな視線も肌に痛かった。

これを境に、源五郎は根本から自信を失い、劣等感の泥濘《ぬかるみ》にはまってしまった。

常に軆をすくめ、周囲の人々の眼もまともに見られなくなる。人の言う通り動くために聞き耳だけを立て、それとなく相手の顔色を窺《うかが》ってしまう。

そんなことでは、務めがうまくいくわけがなかった。

——ああ、ここから逃げ出したい。真田の里へ、自分の家へ帰りたい。

寝床に入る度にそう思い、泪がこみ上げてくる。

しかし、逃げ出せる場所はなかった。

源五郎が鬱屈《うっくつ》とした日々を過ごす中、暦《こよみ》は九月に変わり、躑躅ヶ崎館に激震《げきしん》が走る。

村上義清の懇願《こんがん》を受けた長尾景虎が、越後の軍勢を率《ひき》いて北国街道を南下し、善光寺平に現われたのである。

長尾景虎は自ら軍配《ぐんばい》を振り、川中島の八幡で武田勢の先鋒《せんぽう》を破り、その余勢《よせい》を駆って南側の千曲にあった荒砥《あらと》城を攻め落とす。この城には、村上義清から武田晴信に鞍替《くらが》えした屋代政国《やしろまさくに》が籠もっていた。義を重んずるという長尾景虎が、最も嫌う類《たぐい》の逆臣である。

越後勢の強さを恐れた屋代政国はあっさりと城を捨て、千曲川沿いを東南に撤退し、武田最強の飯富虎昌《おぶとらまさ》が守る塩田城下へ逃げ込んだ。

長尾景虎は塩田城と反対側の西南に兵を進め、東筑摩郡の青柳城と麻績《おみ》城を落とし、電光石火の進軍で会田《あいだ》の虚空蔵山《こくうぞうざん》城までを奪還《だっかん》する。九月朔日《ついたち》から三日までの間に、疾風《しっぷう》の如く武田領深くへと侵攻した。

まさに、毘沙門天王《びしゃもんてんのう》の化身《けしん》という風評に違《たが》わぬ戦ぶりだった。

　その一報が古府中にも届けられ、躑躅ヶ崎館は騒然《そうぜん》となり、突然の戦に気配は一変した。

　武田晴信は重臣たちを集め、連日、評定《ひょうじょう》を開く。その緊迫した場の片隅《かたすみ》で源五郎は息を凝《こ》らし、話を聞いていた。

「兵部《ひょうぶ》からの伝令はまだ着かぬのか」

　武田晴信は苛立《いらだ》った声で訊く。

「申し訳ありませぬ。飯富殿の遣《つか》いはこちらに向かっておる最中かと……」

　馬場信房《ばばのぶふさ》が恐縮しながら答える。

　小県の守備を固めるため、飯富虎昌の率いる赤備《あかぞなえ》衆《しゅう》が塩田城から北の室賀《むろが》城へ向かっていた。村上義清が葛尾城の奪還に動くのを牽制するためだった。

　それに合わせ、源五郎の父、真田幸綱も後詰として砥石城と塩田城を守っている。

　しかし、越後勢は小県へ向かわず、どうやら遙か西側の虚空蔵山城から刈屋原《かりやはら》城を窺っているらしい。

　その辺りの詳細な報告を待っているのだが、なかなか伝令が到着しなかった。

「遅い！　遅すぎる！　……ええい、喉が渇いた。昌国、水を持て！」

　武田晴信が近習に命じる。

　源五郎と並んでいた長坂昌国は弾かれたように室を飛び出す。

「信繁《のぶしげ》はいかがいたした？」

武田晴信が弟の不在に眉をひそめる。

「典廐《てんきゅう》様にも評定の件はお伝えいたしましたが……」

内藤昌豊《ないとうまさとよ》が言葉を濁《にご》す。

「かような時に何をしておるのだ！　孫次郎、信繁を探し、すぐにここへ参れと伝えよ！」

主君に命じられた曾根孫次郎も室を飛び出した。

「……越後勢は、いったい、どの方角を向いておるのだ。わが庭先を土足で踏みにじりよって！」

武田晴信は憤懣《ふんまん》やるかたないといった表情で吐き捨てる。

長尾景虎に自領深く抉《えぐ》られたことを、相当に腹立たしく思っているようだ。

確かに越後勢が虚空蔵山城のある東筑摩郡まで迫れば、信濃で善光寺平と並んで栄えていた諏訪の松本平は目と鼻の先である。ここには諏訪支配の拠点である武田方の要城、深志城があった。

一人残された源五郎は身をすくめ、頭から湯気を出さんばかりの主君を見つめる。

武田晴信は手にした扇でしきりに脇息《きょうそく》を打ち、その瞳が何かを探すようにめまぐるしく動いている。

「……地図じゃ。信濃の地図がなければ話にならぬ！　源五郎、何をぼさっとしておる！　言わぬでも気を利かし、書庫から地図を持ってこぬか！」

主君の怒声《どせい》に飛び上がり、源五郎は室から走り出す。

――書庫……。書庫から信濃の地図……。

そう呟きながら、摺足で走る。

書庫へ飛び込み、信濃の地図を探そうとした。

しかし、そこには膨大な数の書物と巻紙が置かれており、どこに信濃の地図があるのか、見当もつかない。闇雲に巻紙を開いてみるが、関係のない地図ばかりが現われる。

――わからない……。信濃の地図が、どこにあるのか、まったくわからない……。

そう思った途端、己の無力さに腹が立ち、泪が溢れ出る。

源五郎は薄暗い書庫に蹲《うずくま》り、声を上げて泣き始めた。これまでの我慢が堰《せき》を切り、一度流れた泪は止まらなかった。

そこに、戸を開く音が響いてくる。床板が軋《きし》み、誰かが書庫へ入ってきた。

「うむ？　……誰かおるのか？」

若々しい声が聞こえた。

源五郎は袖で泪を拭きながら立ち上がる。

「……こんな処で泣いておるとは、いかがいたした」

立派な出《い》で立《た》ちの若武者が声を掛ける。

「……泣いてはおりませぬ。ただ、信濃の地図が見つかりませぬので……」

源五郎は俯きながら答える。

「ほう、信濃の地図を探しておったのか。ええと、信濃、信濃と……。ほれ、ここにある。これをどこへ持ってゆくのだ？」

「……御屋形様の処へ」

「さようか。ならば、この地図も持ってゆくとよいかもな。そなた、名は？」

若武者が二つの地図を渡し、源五郎の前にしゃがむ。

「……真田源五郎と申しまする」

「ああ、この間、館へ来た近習の見習いか。本当は、ここで泣いていたのであろう？　嘘を申さぬでもよい」

優しげな若武者の問いかけに、源五郎は思わず小さく頷く。

「毎日が辛いか？」

その問いには、源五郎も唇をへの字に結ぶ。頷くわけにはいかなかった。

仕方なく、小さく首を横に振る。

「うむ、さようか。では、ここで少し待っておれ。すぐに戻るゆえ」

若武者はそう言い残して書庫を出て行った。

それから、間をおかずに戻ってきた若武者は、源五郎へ半紙の包みを渡す。

「これを喰《く》え」

「……こ、これは？」

「牡丹餅《ぼたもち》だ。人はな、甘い物を喰っている時は泣かぬ。なにゆえか、自然に笑ってしまうのだな。だから、これを喰い、笑ってから、役目へ戻れ」

若武者の双眸には柔《やわ》らかく温かな光が宿っている。

「辛抱いたせば、良いこともある」

そう呟きながら書庫を出ようとする。

そこへ、曾根孫次郎が飛び込んできた。

「おい、げんご……。あ、典厩様！」

若武者の顔を見た近習がなぜか直立不動の姿勢になる。

「……あのぉ、御屋形様が」

「御屋形様が怒って、この身を探しておられたか？　……なぁに、火急の時ほど、急がば回れよ。これから、参るゆえ大丈夫だ」

典厩様と呼ばれた若武者は、相変わらず飄々《ひょうひょう》とした笑顔で書庫を後にした。

「……源五郎、御屋形様が地図をお待ちかねであったのだぞ。典厩様と何をしていた？」

曾根孫次郎は怒った顔で訊く。

「……てんきゅうさま？」

「さようだ。あの御方は御屋形様の弟君、信繁様だぞ。皆は典厩様と呼んでいる」

――あの御方が、御屋形様の弟君。……てんきゅう様。

源五郎は思わず手元の紙包みを見つめる。

『辛抱いたせば、良いこともある』

武田信繁の柔らかな声が耳の奥でこだましていた。

「……あのう、地図を探しておりましたら、これを喰えと」

源五郎は貰《もら》った紙包みを見せる。

「何だ、これ？」

曾根孫次郎は不思議そうな顔で訊く。

「ぼたもち……」

「典厩様がくださったのか」

「はい、これを喰《た》べて笑ってから、お役目へ戻れと……」

「ふうん、さようか」

羨《うらや》ましそうな顔で、曾根孫次郎が紙包みを見つめる。

「……兄様、これを半分喰べていただけませぬか」

後ろめたいような気持ちを抱《かか》えていた源五郎が願った。

「えっ……」

曾根孫次郎はその申し出に驚く。

「……お前が典厩様から貰ったんだから、お前が喰えばいいじゃないか」

「いや、是非に半分ずつ……。お願いにござりまする。他の兄様には内緒で……」

源五郎は包みから牡丹餅を取り出し、半分に割って差し出す。

「……本当に、いいのか？」

曾根孫次郎は小首を傾《かし》げながらも受け取る。

「はい」

二人は恐る恐る牡丹餅を頬張《ほおば》った。

その途端、餡《あん》の甘さが口一杯《くちいっぱい》に広がり、自然に顔がほころぶ。

「甘ぁい～」

二人は同時に感嘆の息を漏らす。その味を惜しむように、ゆっくりと嚙みしめてから呑み込んだ。

「ああ、旨《うま》かったなぁ……」

曾根孫次郎は満面の笑みで呟く。

「はい、兄様」

源五郎もやっと笑顔になって答える。

「よし、源五郎、急いで戻ろう」

二人は地図を抱え、急いで評定の場へ戻った。

「遅い！」

武田晴信は近習を一喝《いっかつ》する。

「……申し訳ございませぬ」

源五郎は転げるようにして二枚の地図を差し出す。

「ん？　……」

地図を開いた主君が眉をひそめる。

「……信濃の地図とは別に、善光寺《ぜんこうじ》道の地図も持ってきたのか。うむ、なかなか気が利くではないか。これでよい」

武田晴信が穏やかな声で言った。

ほっと胸を撫《な》で下ろしながら、源五郎は上座に眼をやる。

柔和《にゅうわ》な笑みを浮かべた武田信繁が、小さく頷いて見せた。

この日から、曾根孫次郎は再び親身に接してくれるようになった。秘密の牡丹餅を相伴《しょうばん》し、二人の間にこれまでになかった情が芽生《めば》えたようだ。

そして、翌日、もうひとつ嬉しい出来事があった。

武田晴信の使番となっていた長兄の真田信綱が、源五郎の処へ寄ってくれたのである。

「源五郎、久しぶりだな。もう少し早く様子を見にきたかったのだが、色々とお役目が忙しくてな。元気でやっているか」

「はい、兄上」

「いきなり近習の見習いとなったそうだが大変であろう」

「……あ、いえ」

「されど、それは光栄なことだ。誰もがなりたいと願っているが、なかなかに叶う望みではない。その分だけ修行は難儀《なんぎ》であろうが、辛抱いたせば得るものも大きいのだ」

「はい」

「源五郎、何か困ったことはないのか？」

真田信綱はじっと末弟の瞳を見つめる。

源五郎は己の感情を隠すように俯く。

「……皆様のお気持ちがわからず、ご迷惑をお掛けしておりまする」

「源五郎、人の気持ちを知りたいならば、まず相手の眼を見よ。眼は心の動きを映《うつ》す鏡の如きものだ。それゆえ、相手の気持ちが知りたければ、眼を見て話をすればよい。そなたのように相手から眼を逸《そ》らしていたのでは、いつまでたっても気持ちを知ることはできぬぞ。それは相手が御屋形様でも同じだ」

長兄にそう諭された源五郎は、なぜか、優しげな武田信繁の双眸を思い出していた。

確かに、あの時は瞳の輝きから気持ちの温《ぬく》もりが伝わってきたような気がする。

「……わかりました、兄上」

「また、ここへ寄るゆえ、挫《くじ》けずに頑張るのだぞ」

真田信綱は源五郎の頭を荒々しく撫でながら励ます。

「はい、頑張りまする」

そこへ面倒見役の長坂昌国がやって来る。

「源五郎……。あ、失礼いたしました」

客の姿を認めた長坂昌国は立ち止まった。

「兄上、こちらが面倒を見ていただいておりまする長坂昌国様にござりまする」

源五郎に紹介をされ、長兄が立ち上がる。

「真田信綱と申しまする。長坂殿、どうか弟を宜《よろ》しくお願いいたしまする」

真田信綱は両膝に手を置き、深々と一礼する。

「……いえ、こちらこそ、宜しくお願い申し上げまする」

長坂昌国は恐縮して頭を下げた。

「では、源五郎、またな」

長兄は笑みを浮かべて踵を返した。

その背中に刺繍《ししゅう》された百足《むかで》の紋を見ながら、長坂昌国が訊く。

「……源五郎、そなたの兄上は百足衆だったのか？」

「あ、はい」

「さようか。驚いたな……」

長坂昌国は感嘆の息を漏らす。

百足衆は武田晴信の使番だが、百足の描かれた旗指物を背負う選ばれし若衆だった。

百足は大顎《おおあご》で相手を咬《か》み、毒で倒すことから毘沙門天王《びしゃもんてんのう》の使いとも言われ、その異様な姿が兜《かぶと》の前立《まえだて》などにも使われる。特に前進しかしない百足に擬《ぎ》して「絶対に後退しない者ども」という意味がこめられ、百足衆は重臣の子息が抜擢《ばってき》される精鋭《せいえい》の足軽部隊となった。

この百足衆もまた、近習たちの憧れの的だった。

「そなたの兄上は、なんとも、……凜としておられるな。……俺もいずれは百足衆に取り立てられたいのだ」

長坂昌国が照れくさそうに頭を掻く。

「……はい、この身も」

源五郎も恥ずかしそうに頷いた。

「取り立てられるまで、一緒に頑張ろう」

こうした出来事を経て、面倒見役の態度も少しは柔らかくなった。

源五郎はやっと失意の泥沼から這《は》い出すための端緒《たんしょ》を摑み、館での暮らしも少しずつ體に馴染《なじ》み始めていた。

暇ができた時には自ら書庫へ行き、地図の在処《ありか》を確認する。同じ失敗を二度繰り返さないためだった。それに、武田信繁に情をかけられてから、この黴《かび》くさい場所に来ると何となく心が和《なご》んだ。

源五郎はわずかながら前向きな気持ちを取り戻していた。

だが、館の空気は相変わらず緊迫していた。

いよいよ武田晴信自らが出陣することになったからである。

そのための軍《いくさ》評定が開かれた。

虚空蔵山城から松本の深志城を窺っている長尾景虎に対し、武田最強の赤備衆が室賀峠を押さえ、目と鼻の先にある刈屋原城にも援軍を回している。問題は武田晴信の率いる本隊が、どこへ着陣するのが最も有効かということだった。

自然と評定は白熱し、重臣たちからも様々な意見が具申《ぐしん》される。それを聞きながら、源五郎はあることに気づいた。

信濃の地図を前にした主君が扇で脇息を打ち、その瞳が何かを探すように動き始めている。数日前と一緒の仕草だった。

源五郎には主君の瞳から溢れ出す感情の動きがはっきりと見えるような気がした。長兄の真田信綱が言った通りである。

――御屋形様が、別の地図をお求めになっている。間違いない。地図だ！

そう思うと、急に鼓動が高まる。

源五郎は長坂昌国の顔を覗き込み「地図を」と呟く。昌国は一瞬だけ眉をひそめたが、ゆっくりと頷いて見せた。

その刹那《せつな》、源五郎は音もなく立ち上がる。同時に曾根孫次郎も弾かれたように立ち上がった。

二人は気配を消して評定の場を後にし、摺足で書庫へと向かう。そこで評定で使いそうな地図をありったけ選び出し、懐に抱えて急ぎ評定の場へ戻った。

夥《おびただ》しい数の地図を抱えた近習の二人を見て、武田晴信はふっと笑みをこぼす。

「よし、関わりのありそうな地図をすべてここへ広げよ。その上でただちに陣を決める」

主君の命を受け、近習たちは地図を広げていく。

弟の武田信繁は柔和な笑みを浮かべ、源五郎の動きを眺めている。

源五郎はこの時初めて近習として仕える喜びを知った。

この評定を経て、武田晴信は本隊を引き連れて塩田城へ入ると決めた。

翌日すぐさま古府中を出立《しゅったつ》し、対決の機運は一気に高まる。

長尾景虎が刈屋原城の武田勢をものともせず、松本の深志城へ侵攻する気配を見せたため、九月十三日に武田晴信は荒砥城に残っていた越後勢へ夜襲を仕掛け、敵の退路を断《た》とうとする。

両軍は深夜に激しく交戦し、その報はすぐに早馬で前方の長尾景虎へ届けられる。さすがに荒砥城を奪われては危ういとみて、越後勢の本隊は神速で城下の八幡まで撤退した。

ここから越後へ引き揚げるかと思いきや、今度は武田晴信のいる塩田城に向けて軍勢を押し出す。互いの駆け引きを含めた一進一退の攻防である。

しかし越後勢は、塩田城には至らず、その手前の坂城南条《さかきなんじょう》へ放火するだけに留まった。

忽然《こつぜん》と信濃へ現われた長尾景虎は、戦が長引くのを不利とみて、九月二十日に越後へと引き揚げる。

それを確かめた武田晴信は、十月七日に塩田城から松本の深志城へと移り、十七日には甲斐古府中の躑躅ヶ崎館へと帰還する。越後勢に奪われた拠点を奪い返したが、長尾景虎の剛胆《ごうたん》さと迷いなき用兵術には度肝《どぎも》を抜かれていた。

――油断ならぬ敵が現われた。おそらく、あ奴《やつ》が信濃平定の最大の障壁となるであろう。

武田晴信はそのような予感を抱いていた。

これが善光寺平を巡る武田晴信と長尾景虎の長きにわたる戦いの序章となった。くしくも第一回目の川中島の戦いが行なわれた年に、源五郎の多難な近習生活が始まっていた。

この年の二年後、天文二十四年（一五五五）には再び犀川《さいがわ》を挟んで越後勢と激突し、その後、二百余日にも及ぶ長い対陣となる。さらに二年後の弘治《こうじ》三年（一五五七）には、善光寺平の上野原《うえのはら》で再び合戦となった。

武田晴信が川中島で長尾景虎と戦い続けている間、源五郎は幾多の難儀を乗り越え、近習として少しずつ成長する。

そして、源五郎の運命は、否応《いやおう》なく川中島を巡る因縁《いんねん》へと吸い込まれていくことになった。

第二道
初陣

真田館に厳《おごそ》かな祝詞《のりと》が響いていた。

初冠《ういこうぶり》と呼ばれる侍烏帽子《さむらいえぼし》を被《かぶ》った源五郎は、六連銭《りくれんせん》の透紋《すかしもん》が入った大紋直垂《だいもんひたたれ》を身に纏《まと》い、緊張した面持《おもも》ちでそれを聞いている。山家《やまが》神社の神人《じにん》たちが、具足《ぐそく》の間《ま》で元服《げんぷく》を祝《いわ》う祓詞《はらえことば》を朗誦《ろうしょう》していた。

室《へや》には先祖伝来の大鎧《おおよろい》が飾られ、その隣《となり》に六連銭の大金紋が入った真新しい具足一式が置かれている。源五郎が初陣《ういじん》の時に身に纏う鎧だった。

祝詞の朗誦が終わると、引き続いて三献《さんこん》の儀が行なわれる。源五郎の前に、神人が組肴《くみざかな》の載《の》った高脚《たかあし》の膳《ぜん》を運んできた。

組肴とは、白い土器《かわらけ》の三重盃《みつがさねはい》と「打ち、勝ち、喜ぶ」を表わす縁起物《えんぎもの》、打鮑《うちあわび》、勝栗《かちぐり》、結昆布《むすびこんぶ》を折敷《おしき》の上に載せたものである。源五郎が祝箸《いわいばし》を手に取って打鮑の一片《いっぺん》を食すと、神人が御神酒《おみき》の入った長柄《ながえ》の片口《かたくち》を差し出す。大紋直垂の袖《そで》を払い、源五郎はうやうやしく両手で三重盃のひとつを取り、深く一礼した。

そこへ長柄所役《しょやく》の神人が御神酒を注《つ》ぐ。ここにも仕来《しきた》りがあり、長柄所役は「そび、そび、ばび」と心中で唱《とな》えながら、三回に分けて酒を注がなければならない。そびとは鼠尾のことであり、まず二回は鼠《ねずみ》の尾ほど細く静かに酒を注ぐ。ばびは馬尾のことであり、縁起を担《かつ》いで最後だけは太く長く酒を注ぐ。その後は同じ要領で、勝栗を食して三注一献、結昆布を食して三注一献となり、三つの盃すべてを呑み干すのである。

　父の真田幸隆《ゆきたか》と母の於雲《おくも》。真田信綱《のぶつな》と昌輝《まさてる》（幼名：徳次郎）の二人の兄。傅役《もりやく》の伯父《おじ》、河原隆正《かわらたかまさ》などが揃《そろ》い、その晴姿《はれすがた》を見守っていた。

　そして、すべての儀が終わった後、幼名が烏帽子名に改められる。齢《よわい》十五の源五郎は、晴れてこの日から真田昌幸《まさゆき》という乙名《おとな》となった。

　暦《こよみ》は永禄《えいろく》四年（一五六一）一月五日、源五郎が質《しち》として躑躅《つつじ》ケ崎《がさき》館に赴《おもむ》いてから八年が経っていた。

　滞《とどこお》りなく元服の儀が終わり、続いて祝いの宴《うたげ》が開かれた。

　新年の祝いも相まって、広間には溢れんばかりの酒肴《しゅこう》が用意されている。一家と親族が揃い、懐《なつ》かしい話に花が咲いた。

　元服した昌幸は初めて父や兄たちと対等に盃《さかずき》を交わすことができる。しかし、最初から同じ調子で呑んでいたのではすぐ潰《つぶ》されてしまうので、少し抑制《よくせい》しながら盃に口をつけた。

　すでに酒宴《しゅえん》に慣れ親しんでいた二人の兄は、誰に憚《はばか》ることなく盃を呷《あお》り、心地よく酔っている。

「……されど、甲斐《かい》へなど行きたくないとべそをかいていた弟と、こうして酒初《ささはじめ》ができる日がこようとはの」

真田昌輝が朱塗《しゅぬ》りの盃を持ち上げ、偉そうに言った。

この仲兄は四年前に元服し、一年だけ小姓《こしょう》の修行をした後、百足衆《むかでしゅう》に取り立てられている。齢十九となった今では、武田晴信の使番《つかいばん》を務めていた。

「べそなど、かいておらぬ！」

昌幸はむきになって言い返す。

「……離れたくないと泣いていたのは、小さい兄者の方であろうが」

「何を申すか！　おまえがあんまり泣くので、仕方なく寶物の黒鏃《くろやじり》をやったであろうが。忘れたとは言わせぬぞ」

仲兄の昌輝が末弟に向かって盃を突き出す。

「まったく、昌輝の申す通りだ。御館の寝所《しんじょ》を訪ねるたびにいつも半べそをかいていた、あの源五郎が今では立派な奥近習《おくきんじゅう》なのだからな」

長男の真田信綱もそらを向いてうそぶく。百足衆の長兄は齢二十五となり、すでに使番から五十騎持ちの侍大将へと昇格していた。

「あ、大きい兄者まで……。いつも半べそだったとは、な、何を申されるか……」

頬を赤らめた昌幸を見て、二人の兄は肚《はら》を抱えて笑う。

真田幸隆は穏やかな笑みを浮かべ、倅《せがれ》たちの成長に眼を細めていた。

この父は信濃先方衆《しなのさきがたしゅう》の筆頭《ひっとう》となり、幸綱《ゆきつな》から幸隆へと改名している。今では名実共に武田家の重臣と認められ、小県《ちいさがた》から善光寺平《ぜんこうじだいら》を睨《にら》み、前線で越後勢に備える役目を負っていた。

まだ源五郎と呼ばれていた昌幸が質として躑躅ヶ崎へ行ってから、父と兄たちは合戦のたびに武功を上げてきた。その積み重ねにより、真田一統《いっとう》は外様《とざま》ながらも重用され、更なる隆盛《りゅうせい》へと向かう新しい年を迎えていた。

そして、倅たちが揃って帰郷したことを一番喜んでいたのは、母の於雲だった。

「ともあれ、源五郎、おまえの立場が少し羨ましいぞ」

仲兄の昌輝が鼻の頭を掻《か》きながら呟いた。

「兄者！　もう、源五郎ではない。ちゃんと烏帽子名で呼んでくれ」

昌幸は憮然《ぶぜん》とした面持ちで言う。

「……おお、さようであったな。ついつい癖《くせ》でな」

「俺の立場が羨ましいとは、なにゆえだ？」

「奥近習は軍評定《いくさひょうじょう》の時も御屋形《おやかた》様の側《そば》に侍《はべ》るのであろう」

「さようだが……」

「ならば、御屋形様の語る軍略用兵術を直《じか》に聞けるということではないか。いわば、武田信玄《しんげん》公直伝《こうじきでん》の兵法指南ということだ。それ以上に羨ましいことなどあるか」

仲兄の昌輝が言ったように、武田晴信は二年前に出家し、今は徳栄軒《とくえいけん》信玄と号していた。

その前年、永禄元年（一五五八）に信濃の守護職《しゅごしき》を拝命し、善光寺の如来《にょらい》を甲斐へ移したことを機に剃髪を決意したようである。

重臣たちに多少の戸惑《とまど》いはあったようだが、信玄と共に出家した者たちも数名いた。

「うむ。俺も昌輝と同じ気持ちだな。父上とて毎回、御屋形様と軍評定に同席するわけではない。われら百足衆はなおさらで、すべてが決まってから下知《げち》が回ってくる。御屋形様が戦《いくさ》の要諦《ようてい》を語る様を見られるというのは、確かに羨ましい。昌幸、おまえは果報者《かほうもの》だ」

長兄の信綱が声をかける。

「そ、そうかな……」

昌幸は照れくさそうに頭を掻く。

――実はこの身も軍評定の末席にいられるのが一番嬉しい。されど、それを申せば、自慢のようになってしまうゆえ、兄たちには言えなかったのだ。

「昌幸、御屋形様が語られた兵法の極意の中で、おまえが最も感服したのはいかような事柄《ことがら》か？」

長兄がいきなり鋭い質問を放つ。

「えっ……」

昌幸は思わず思案顔になる。

「……えーと、それはだな……」

「何だ、すぐに答えられぬのか。本当に御屋形様の話を聞いておるのか？」

仲兄の昌輝が、昌幸に疑惑の眼差《まなざ》しを向ける。

「聞いているよ。……えーと、やはり、戦の勝ちは六分が最上、と御屋形様が仰せになられたことかな」

「それはいかなる意味か？」

仲兄は眉をひそめて聞く。

「御屋形様がある日、戦に完璧なる勝ちなど求めてはならぬと仰せられたのだ。相手を完膚《かんぷ》なきまでに叩き潰すような戦法は下策であるとも仰せられた。戦の勝ちを算ずる時は、四分六《しぶろく》で相手に勝つような策を練《ね》るのが最上であると。それ以上の勝ちを望めば、当然の如く自軍の損害をも大きくしていくことになるそうだ。自軍の損害を最も少なくし、相手に勝てる策が浮かぶまで時を費やされるらしい。ゆえに、六分の勝ちが最上だと」

昌幸の話を聞き、仲兄の昌輝が腕組みをして唸《うな》る。

「なるほど。自軍の損害が大きくなればなるほど下策か……。さすがは御屋形様、深いところを突いておられる」

「さらに御屋形様が、かように仰せになられた。かかる観点からすれば、幸隆は戦の下拵《したごしら》えが抜群《ばつぐん》に巧《うま》い。真田の調略《ちょうりゃく》には、村上義清《むらかみよしきよ》もさぞかし腸《はらわた》が煮《に》えくりかえっておることであろう。さように父上をお褒《ほ》めになっておられました」

昌幸の言葉に、父の幸隆は微《かす》かに笑った。

確かに、村上義清との戦いは幸隆の調略によって大きく好転していた。

そして、武田信玄もまた越後との戦いに際し、必ず何らかの謀計調略を仕掛けている。それが癪《しゃく》に障《さわ》るのか、長尾景虎《ながおかげとら》はこれまで三度にわたって善光寺平へと出張《でば》ってきた。

武田はその戦いに負けたことはなく、合戦の後には必ず拠点《きょてん》を増やしている。すでに信濃の大半は武田家が支配しているといっても過言《かごん》ではなかった。

しかも、京の幕府はすでに信玄を信濃の太守と認めている。

「幸隆殿、長尾景虎は近々、善光寺平に現われましょうか？」

傅役を務めてくれた伯父、河原隆正が訊く。

「われらが海津《かいづ》の城を修築したからには、早晩出張ってくるでありましょう。あの長尾景虎がいつまでも手をこまぬいているとは思えませせぬ」

父の幸隆が言ったように、信玄は昨年秋に川中島北部を睨んだ新しい拠点、海津城を完成させている。ここが善光寺平の最前線であり、城代は奥近習上がりの香坂《こうさか》昌信《まさのぶ》が務めていた。

「おそらく、御屋形様はこの春に北へと軍勢を進め、野尻湖《のじりこ》東南にある越後勢の拠点、割ヶ嶽《わりがだけ》城あたりを攻略なされるおつもりであろう。ならば、われら真田一統がその先陣を務めることになる」

「いよいよ、信濃と越後の国境まで兵を進めると。腕が鳴るわ」

長兄の信綱が眼を細めて盃を干す。

「されど、最も大きな問題は、長らく続いておるこの旱魃《かんばつ》だ。兵糧《ひょうろう》の確保ができねば、満足に戦も行なえぬからな」

父が言ったように、弘治年間からすでに五年以上も旱魃が続いており、朝廷が雨の恵みを祈るべく永禄と改元したにもかかわらず、諸国では未曾有《みぞう》の飢饉《ききん》が発生していた。

「さらにもうひとつ、今川義元《いまがわよしもと》の頓死《とんし》だ。東海で起きた椿事《ちんじ》のせいで駿河《するが》、遠江《とおとうみ》が動揺しておる。それがわれらの確保している南塩《なんえん》に影響を与えるようになれば、由々《ゆゆ》しき問題となるであろうな。われらが越後と心おきなく戦えたのは、今川、北條《ほうじょう》との同盟と南塩の確保があってのことであるからな」

「されど、父上、どうも腑《ふ》に落ちませぬ。万端《ばんたん》の戦支度《じたく》を行ない、二万余の軍勢を引き連れた義元公が、たった二千ほどの軍勢を相手に桶狭間《おけはざま》で敗北したというのは、にわかに信じられませぬ。尾張《おわり》の織田信長《おだのぶなが》などという者は、これまで聞いたこともない成出者《なりいでもの》ではありませぬか」

昌幸は首を捻《ひね》る。

それまで尾張の織田家などという勢力は聞いたこともなく、東海一の弓取りとまで言われた今川家が、よもや近隣での合戦に負けるなどとは誰も考えていなかった。

しかし、今川家の恐るべき敗北はまごうかたなき事実であり、その報が日《ひ》の本《もと》中を駆けめぐり、人々を震撼《しんかん》させている。

「信じ難《がた》いことであるが、それも戦の本性《ほんしょう》よ。戦いの一寸先《いっすんさき》には、いかなる闇《やみ》が待ち受けているかわからぬという教訓だ。義元公に慢心《まんしん》と油断があったのだろうが、その隙《すき》をついて相手の総大将を闇に引きずり込んだ織田信長とやらの奇策が、よほど冴《さ》えていたのであろうな」

「げに恐ろしきは油断なりか……。父上、御屋形様も北條家との盟約をご心配なされておりまする」

昌幸が眉をひそめる。

「義元公の跡を継いだ倅の氏真《うじざね》では、今川も長くは持つまい。そのせいで三国の盟約が揺《ゆ》らぎ、北條との関係も揺らぎ始めておる。清開坊《せいかいぼう》たちの報によれば、今川領の三河《みかわ》と遠江には有象無象《うぞうむぞう》が群《むら》がり、すでに草刈り場と化しているようだ。その隙に乗じて配下であった松平党《まつだいらとう》までが西三河で叛旗《はんき》を翻《ひるがえ》したらしい。塩の道が途絶《とだ》える恐れがある以上、三国の盟約を破棄し、武田家が今川を滅ぼした方がよほどましであろうな。とにかく、東海を押さえるためにも、善光寺平で長尾景虎との決着を付けねばならぬのだ」

父の幸隆は虚空《こくう》を睨みながら言った。

三人の倅と河原隆正は無言で小刻《こきざ》みに頷く。

酒宴の席がいつのまにか軍評定さながらの様相《ようそう》を呈《てい》していた。

「ともあれ、われらが今、注視せねばならぬのは海津の城だ。信濃の制覇は目前に迫っておる。そのためには善光寺平を死守せねばならぬ」

幸隆が眉をひそめて腕組みをする。父の言葉に、三人の倅たちは深く頷いた。

「父上、長尾景虎はなにゆえ、あれほどまでに善光寺平に拘《こだわ》るのでありましょうや？」

昌幸が訊く。

「あの者の信条は、『我は依怙《えこ》にかられて弓箭《きゅうせん》を取らず。されど、筋目《すじめ》を似《もっ》てならば、何方《いずかた》へも与力《よりき》をいたす』ということらしい。信濃を追われた村上義清《よしきよ》や高梨政頼《たかなしまさより》などの北信濃衆のために善光寺平へ出張るというのが大義名分なのであろう。されど、その信条に似合わず、どこか御屋形様を目の敵《かたき》にしておるような節《ふし》がある。それがなにゆえなのかは、わからぬがな」

「はぁ、御屋形様を目の敵と……」

「これまで三度《みたび》の戦をみれば、長尾景虎の率いる越後勢は相当に手強《てごわ》い。ただひとつだけわかっていることは、近いうちに必ずや雌雄《しゆう》を決せねばならぬ時がやって来るということであろう」

父の幸隆が険《けわ》しい面持ちで言った。

「心しておきまする」

昌幸は眦《まなじり》を決して答えた。

元服の儀を済まし、正月を真田の里で過ごした昌幸は、六日に古府中へと戻った。

七日には躑躅ヶ崎館で重臣たちが勢揃《せいぞろ》いして評定始《はじめ》の儀が行なわれ、そのまま年賀の宴席となる。奥近習たちはその手配りをしなければならず、そのために慌《あわ》ただしく故郷から戻ってきたのである。

昌幸が支度のために忙しく館を走り回っていると、書庫から出てきた武田信繁《のぶしげ》に出くわした。

「典厩《てんきゅう》様、明けましておめでとうござりまする。本年も宜しくお願い申し上げまする」

昌幸は深々と頭を下げる。

「おう、源五郎か。本年もよろしくな」

信繁は柔和《にゅうわ》な笑顔で答えた。

「あのぅ、典厩様……」

「ん、なんだ？」

「それがしはこの正月に元服の儀を済ましまして、そのぉ、もう、源五郎ではありませぬ……」

「おお、さようか。ここでべそをかいておった源五郎が元服とな」

信繁は天を仰ぎ、からからと笑う。

「典厩様……」

昌幸はばつの悪そうな顔で頭を掻く。

「それはめでたい。して、烏帽子名は何と？」

「昌幸にござりまする」

「昌幸か。うむ、良い名だな」

「まことにござりまするか」

「ああ。兄上から近習の証《あかし》として昌の偏諱《へんき》をいただき、そなたの父から幸の一字をもらったのであろう。昌の字は、あかあかと輝くという意味ぞ。すなわち、そなたの烏帽子名は、あかあかと輝く幸せということだ。まるで元旦《がんたん》の朝日の如き名ではないか。これ以上に縁起の良きことがあるか」

信繁は満面の笑みを浮かべる。

「あ、有り難き御言葉にござりまする」

昌幸は頬を紅潮させて頭を下げた。

「その名に恥じぬよう精進《しょうじん》いたせ」

そう言い残し、信繁は自室に向かって歩き始める。だが、数歩進んだ処で踵《きびす》を返し、昌幸の顔を指さした。

「昌幸、余《よ》の室《へや》に牡丹餅《ぼたもち》が余っておる。喰うか？」

「はい、是非、御相伴《ごしょうばん》に与《あずか》りとうござりまする。されど……」

「されど、何だ？」

信繁が不思議そうな顔で訊《たず》ねる。

「牡丹餅も好物にござりまするが、できうれば酒の方が嬉しいかと。晴れて、乙名《おとな》になりましたゆえ」

昌幸は上目遣いで主君の弟を見る。

「小癪《こしゃく》な……。よかろう。存分に相手してつかわすゆえ、後でわが室へ参れ」

信繁は背を向け、高笑いしながら歩いていった。

この日の夕刻、昌幸は信繁の室を訪ね、相伴に与った。緊張しながら盃を交《か》わしていたが、信繁の豪快《ごうかい》な呑みっぷりに一刻《いっとき》も経たないうちに潰されてしまう。気が付くと、戻った記憶もないままに近習の寝所で転がっていた。それでも、この上なく嬉しい一夜を過ごした。

正月の儀も滞《とどこお》りなく終わり、やがて古府中にも梅の季節がやって来る。そして、三月を迎えた頃、躑躅ヶ崎館に不穏な一報が届けられた。

越後の長尾景虎が北條家の本拠地、小田原《おだわら》城を十万余の大軍で囲《かこ》んだというのである。それを聞き、館の中は騒然《そうぜん》となった。

昌幸も昨年から越後勢が三国峠《みくにとうげ》を越え、上野《こうずけ》の厩橋《まやばし》城を拠点にして関東へ出張ったことは知っていた。

長尾景虎はそのまま厩橋城で越年し、年明けから再び侵攻を開始する。上野から武蔵《むさし》へと進軍し、深谷《ふかや》城、忍《おし》城、羽生《はにゅう》城などを落として拠点としつつ、北條家の本拠地がある相模《さがみ》まで恐るべき疾《はや》さで進軍したらしい。二月には一気に鎌倉まで押し寄せ、そこから小田原城を窺った。

盟友である北條家からは、躑躅ヶ崎館へ続々と報《しらせ》が届けられた。

それによれば、長尾景虎は関東管領職《かんれいしき》の上杉憲政《うえすぎのりまさ》を擁《よう》し、関東の諸勢力を束《たば》ねて十万余の大軍勢に膨《ふく》れあがっているという。昨年の上野侵攻は、上杉憲政の旧領であった一帯を取り戻し、関東勢に北條討伐《とうばつ》の檄《げき》を飛ばすためのものだったらしい。

それに呼応し、宇都宮広綱《うつのみやひろつな》、佐竹義昭《さたけよしあき》、小山秀綱《おやまひでつな》、里見義弘《さとみよしひろ》、小田氏治《おだうじはる》、那須資胤《なすすけたね》、太田資正《おおたすけまさ》、三田綱秀《みたつなひで》、成田長泰《なりたながやす》らの錚々《そうそう》たる関東勢が景虎の旗下についていた。関東の秩序回復を大義名分として北條討伐を行ない、関東の勢力を糾合《きゅうごう》しようという魂胆《こんたん》があからさまに見て取れる動きだった。

それゆえ、長尾景虎は小田原へ向かう途上で古河公方《こがくぼう》の御所《ごしょ》を制圧し、北條家に担《かつ》がれた足利義氏《あしかがよしうじ》を放逐《ほうちく》した後、新たに足利藤氏《ふじうじ》を古河公方に担《かつ》ぐという念の入れようだった。

北條氏康《うじやす》は大軍を相手にする野戦は不利とみて、それぞれの城で籠城策《ろうじょうさく》を取り、自らも大量の兵糧《ひょうろう》を運び入れて小田原城に籠《こ》もる。そして、救援を請うために、使いの者を躑躅ヶ崎館の信玄へ送っていた。

長尾景虎は総勢で小田原城を囲み、蓮池門《はすいけもん》へ突入する攻撃を仕掛け、北條家の本拠地を脅《おびや》かす。それでも、北條氏康は万全の籠城策で凌《しの》いでいた。小田原城は周囲に堅固な城壁を張り巡らせ、城郭《じょうかく》に加えて侍屋敷、町屋、田畑などを城内に取り込んでいるため、すべての門を閉ざしても城自体がひとつの町として自活することができる。その壮大な縄張《なわばり》によって長期の籠城を可能にする難攻不落の城だった。

　この籠城に呼応し、信玄は一万の援軍を富士《ふじ》の吉田《よしだ》へ押し出し、そこから敵勢の様子を窺う。足柄上郡《あしがらかみ》から相模へと進み、北條勢を援護《えんご》しようとしたのである。

　長尾景虎の小田原侵攻により、古府中の雰囲気《ふんいき》も一変した。そして、翌閏《うるう》三月の半《なか》ばを過ぎ、さらに摩訶不思議《まかふしぎ》な一報が飛び込んでくる。

　なんと、長尾景虎が上杉憲政の養嗣子《ようしし》となり、山内上杉《やまのうち》の家督を嗣《つ》いで山内上杉政虎《まさとら》と改名したというのである。そして、鎌倉府の鶴岡八幡宮《つるがおかはちまんぐう》において正式に関東管領職を拝命した。

　この報を聞き、さすがに武田の者たちも仰天《ぎょうてん》する。

「兄様、景虎が関東管領になったという話をご存知にござりまするか？」

　昌幸は先輩である曾根昌世《そねまさよ》（孫次郎）に訊く。

「おう、俺も先ほど聞いたところだ」

　曾根昌世も驚きを隠せない面持ちだった。この者は昌幸よりも一年早く元服し、齢十六となっている。一緒に面倒見役《めんどうみやく》となってくれた長坂昌国《ながさかまさくに》は齢二十三となり、奥近習筆頭《ひっとう》の役を務めていた。

「景虎が関東管領となったということは、われらとの戦いはいかようなものになるのでありましょうや？」

「いかようなと訊かれてもなぁ……」

曾根昌世は困ったような顔で思案する。

「……御屋形様は信濃守《しなののかみ》となられておるのだから、……関東管領など関係あるまい」

「はぁ、さようにござりまするか……」

半信半疑の面持ちでしきりに小首を傾《かし》げる後輩を見て、先輩はしかつめらしい顔で言葉を発する。

「さ、されど、北條家は危ういのではないか。関東に所領を持っておるからな」

「そういえば、北條家から御屋形様へひっきりなしに援軍を請う使いの者が来ておりまする」

昌幸は少し不安げな顔で言う。

「ならば、小田原で大戦《おおいくさ》になるやもしれぬな。……ということは、われらの、う、初陣になるのか」

曾根昌世は顔をしかめて呟く。

――行ったこともない相模の小田原で、十万の関東勢を相手に初陣⁉　……まさか。

昌幸も微《かす》かに青ざめていた。二人とも元服を済ましているので、次に信玄自らが出征する戦が否応《いやおう》なく己の初陣となる。

しかし、主君が選んだのは小田原での直戦《じきせん》ではなく、硬軟を取り混ぜた老獪《ろうかい》な策だった。

信玄は足柄上郡に派遣した軍勢で上杉政虎の背後を脅かしつつ、海津城の改修を急速に進め、わざと敵の間諜《かんちょう》に見せるように善光寺平で信濃先方衆を動かす。当然のことながら、小田原を囲んでいる上杉政虎の耳にこうした武田勢の動きが入ったはずである。

小田原では十万の大軍勢で囲んだにもかかわらず、堅固な構えに城攻めが難航《なんこう》し、一カ月以上もの時が経ってしまう。そのうち、兵站《へいたん》を維持できなくなった佐竹義昭らが撤兵を要求し始めるが、上杉政虎はこれに取り合わない。あくまでも城攻めで北條家と決着をつけるつもりだった。

ついには、佐竹義昭が兵糧の欠乏《けつぼう》を理由に無断で陣払いし、離反する軍勢が出始める。これに業《ごう》を煮やした上杉政虎は小田原城への総攻めを企《くわだ》てたが、力攻めの損害を恐れた関東勢の諫言《かんげん》を受け、その策を諦《あきら》めざるを得なくなった。

結局、上杉政虎は小田原城を落とすに至らず、囲みを解いて鎌倉まで退《ひ》く。その時に関東管領職への就任の儀を行なったようである。それから、武蔵の中原《なかはら》一帯を押さえる松山城《まつやま》を落城させ、厩橋城まで兵を撤退させた。

これらの動きを知った信玄は、間髪《かんはつ》を容《い》れずに策を仕掛ける。原虎胤《はらとらたね》と加藤虎景《かとうとらかげ》に命じて一万の軍勢を善光寺平の北へと押し出した。この軍勢は信越の国境《くにざかい》まで進み、越後の勢力圏であった小田切《おだぎり》の一帯に焼討《やきうち》を加える。さらに越後勢の重要な拠点である割ヶ嶽城を囲んだ。

割ヶ嶽城は野尻湖の東南に位置し、野尻城とならんで信越の国境における北国《ほっこく》街道沿いの要衝《ようしょう》である。この拠点が武田勢の手に落ちて最前線となれば、直江津《なおえつ》の春日山《かすがやま》城は目と鼻の先であり、まさに上杉政虎の本拠地が危うくなる。それだけに割ヶ嶽城を守る越後勢の抵抗は激しく、鬼美濃《おにみの》と恐れられる剛将、原虎胤の攻撃をもってしても容易《たやす》くは落ちなかった。

武田方の辻六郎兵衛《つじろくろうべえ》が討死し、原美濃守《みののかみ》と信濃衆の浦野民部《うらのみんぶ》が深手を負ってしまう。だが、苦戦しながらも原虎胤と加藤虎景が調略を仕掛け、城から内応する者を得て、割ヶ嶽城は六月になってようやく落ちる。その後、城を破却《はきゃく》し、武田勢は撤退した。

もちろん、この状況を上杉政虎が知らぬはずはなく、奪取した松山城に城将として上杉憲勝《のりかつ》を残し、厩橋城には城代として義弟の長尾謙忠《かねただ》を置き、急いで春日山城へと戻る。これらの策によって越後勢は関東から引き揚げねばならなくなった。

信玄は善光寺平での覇権を固め、盟友である北條家への義理を果たす一石二鳥の策を駆使し、上杉政虎を越後へ追い戻すことに成功した。

躑躅ヶ崎館には、日を追って変化する戦の状況が報告される。それを聞いた昌幸の緊張は日増しに高まっていく。

――すっかり面目《めんもく》を潰された新関東管領、上杉政虎がこのまま黙っているはずはなかろう。

そう思うと身震《みぶる》いと共に微かな不安が胸中に湧いてくる。

大戦の気配がすぐそこまで迫っていた。

六月にいったん区切りのついた戦は、盛夏を迎えて鳴りをひそめる。この年は立《りっ》秋《しゅう》の候を過ぎても、旱続《ひでり》きのせいか吹き渡る松籟《しょうらい》もない。盆地にある古府中は、まだ茹《う》だるような蒸し暑さに包まれていた。

そして、八月半ば過ぎ、ついに決定的な一報が届く。申次番《もうしつぎばん》を務めている昌幸の処へ、重臣の馬場信春《ばばのぶはる》（信房）が訪ねてくる。

「昌幸、御屋形様はいずこにおられる？」

馬場信春は険しい面持ちで訊く。

「書院にて典厩様と囲碁《いご》を打たれておりまするが」

「火急《かきゅう》の用件じゃ。すぐに取り次げ」

「さ、されど、対局の間は誰も通すなと申さ……」

昌幸の言葉を遮《さえぎ》り、馬場信春が一喝《いっかつ》する。

「海津城からの一報じゃ！　中へ入るぞ」

この重臣の脇《わき》に控《ひか》えているのは、海津城からの使番らしい。

「畏《かしこ》まりましてござりまする」

昌幸も瞬時に事態の重大さを感じ取り、弾《はじ》かれたように書院へと向かう。後ろから馬場信春と海津城の使番が早足で追いかけてくる。

「御屋形様、失礼いたしまする。火急の件にて、馬場様がお見えになられておりまする」

昌幸が書院の縁側で跪《ひざまず》く。

「なんじゃ、騒々《そうぞう》しいの。信春、いかがいたした」

信玄は碁盤を見つめたままで言った。

「火急の件にござりまするゆえ、不躾《ぶしつけ》をお許しくださりませ。川中島に動きがありました」

馬場信春の言葉に、碁盤を見つめていた弟の武田信繁が顔を上げる。

「景虎めが、海津城を囲んで攻め始めたか？」

信玄は、長尾景虎が関東管領職となるために山内上杉の名跡《みょうせき》を嗣ぎ、政虎へと改名したことを知っている。しかし、そんな名を認める気にもならなかった。越後の敵はあくまでも己より格下で、十歳ほども年下のひよっこ、長尾の景虎にしかすぎない。

そして、上杉政虎の率いる越後勢が善光寺平へ現われたことは、すでに狼煙《のろし》の連絡で知っていた。

海津城の東には烽火山《のろしやま》があり、そこから飛脚篝火《ひきやくかがりび》と呼ばれる狼煙の連係によって甲斐まで急変が知らされる。烽火山で上がった狼煙は五里《ごり》ヶ峰《がみね》、腰越《こしごえ》、山中久保《やまなかくぼ》、小県郡《ちいさがた》の和田峠《わだとうげ》、茅野《ちの》の金沢《かなざわ》、若神子《わかみこ》の烽火台を経由し、古府中の躑躅ヶ崎館までの三十七里（約一五〇キロメートル）をほぼ一刻という疾さで伝達できた。

しかも、煙の本数や色を変える符丁によって敵の数や布陣《ふじん》場所などを細かく伝えることもできる。その飛脚篝火の急報で、八月十五日に上杉政虎の率いる越後勢が突如《とつじょ》として善光寺脇の城山《しろやま》へ布陣したことを知っていた。

それについて、信玄はさほど驚きもしなかった。近いうちに必ず上杉政虎が善光寺平へと出張ってくると予測していたからである。それゆえ、まだ、のんびりと囲碁などを打っていた。

――出てくれば、海津城を囲むところまでは想定に入っておる。さような時の対処は、すでに城将の昌信へ伝えてあるわ。

信玄は相変わらず碁盤を見つめたまま鼻で笑う。

しかし、馬場信春の一言を聞いた刹那《せつな》、己の耳を疑った。

「御屋形様、景虎自らが率いる越後勢は、ただいま川中島を突っ切り、妻女山《さいじょざん》へ登って布陣しておりまする。その数、およそ一万三千余にござりまする」

「妻女山⁉」

信玄は思わず碁盤から目を離して聞き返す。

武田信繁と昌幸も思わず顔を見合わせる。咄嗟《とっさ》にその山がどこにあるかわからなかったからだ。

「妻女山だと？　……海津城の背後にある山岳へ連なるあの山か？」

信玄は眉をひそめて顔を上げる。

「さようにござりまする。善光寺脇の陣に五千を残し、自らは一万三千余を率いて市村《いちむら》の渡しで犀川《さいがわ》を渡り、さらに海津城を横目に見ながら八幡原《はちまんばら》を抜けておりまする。しかも、総大将の景虎が先鋒《せんぽう》で全軍を率いていたとのことにござりまする」

「総大将の景虎が先鋒？　……何の真似じゃ、それは」

奇妙《きみよう》この上ない敵方の動きを聞いた信玄は、途轍《とてつ》もない違和感を覚えたようだ。

「確かなのだな？」

馬場信春は海津城の使番に確認する。

「はい、間違いございませぬ。善光寺平に忍ばせておきました透破《すっぱ》は、景虎が放《ほう》生月毛《しょうつきげ》の愛馬に真紅《しんく》の胸懸《むながい》と鞦《しりがい》を下げ、自らは紺絲縅《こんいとおどし》の当世具足《とうせいぐそく》に萌黄緞子《もえぎどんす》の胴肩衣《どうかたぎぬ》を羽織《はお》り、兜《かぶと》の上に白妙《しろたえ》の練絹《ねりぎぬ》で行人包《ぎょうにんづつみ》にしていると確かめております。われらは遠目の利《き》く者と敵方の行軍を見ておりましたが、それとまったく同じ装束《しょうぞく》の者が確かに先頭におりました。ゆえに間違いないかと」

「それから、わざわざ妻女山へ登ったというのか……」

信玄は腕を組んで目を瞑《つむ》り、微かに天を仰ぐ。

昌幸にはその仕草が地図を思い浮かべているように感じられる。次の刹那、音も立てずに立ち上がり、地図のある書庫へと向かっていた。

そこで北信濃の地図をありったけ選び出し、両腕に抱えて書院へと戻る。

信玄は碁盤の上に載っていた碁石をすべて両手でかき落とし、次々と黒と白の石をならべていく。海津城と妻女山をはじめとして越後勢の布陣を示すような置き方だった。

そこへ地図を揃えた昌幸が駆け込む。

「源五郎、地図を持って参ったのか？」

「はい」

昌幸が今年元服したことを信玄は知っている。しかし、主君は未《いま》だに慣れ親しんだ幼名でこの近習を呼ぶことを好んでいた。

「相変わらず気が利くの。海津城の周囲を示した絵地図があったはずじゃ。あの城を縄張した時に作ったものだ」

「は、こちらに」

昌幸は主君の前に一枚の地図を広げる。

信玄は眉をひそめてそれを見つめ、脇から武田信繁と馬場信春も覗き込んだ。

海津城と周囲一帯の地形や道が描かれた地図を、信玄は指でなぞっていく。

海津城は千曲川の畔《ほとり》に建つ平城《ひらじろ》で、守将を務める香坂昌信と三千弱の城兵しか入っていない。それでも、武田方の最前線を守る出城《でじろ》とされたことには、確たる理由があった。

川中島の方面からこの城を攻めようとする敵には、千曲川が巨大な水堀《みずぼり》の役目を果たし、寄せ手の動きが著《いちじる》しく制限される。城の付近で渡河できるのは、わずかに一カ所、寺尾《てらお》の渡ししかなかった。敵がここを使おうとすれば、その動きは城の物見櫓《ものみやぐら》から丸見えである。

さらに、うまく渡河できて城に寄せたとしても、城の周囲には千曲川の流れを引き込んだ堀が幾重《いくえ》にも切られており、安直な力攻めはできない。さほど大きくない平城にしては、なかなかに堅固な防御がなされていた。

だが、海津城の隠された強みは、背後の地勢にあった。

城下は二つの山岳に挟《はさ》まれた裾《すそ》にあたり、英多《あがた》（今の松代《まつしろ》西条）という里が広がっている。城を出て東の象山《ぞりやま》口と呼ばれる処から山道を登っていくと烽火山に至る。ここには最初の砦《とりで》があり、十名ほどが交代で伝令役を務めていた。

そこから奥には、険阻《けんそ》な山岳が連なっている。そして、越後勢が布陣したという妻女山は城の南西に位置し、そこから延々と山岳の尾根が続いていた。

烽火山砦とこの妻女山の間には道があり、それを進むと曲がりくねった阻道《そわみち》が地蔵峠《ぞうとうげ》へと続いている。ここを頂点として急坂を下ると、一気に小県郡まで出ることができた。

出口には真田幸隆が守る砥石《といし》城と真田の館がある。つまり、籠城が叶わぬと見れば、海津城の兵たちはこの隠された山道を使い、真田勢のいる小県郡まで撤退できるはずだった。

昌幸にとっては実に身近な場所である。童の頃に館から険しい山道を登り、兄たちと一緒に地蔵峠まで行ったこともあった。

「わしが昌信に与えた撤退の秘計とは、この地蔵峠へ抜ける道を使うものだ」

信玄は地図に描かれた山道を指でなぞる。

「敵をぎりぎりまで千曲川の対岸へ引きつけ、味方が全滅するほど危険だとみたならば、城を焼いて逃げてもよしと昌信に命じてある。されど、唯一、この秘計を使えない場合があるのだ。それは敵方が知らぬ間に背後の山道へと回った時だ。そして、城の背後を取るためには、この山を使うしかない。ふん、景虎めが小癪な真似を……」

主君の指は妻女山とそれに連なる背後の山岳を指している。

一同は無言でそれを注視した。

「されど、それを知っていたとしても、この妻女山へ布陣するなどという策は、愚《ぐ》の骨頂《こっちょう》であろう」

信玄は憮然とした面持ちで吐き捨てる。

妻女山への布陣。それは己が相手の総大将ならば、絶対に取らないと断言できるような策だった。

この山の眼下には川幅の広い千曲川が流れ、渡しはたった二カ所しかない。その麓《ふもと》を武田の大軍に囲まれ、海津城の軍勢と挟撃《きょうげき》されたならば、山へ登った全軍は退路を失ってしまう。そのまま、兵糧攻めにされれば、ひとたまりもないはずだった。

武田勢の本隊と戦う布陣にしては、敵中深くへ入りすぎており、余りにも危険が多すぎる。しかも、大軍とは呼べない一万三千余の軍勢だった。

――されど、この布石《ふせき》には、何やら面妖《めんよう》な気配が漂《ただよ》っておるわ。甘く見るわけにはいかぬか……。

囲碁にたとえて考えるならば、敵方が最初に放った一手は尋常《じんじょう》なものではない。上杉政虎が何かを仕掛けてきていることには間違いなさそうだった。

「されど、それならば海津城が危いのではありませぬか」

武田信繁が眉間《みけん》に深い皺《しわ》を寄せる。

「うむ。善光寺脇に残した軍勢を千曲川まで寄せ、妻女山の軍勢と示し合わせて一気に挟撃したならば、海津城は全滅を免《まぬか》れぬであろうな」

信玄は冷静な声で答えた。

「……では、御屋形様、すぐに陣触《じんぶれ》を」

顔色《がんしょく》を失った馬場信春が進言する。

「景虎がその気ならば、急いで出陣しても間に合わぬ。海津の籠城はもっても二日。今からわれらが川中島へ向かっても着けるのは、七日も後じゃ。とうてい救援は間に合わぬ」

冷酷とも言えるほどの主君の口調だった。

それを聞き、一同は思わず息を呑む。

川中島までの道程。善光寺平における武田勢の弱点は、すべてそこに集約されている。

越後の春日山城から川中島に進軍するには、二日もあれば充分だった。当然のことながら、援軍の要請や兵糧の補給などの兵站も短い。

しかし、甲斐の古府中から大軍を引き連れて出張るには、三倍以上の日数がかかる。それゆえ、先に戦を仕掛ける時は不利にならないが、仕掛けられた時は敵方に地の利が働くのである。

――先手を取られたか……。

信玄は苦い表情で黙り込む。

――川中島でただならぬことが起きている。そして、おそらく、毘沙門天王《びしゃもんてんのう》と呼ばれる上杉政虎との戦いが、己にとっての初陣となるのであろう。

昌幸は主君の表情を見て、咄嗟にそう直感した。

海津城の将は奥近習たちの憧憬《どうけい》の的《まと》、香坂昌信である。その奥近習の星が絶体絶命の危地に立たされていた。

信玄はすぐに陣触を出し、出立《しゅったつ》の日は八月十八日と定められた。

古府中では大わらわで出陣の支度が始まり、躑躅ヶ崎館からはひっきりなしに早馬が出される。武田勢の主だった将たちは所領を守るために信濃各郡の要城《かなめじろ》に散らばっており、そこへ行軍の予定を伝えるためだった。

昌幸は日増しに高まる緊張を押さえながら、曾根昌世と共に出陣の儀を行なう準備に走り回っていた。

武門における出陣の儀は、元服の儀とほぼ同じであり、まずは総大将が南方を向いて三献の儀が行なわれる。この際に滞《とどこお》りなく式を進めるため、陪膳所役《ばいぜんしょやく》、長柄所役、提《ひさげ》所役、兜所役、弓《ゆみ》所役が決められ、それを奥近習たちが担うことになっていた。

陪膳所役は折敷《おしき》に載った組肴を運び、総大将の前にある高脚膳の上に置く。組肴とは「打ち、勝ち、喜ぶ」を表わす縁起物、打鮑、勝栗、結昆布と三重盃《みつがさねはい》のことだ。

総大将が祝箸を手に取って打鮑の一片《いっぺん》を食すと、次に御神酒の入った長柄の片口が差し出される。総大将が手にした三重盃のひとつに御神酒を注ぐのが長柄所役である。注がれた一献を総大将がゆっくりと三度で呑み干す間に、御神酒を片口に補充しなければならない。この補充役が提所役の仕事だった。

この要領で総大将が三種の縁起物を食して三献を干すと、続いて鬨《とき》の儀が行なわれる。

兜所役が総大将の兜を運んで被《かぶ》せ、弓所役が左手に重籐《しげどう》の弓を渡す。総大将は右《め》手《て》の軍扇《ぐんせん》を開いて立ち上がり、鹿皮の白毛《しろげ》を四股《しこ》のように踏み、出陣の気勢を上げる。家臣たちも立ち上がり、鬨の声でこれに応える仕来りとなっていた。

武田家の場合、これらの儀が御旗《みはた》と楯無《たてなし》の前で行なわれる。御旗は白絹《しらぎぬ》に日の丸が染め抜かれた大旗であり、楯無は楯を持つことが必要ないほど頑丈《がんじょう》な大鎧《おおよろい》のことだった。

これらは甲斐源氏の始祖と仰がれる源《みなもとの》新羅《しんら》三郎義光《さぶろうよしみつ》の父、頼義《よりよし》から受け継がれた。ともに武功を称《たた》えられ、頼義が後冷泉《ごれいぜい》天皇から下賜《かし》されたものである。御旗と楯無は、まさに武田家が清和《せいわ》源氏の正統を受け継いでいることを示す伝来の家宝だった。

十八日を迎え、早朝から稲荷曲輪《いなりぐるわ》で出陣の儀が行なわれた。ここには御旗と楯無が祀《まつ》られた御神所《ごしんじょ》があり、この儀の中で昌幸は兜所役を務めることになっている。

重臣たちが列する中、昌幸も真新しい具足《ぐそく》を身に纏《まと》い、真剣な面持ちで役目が回ってくるのを待つ。神妙《しんみょう》な空気の中で三献の儀が終わり、いよいよ兜所役の役目が回ってくる。昌幸は緊張で強《こわ》ばりそうになる腕を無理やり動かし、総大将の兜を持ち上げた。

信玄の愛用している兜は諏訪法性《すわほっしょう》と呼ばれ、当世一等の兜工と謳《うた》われた明珍信《みょうちんのぶ》家《いえ》が作った逸品《いっぴん》である。その前立《まえだて》には甲州金《こうしゅうきん》を惜しみなく使って打たれた獅噛《しかみ》が付いている。獅噛は牙《きば》を剝《む》く鬼相《きそう》の獅子であり、かの九郎判官義経《くろうほうがんよしつね》公も愛用していった。

た魔除《まよ》けの御守《おまもり》だった。

さらに諏訪法性の両側には大きな吹返《ふきかえ》しが付けられ、頭頂《とうちょう》から後方にかけては長い白熊《はぐま》の蓑《みの》が下げられている。遙《はる》か古《いにしえ》の源平《げんぺい》争覇を彷彿《ほうふつ》とさせるような威容《いよう》だった。

昌幸は転ばぬよう慎重な足取りで進み、うやうやしく兜を差し出す。背筋《せすじ》に大量の汗が伝っていた。

信玄は緋絲縅《ひいとおどし》の白檀大札胴《びゃくだんおおざねどう》で身を固め、背筋を伸ばして床几《しょうぎ》に腰掛けている。その甲冑《かっちゅう》もまた、源平争覇の頃に愛用された大鎧のような風情《ふぜい》を漂わせていた。家臣たちは動きやすい当世具足を身に纏っていたが、信玄は楯無の如き古風な大鎧を好んでいる。

「失礼いたしまする」

昌幸は小声で囁《ささや》き、ゆっくりと兜を総大将の頭上に持ち上げる。

皆は息をひそめ、その様子を見ていた。

信玄は諏訪法性を被《かぶ》り、きりりと忍緒《しのぶお》を締める。それから、弓所役の曾根昌世から渡された重籐の弓を左手《ゆんで》に握った。

昌幸は誰にも悟られないように、詰めていた息を細く吐き出す。今になって両手の指先が震えていた。

信玄は花菱《はなびし》の金紋《きんもん》が入った鎧の腰元から軍扇を抜き、右手でそれを開く。そして、ゆっくりと立ち上がった。それに合わせて家臣たちも一斉《いっせい》に立ち上がり、直立不動となる。

総大将が御旗と楯無の前に立ち、深く一礼する。実に厳《おごそ》かな一瞬だった。

「御旗、楯無も御照覧《ごしょうらん》あれ」

信玄が重々しい声を発する。

それに追随《ついずい》し、一同も「御旗、楯無も御照覧あれ」と唱和《しょうわ》した。

総大将は一同に向き直り、眼前にあった鹿皮の白毛へと踏み出す。

「いざ、出陣！」

信玄の発した気勢に呼応《こおう》し、一同が喊声《かんせい》を上げる。躑躅ヶ崎館を揺るがす「えい、えい、おう」の鯨波《げいは》が広がった。

追手門《おうてもん》に揃った武田勢を見回し、信玄は軍扇を振る。

「参る！」

この下知《げち》を受け、先頭で丸馬出《まるうまだし》に向かったのが、赤母衣《あかほろ》を背負った先陣大将、武田信繁だった。

この母衣には金泥《きんでい》で法華経《ほけきょう》の陀羅尼《だらに》が認《したた》められている。弟が武田の先陣を担うようになってから、信玄が直々《じきじき》に記した特別の物だった。

前備《まえぞなえ》を担う武田信繁の先陣隊は、花菱の馬印《うまじるし》を押し立て、赤地に金泥で「南無《なむ》諏訪南宮《なんぐう》法性上下大明神《かみしもだいみようじん》」の文字が書かれた諏訪明神の旗幟《きし》を背負っている。実に堂々たる姿だった。それに二陣、三陣が続き、風林火山《ふうりんかざん》の旗幟を掲げた信玄の旗《はた》本衆《もとしゆう》が進む。

武田勢は沿道に並んだ民の歓声を受けながら、逸見路《へみじ》を北西に向かい始める。この逸見路は諏訪口筋《すじ》とも呼ばれ、甲斐から諏訪の方面に至る重要な古道だった。

立ち並ぶ民の中には、おそらく、敵の間者《かんじや》が紛《まぎ》れ込んでいるはずだった。

信玄はそれをわかった上であえて勢いを押さえ、威風堂々《いふうどうどう》とした行軍を見せつけていた。

古府中を出た一行は韮崎《にらさき》の里を抜けて若神子《わかみこ》城を目指す。ここからは棒道《ぼうみち》へと入ることができる。棒道とは、信玄が諏訪を攻略するために造った軍用路で、八ケ岳《やつがたけ》の東麓をほとんど真っ直ぐ突っ切るように切り開いたことから名付けられた。進軍の速度を向上させるため、道幅を広くして極力《きよくりよく》曲がりを少なくするように整えたのである。

午《うま》の刻（正午）あたりには若神子城へ到着し、信玄はここで兵たちに食を取らせた。

「源五郎」

昼餉《ひるげ》を済ました信玄が呼ぶ。

「はっ」

膳を抱えた昌幸が片膝をつく。

「午《ひる》からは輿《こし》に乗る」

「はっ。すぐに手配りいたしまする」

昌幸は素早く踵《きびす》を返し、塗輿《ぬりごし》の用意にかかろうとする。

その背に、主君の声が投げかけられた。

「おい、源五郎」

「はっ」

「孫子《そんし》の第七篇、軍争《ぐんそう》の第三節を覚えておるか？」

「あ、はい……」

意味ありげな笑みを浮かべた信玄が訊く。

「申してみよ」

「はっ」

昌幸は童の頃から学んできた兵法の一節を思い浮かべる。

「……故《ゆえ》に兵《つわもの》は詐《さ》を以《もっ》て立ち、利を以て動き、分合《ぶんごう》を以て変を為《な》す者なり。故に其《そ》の疾《はや》きこと風の如く、其の徐《しず》かなること林の如く、侵掠《しんりゃく》すること火の如く、動か不《ざ》ること山の如く、知り難《がた》きこと陰《かげ》の如く、動くこと雷《かみなり》の霆《ふる》うが如くして、郷《ごう》を掠《かす》むるには衆を分かち、地を廓《ひろ》むるには利を分かち、権《けん》を懸《か》けて而《そ》して動く。迂《う》直《ちょく》の計を先知《せんち》する者は勝つ。此《こ》れ軍争の法なり」

微かに頬を染めながら一気に暗誦《あんしょう》する。

これはまさに風林火山の旗の元となった孫子の一節だった。軍を動かす時の玄《げん》妙《みょう》を語ったものである。

信玄はそれを要約し、「疾如風　徐如林　侵掠如火　不動如山」という旗印にしていた。

「うむ。上出来じゃ」

主君は満足げな笑みを浮かべ、扇を掌《てのひら》へ打ちつける。

「ならば、続けて第八篇、九変《きゅうへん》の第一節も申してみよ」

「はっ。凡《およ》そ用兵の法は、高陵《こうりょう》には向かうこと勿《な》かれ、背丘《はいきゅう》には逆《さか》らうこと勿かれ、絶地《ぜっち》には留《とど》まること勿かれ、佯北《ようほく》には従うこと勿かれ、鋭卒《えいそつ》には攻むること勿かれ、餌兵《じへい》には食いつくこと勿かれ、帰師《きし》には遏《とど》むること勿かれ、囲師《いし》には必ず闕《か》き、窮寇《きゅうこう》には迫ること勿かれ。此《こ》れ用兵の法なり」

昌幸は淀みなく暗誦してみせた。

物心ついた頃から、父の幸隆の指導で厭《いや》というほど素読《そどく》させられてきた孫子である。忘れるはずがなかった。

「そなたがこうまで見事に覚えておるならば、武神を僭称《せんしょう》しておる長尾の景虎とて、孫子を知らぬはずはあるまい。のう、源五郎」

信玄はさも面白そうに笑っている。

「……はあ、さように、思いまする」

主君の真意を測りかね、口唇《くちびる》を尖《とが》らす。

「さすれば、あ奴が妻女山へ布陣したのは、孫子の旗幟を掲げる余に対し、孫子の一節をもって挑発をしてきたということになるな」

「あっ……」

昌幸の脳裡《のうり》に何かが閃《ひらめ》き、思わず声を漏らしてしまう。

孫子の兵法第八篇、九変の第一節は、戒《いまし》めを通して用兵術の妙を説いたものである。『用兵の原則として、高い陵にいる敵に向かってはならず、丘を背にして攻めてくる敵を迎え撃ってはならず、山岳などの険しい地勢に長く留まってはならず、退却する振りをした偽誘《ぎゆう》の兵を追いかけてはならず、鋭い気勢の兵には攻めかけてはならず、こちらを釣りにくる餌となった兵に食いついてはならず、母国に帰ろうとする敵軍をひき止めてはならず、包囲した軍には必ず一カ所の逃口をあけておき、進退きわまった敵に迫ってはならない。これが用兵の鉄則である』という意味だった。

「源五郎、妻女山へ布陣した景虎は、高陵へと上がった鋭卒《えいそつ》か？　それとも、絶地に留まる愚者《ぐしゃ》か？　いずれと考えるか？」

信玄は真顔《まがお》に戻って問う。

昌幸は顔をしかめて思案する。

――もしも、越後勢が計あって高陵に陣取った鋭兵ならば、われらが裾《すそ》から攻め上るのは下策となる。されど、策なくして山岳の険しい場所に留まっているならば、自らの退路を失った愚かな兵であろう。裾を囲み、兵糧《ひょうろう》攻めにするだけで音《ね》を上げるやもしれぬ。妻女山へ布陣した景虎は、いったいどちらだ？

脳裡で目まぐるしく思考が回転する。

――わからぬ……。妻女山の地勢がわからぬ以上、実際の布陣を見ねば、いずれなのか判ずることができぬ。

「どうした、源五郎。実際に景虎の布陣を見ねば、判別できぬか」

「……あ、いえ」

「そなたの面《おもて》には、さように書いてあるぞ」

信玄の言葉に、昌幸は上目遣いで絶句した。

――御屋形様は、すべてお見通しなのか……。

「いずれであるのかは、余《よ》にも判じ難い。されど、敵の陣を見る前に判別せねば、われらが布陣する場所が決まらぬ。しばし孫子でも思い起こし、それを考えてみようと思うてな。学んだのは、ずいぶん昔のことゆえ、思い出すのに集中せねばならぬ。輿に乗り換えるは、そのためだ。あの揺れが思案にはちょうどよい。考え飽きたならば、居眠りもできるしな」

信玄はそう言い、からからと笑う。

「源五郎、そなたも上田原へ着くまでに答えを考えておくがよい。上田原で皆が揃ったならば、われらが布陣する場所を決めねばならぬ」

「畏まりましてござりまする。では、輿の手配りをしてまいりまする」

昌幸は一礼し、膳を抱えて走る。

――孫子の旗幟を掲げる武田に対し、孫子の一節をもって挑発を仕掛ける景虎。妻女山への布陣にさような意味があったなどとは露《つゆ》ほども考えなかった。やはり、御屋形様は凄《すご》い。

改めて主君の慧眼《けいがん》に感服しながら、塗輿の支度をした。

若神子城でたっぷりと休息を取った武田勢は、小淵沢《こぶちざわ》の笹尾《ささお》城に向かって進軍を開始する。ここで初日の宿営をするためだった。

昌幸にとっては、何とも懐かしい風景が続く。質となった己が真田の里からやって来た道筋を遡《さかのぼ》るような行程だったからである。脳裡には、あの時見た光景が鮮烈に焼き付いていた。

　翌日、笹尾城を出発した信玄の本隊は、諏訪の上原《うえはら》城を目指す。この城は代々の諏訪家惣領《そうりよう》が本拠としてきたが、今では武田家がこの地を治める象徴となっていた。

　ここで待機していた諏訪衆と合流し、さらに伊那《いな》衆の到着を待った。その間にも、川中島から伝令が駆け込んでくる。報告によれば、越後勢は相変わらず妻女山に陣取ったまま不気味な沈黙を続けているようだ。

　武田の者たちが最も危惧《きぐ》していた海津《かいづ》城攻めは行なわれていない。それを聞き、昌幸はほっと胸を撫《な》でおろす。奥近習たちの憧《あこが》れ、香坂昌信はまだ無事だった。

　ところが、膠着《こうちやく》しているように見える川中島で、伝令が報告を躊躇《ためら》うほど奇妙な事柄が起きているという。

「かまわぬ、申してみよ」

　信玄が促《うなが》す。

「はっ。実は妻女山の頂《いただき》から毎夜にわたり琵琶《びわ》の音が響き、鵺《ぬえ》の謡《うた》いが流れてきまする」

　伝令は恐縮しながら言った。

「琵琶の音？　……景虎めが海津城を見下ろしながら酒盛りをしておると申すのか」

「はっ。……篝火《かがりび》も微かに見え、さようにしか考えられませぬ」

「城攻めもせず、平曲三昧《へいきよくざんまい》の酔狂《すいきよう》とな。あの小童《こわつぱ》、どこまでも余を怒らせるつもりか」

信玄は憮然とした面持ちで吐き捨てる。

「捨て置け。ならば、余が川中島へ参るまでは何もいたさぬということだ」

「御意《ぎよい》！」

「源五郎、酒を持て。腹が立って眠れぬわ」

主君の命を受け、昌幸は寝酒の支度に走った。

八月二十日の朝を迎え、諏訪衆と伊那衆を加えた信玄の本隊は、上原城から和田峠を越えて立科《たてしな》の長窪《ながくぼ》城へと進む。

翌朝、いよいよ長窪城から上田原へ進むことになった。

本隊とは別に、深志《ふかし》城から松本《まつもと》衆、内山《うちやま》城と小諸《こもろ》城からは佐久《さく》衆、そして、砥石城から真田衆がこの地を目指していた。

昌幸にとっては胸躍《むねおど》る進軍のはずだった。しかし、上田原へ近づくにつれ、肌がちりちりするような緊張に襲われる。

――己が知っている古里の姿はなく、辺りが息苦しいほどの沈黙に包まれている。これが戦を目前にした気配というものか。浮かれている場合ではないな。

昌幸は気を引き締め直す。

上田原に着けば、川中島はほとんど目と鼻の先である。信玄はここに陣を構え、武田の本隊となる全軍が続々と集結してくる。そして、総勢は二万以上に達していた。陣馬奉行の原昌胤《はらまさたね》が慌ただしく走り回り、陣所が設営される。その幔幕内《まんまくない》で軍評定が開かれ、名だたる武田の将たちが一堂に会した。

大上座に信玄を戴《いただ》き、上座に弟の信繁、信廉《のぶかど》、嫡男《ちゃくなん》の義信《よしのぶ》、一門衆の一条信《いちじょうのぶ》龍《たつ》、穴山信君《あなやまのぶきみ》が並ぶ。その対面には飯富虎昌《おぶとらまさ》、馬場信春、真田幸隆、保科正俊《ほしなまさとし》、諸《もろ》角虎定《ずみとらさだ》、山本菅助《やまもとかんすけ》、工藤祐長《くどうすけなが》、秋山信友《あきやまのぶとも》、飯富源四郎《げんしろう》などの面々が並んでいた。

その末席で、昌幸と曾根昌世が待機する。父の幸隆がちらりと視線を送り、微かに頷いた。

信玄は並んだ将たちを見回し、重々しく口を開く。

「皆が揃ったところで評定を始める。では、信繁、頼む」

口火を切っただけで、軍議の進行を弟にまかせた。

「善光寺平の地図をこれへ」

武田信繁の命に従い、昌幸と曾根昌世が素早く地図を用意する。

二人は畳《たたみ》二枚分の板に善光寺平の要所が描かれた大地図を運び、一同の中央に設《しつら》える。それから、音も立てずに下がった。

武田信繁は細竹《ほそたけ》の先で指図《さしず》しながら、越後勢の動きを説明し始める。一同は真剣な面持ちで地図を覗き込み、話に耳を傾けていた。しかし、越後勢が布陣した妻女山の説明が始まると、途端に小首を傾げる将が続出する。

昌幸は一言も聞き漏らすまいと耳をそばだてた。

信繁はここ数日で上がってきた報告について述べる。

「……当然のことながら、われらがここまで進軍してきたことは、もう敵方にも知れていると思うが、今もって越後勢は当初の布陣から動いておらぬということだ」

それを聞きながら、信玄は腕組みをして眼を瞑《つむ》っている。

評定に並ぶどの顔にも微かな戸惑いが浮かんでいた。それが一同の沈黙に繫がっているようだ。

信玄は己の軍略を一方的に家臣たちへ押しつけたりはしない。評定の場で自由に献策《けんさく》させ、それを自分の描いた策と照らし合わせていく。それゆえ、武田の軍評定は次第に熱を帯び、様々な献策が飛び交って紛糾《ふんきゅう》することも多い。それでも、信玄は闊達《かったつ》に意見が飛び交う場を好んでいた。

――御屋形様が嫌う無言が場を包んでいる。それほど、本日の評定は難しいということだ。

昌幸はそれとなく主君の顔を窺う。

信玄はゆっくりと眼を開け、言葉を発する。

「本日の議題は、この上田原から川中島のどこへ布陣いたすかという単純な話だ。何も難しいことはなかろう。遠慮せずに、忌憚《きたん》のない意見を聞かせてくれ」

それを受け、口火を切ったのは筆頭家老の飯富虎昌だった。

「御屋形様、ちとよろしいか。典厩様から話をお聞きしても、儂《わし》にはさっぱり訳がわかりませぬ。毘沙門天の名を騙《かた》るあの小童は、いったい何がやりたいのだ？　わざわざ越後くんだりから出張ってきたと思えば、目前の城も攻めずに遊山《ゆさん》しておるという。お山の大将とは、まさにあの小童のことではないか。越後には愚鈍《ぐどん》な総大将を諫《いさ》める忠臣が一人もおらぬのか？」

家中一の猛将が放った遠慮のない物言いに、将たちの間から忍び笑いが漏れる。若くして関東管領となった敵の総大将をあからさまに童扱いしていた。

それもそのはずで、今年で齢五十八となった飯富虎昌は、上田原の合戦で討死《うちじに》した板垣信方《いたがきのぶかた》や甘利虎泰《あまりとらやす》と同じ最古参の武将である。二人が存命していた時は、鬼美《おにみ》濃《の》の異名《いみょう》を持つ原虎胤を合わせて武田の四天王と呼ばれていた。原虎胤は先日の割ケ嶽城攻めで負傷し、ほぼ隠居《いんきょ》の状態になっていたが、飯富虎昌は未《いま》だもって武田最強の猛者《もさ》、赤備衆を率いる現役の将だった。

「兵部《ひょうぶ》、女子《おなご》嫌いの景虎が、なにゆえ妻女の山に惚《ほ》れたのか、余にもわからぬわ」

信玄はそう言って笑った。

「まったくにござりまする」

一同は声を揃えて笑う。

信玄と飯富虎昌の軽妙《けいみょう》なやり取りで強ばった評定の空気が少し和《なご》んだ。

「されど、あそこへ登ったのは、山頂で酒盛りするためだけの酔狂ではあるまい。今もって妻女山を動かぬ景虎。果たして、あれは高陵の背丘に陣取る智者であるか。それとも、絶地に長く留まる愚者であるか。ここ数日、余は敵の狙いを考えあぐねておる。皆はそれぞれに孫子の兵法を熟知していると思うが、あの布陣をいかように読むや？」

その問いに、再び評定の場が静まりかえる。

——御屋形様の難問が早くも出たか……。あれから数日考えてみたが、この頭ではうまい答えが見つからぬ。

昌幸は若神子城での会話を思い出しながら、それとなく将たちの顔を見回す。

「御屋形様、懼《おそ》れながら申し上げまする」

武田信繁が静かな口調で沈黙を破った。

「遠慮はいらぬ。何なりと申すがよい」

信玄が続きを促す。

「では、申し上げまする。景虎の真意など、なにゆえ読む必要がありましょうや。高陵の智者と解すれば、われらの心にわずかながらでも畏《おそ》れが生まれまする。かたや、絶地の愚者と解すれば、われらの心にわずかながらでも侮《あなど》りが生まれまする。それゆえ、それがしはあえて、どちらとも読みませぬ。肝要《かんよう》なのは、ただ敵がその場にいるということだけ。景虎が手の内に何を隠していようとも、われらが川中島へ行けばすぐに明らかとなりまする。ならば、今は妻女山の位置だけを見つめ、われらが川中島に入る経路と布陣の最善を考えればよろしいかと」

信繁は感情を押さえた声で淡々と語る。実に明晰《めいせき》な答えだった。

——なるほど。さような考え方もあったか。

昌幸は感心した顔で小刻みに頷く。

「当意即妙《とういそくみょう》とは、まさにこのこと。典厩様の申される通りではありませぬか」

真田幸隆が信繁に賛同する。

「相手の思惑《おもわく》を無理に読もうとすれば、かえって術中《じゅっちゅう》にはまるゆえ、あえて読まぬというのも上策のひとつでありましょう」

ほとんどの者も小さく頷いていた。

「よかろう。ならば、まずは、今後の経路を決めようではないか」

信玄は満足そうに扇を掌に打ちつける。

「経路ならば、それがしにお任せくださりませ。童の頃からこの辺りを駆けずり回っておりまするゆえ。と申しましても、ここから川中島へ入るには、三つの方法しかありませぬ」

真田幸隆が地図を示して説明を始める。

「まず第一に考えられる経路としては、千曲川沿いを北上し、坂城《さかき》を経由して屋代《やしろ》から渡河して川中島に入る道筋にござりまする。これが上田原からは最短の経路となり、丸一日もかければ到着できましょう。ただし、屋代の渡し付近を通る時、敵に横腹を晒《さら》すこととなりまするので、越後勢が待ちかまえていれば即座に戦となり、われらが不利をこうむるかもしれませぬ」

理路整然と進軍経路の要点を説いていく。

「次に思い浮かぶのは、砥石城を経由して地蔵峠を越え、英多を抜けて真っ直ぐに海津城へと入る経路にござりまする。これは岨道《そわみち》を通ることになり、さらに、道が細くうねっておりまするゆえ、大勢の行軍には向いておりませぬ。敵が戸神山《とがみさん》に潜《ひそ》んでおれば、待ち伏せされる恐れもありまする。そこで、今まで出てきました二つの経路を折衷《せっちゅう》して使うという策もござりまする。本隊は屋代の渡し付近で敵との遭遇があるという前提のもとに千曲川沿いの経路を使い、別働隊に地蔵峠から海津城に抜ける経路を取らせまする。しからば、本隊が敵と交戦した場合も海津の城兵と共に背後を突くことができまする」

「幸隆、して三つ目の経路とは？」

信玄がさらに話を促す。

「これまでの二つの策は、海津城の救援も鑑《かんが》みた経路にござりまする。されど、残りのひとつは、われら本隊が海津城に寄らぬ場合のものにござりまする。妻女山だけを見据え、川中島のどこかに布陣するならば、室賀峠《むろがとうげ》を越える経路を使うべきと考えまする。これは相当の遠回りになりまするが、相手に動きを気取《けど》られないという利点があると存じまする。室賀越えから麻績《おみ》の青柳《あおやぎ》城へ一日にて到達すれば、翌日には一気に川中島へと入り、どこでも思う処に布陣することができまする。行軍に二日を要しますが、全軍が揃って自在に動けるという利は、なかなかに捨て難いかと」

最後の経路について聞きながら、信玄は微かに目を細めて頷いている。

――前の二つよりも、御屋形様は最後の策に共鳴しておられる。あえて遠回りの策を選ばれるということか。されど、海津城は大丈夫なのであろうか？

そして、昌幸と同じ危惧を抱く将がいた。

飯富虎昌がおもむろに手を挙げる。

「御屋形様、ひとつだけ、お訊《たず》ねしてもよろしいか」

「何なりと申すがよい、兵部」

信玄が鷹揚《おうよう》な仕草で話を進めることを許す。

「こたびの布陣は、海津城の救援を第一義に考えるものにござりましょうや？」

赤備の猛将から発せられた問いは、昌幸が抱いていた危惧と同じだった。

「いや、第一義ではない」

信玄は冷徹な口調で言い切る。

「景虎が本気であの城を潰すつもりだったならば、すでに手遅れとなっておるはずじゃ。されど、敵は海津城へ一触《いっしょく》だにせぬ。つまり、景虎の狙いは城ではなく、われら武田の本隊なのであろう。ゆえに、あえて海津城の救援を考える必要はない。城の者たちも、それを重々承知しておるはず」

その言葉を、一同は厳しい表情で嚙みしめている。

「……ならば、裏の道や敵の脇を抜けるような経路は必要ありますまい。いかに時がかかろうとも室賀峠を越え、真っ直ぐに敵の喉元だけを見据えて相対すればよいのではありますまいか」

飯富虎昌が腕組みをしながら言った。

「御屋形様、それがしもさように思いまする。いかがにござりましょうや」

馬場信春が賛同する。

「うむ。では、幸隆が示した三番目の経路を使って善光寺平へ入ることといたす」

信玄は室賀峠を越えて麻績の青柳城から川中島へと入る経路を採用した。

「して、われらはいずこへ布陣いたしまするか？」

武田信繁が総大将に指図のための細竹を手渡す。

それを受け取った信玄は微かに笑った。

「明朝、われらはこの上田原を出立いたし、二十四日に川中島へ布陣いたす。そして、陣を置く場所は、ここでよかろう」

細竹の先はゆっくりと善光寺道を進んで行き、地図上の一点で止まる。

それを見た一同は、小さく息を呑む。越後勢の不可解な布陣を知った時と同じ驚きが評定の場を包んでいた。

茶臼山《ちゃうすやま》。信玄が指したのは、川中島の西側に位置する山であり、その反対側に妻女山がある。誰もがまったく予想もしていなかった地点が示されていた。

——御屋形様が昨夜《よふ》、地図を目の前にずっとお考えになっていたのが、この布陣であったのか。夜更け過ぎの灯明《とうみょう》を入れに行った時も、まだ同じ姿勢でおられた。

昌幸は主君の姿を思い出す。

奥近習たちは日頃から主君の邪魔にならないように身の回りの世話をすることを心掛けている。特に普段は話し好きな信玄が黙り込み、考え事を始めた時は完全に己の気配を消しながら作業をこなさなければならない。

昨夜の信玄が、まさにそうだった。夕餉を済ましてからはずっと陣屋の室《へや》に籠《こ》もり、川中島の地図を前に腕組みをして瞑目《めいもく》していた。

宿直番《とのいばん》だった昌幸は、室外で蠟燭《ろうそく》の取り替えの機を計っていた。

蠟燭は室を照らすだけでなく、減り具合で時の刻みを知ることができる。それゆえ、定期的に交換し、時計の代わりに使っていた。武田家で使っている二十匁《もんめ》蠟燭は二刻《とき》（四時間）ほどもつので、近習は夕餉の終わる戌上刻《いぬのじょうこく》（午後七時）頃に灯明を入れ、亥下刻《いのげこく》終わり（午後十一時前）に蠟燭の交換を行なうことになっている。

主君が寝る時は自分で火を吹き消すので、灯《あか》りが消えていれば就寝《しゅうしん》したという印となり、交換の必要はない。しかし、蠟燭を点《つ》けたまま寝入ってしまうこともあるので、その時は外から小さく声を掛け、音も立てずに作業を行なう。

そして、最も難しいのが、思案をしている時だった。

信玄が室に籠もり始めた時は、形式的な礼も必要とされず、完全に気配を消して衣擦《きぬず》れの音もさせずに動く決まりとなっている。室へ入ったことにも気づかれないほどの動きができてこそ、一人前の奥近習と認められるのである。

昨晩の昌幸は室外に控えながら、主君が何か難しい思案を重ねている気配をひしひしと感じていた。いよいよ灯明が切れる亥の下刻終わりを迎え、意を決して動き始める。胸の裡《うち》で「失礼いたしまする」と唱《とな》え、音を立てずに戸を引き、室の隅《すみ》に控えた。

主君の視界に入らぬよう細心の注意を払いながら燭台《しょくだい》まで躙《にじ》り寄り、音を立てないように蠟燭を交換する。それから、再び壁際《かべぎわ》を進み、猫足で室の外へ出ようとした。

その間、信玄は微動《びどう》だにせず、仏像のように座していた。

戸を閉めようとした昌幸の目に、ちらりと主君の前に広げられた地図が映る。ほんの瞬《また》きの間だけ、その絵柄に視線が止まってしまった。

その刹那《せつな》、である。

『源五郎か……』

主君が腕組みをしたまま名を呼ぶ。

この日の宿直番が誰かは知らないはずだったが、信玄はわずかな気配だけで察知したようだ。

――しまった！　つい地図が気になり、粗相《そそう》をしてしまった。

昌幸は軀《からだ》を凍《こお》りつかせながら、蚊の鳴くような声で答える。

『……はい』

『そなた、囲碁は打てるか？』

虚を突いた問いかけに、昌幸は動揺を隠せない。

『……き、規矩《きく》に従って並べるくらいのことは、父から教わっておりまする』

『さようか。ならば、真似碁《まねご》の布石《ふせき》ぐらいは知っておるな』

『あ、はい……。相手の布石を鏡の如く映した策かと。よく父の真似をして石を並べ、それは下手《したて》が使う策ではないと怒られましてござりまする……』

『ふっ……』

信玄が思わず笑みをこぼす。

『いかにも幸隆らしい説教であるな。されど、それはまことのことじゃ。真似碁の布石は上手《うわて》が使うからこそ面白い。こたびの戦も、どうやら、さような具合になりそうじゃの』

そう呟いてから、主君はさもおかしそうに笑った。

昌幸は何を言われているやらわからず、ただ恐縮していた。

『源五郎、孫次郎と共に囲碁を学べ。昌信が海津城へ行ってから手合《てあい》がいなくて退屈なのだ。そなたくらいの歳から真剣に学べば、すぐに上達するであろう。孫次郎と競い、早く余の相手が務まるようになってくれぬか』

『は、はい。畏まりましてございまする』

『囲碁というものは、ただの陣取り合戦の遊戯《ゆうぎ》の如く思われるが、実に奥が深い。そこに並んだ黒と白の石は、ひとつひとつが兵の戦いそのものであり、その配置や連《つら》なりは軍略によって動く軍勢と同じく、碁盤の上には連綿《れんめん》たる死活が横たわっている。それゆえ、眼前にある碁石ひとつの働きが、ことごとく全体の士気に影響し、勝敗を形作っていくのだ。そして、囲碁の大いなる利点は、碁盤の隅々までを真上から眺められることにある。つまり、地を這《は》いずり回るが如き戦いのすべてを、天の目を借りて解することができるということだ。同時に、己が始めようとしている戦いを脳裡で観想することもできるようになる。それがわかれば、合戦というものを少しは大局観で捉《とら》えることができるようになるのだ。遊びだとはいえ、侮れぬぞ、源五郎』

『その御言葉、肝《きも》に銘《めい》じて精進いたしまする』

『さようか。碁盤を真上から眺めて着点を決めるのも、地図を眺めて布陣の場所を決めるのも同じことよ。明日、その意味がわかろうほどに。それゆえ、今晩はもう一組、灯明がいるやもしれぬ』

『はい、承知いたしました』

『源五郎、大儀《たいぎ》であった』

『失礼いたしまする』

なぜか冷汗をかきながら、昌幸は戸を閉めた。

この夜、さらに二刻が経っても室の灯りは消えず、昌幸は丑下刻《うしのげこく》終わり（午前三時前）に再び灯明を替えねばならなかった。そのせいで、今日は少し寝不足になっている。

――されど、宿直番のおかげで御屋形様の御言葉の意味がやっとわかった。真似碁の布石とは、茶臼山への布陣のことであったのか。しかも、御屋形様は真似碁の布石は上手が使うから面白いと仰せになられた。この布陣により、妻女山に陣取る景虎へ格の違いを見せつけるおつもりなのであろう。だが、重臣の方々の面持ちを見れば、この布陣がいかに意外な策であったかは一目瞭然《いちもくりようぜん》だ。

昌幸はそれとなく主君と重臣たちの表情を見比べる。

一同の顔には、まだ驚きとも戸惑いともつかない色が浮かんでいた。

「総勢でこの茶臼山に陣を布《し》き、まずはゆっくりと景虎の陣立《じんだて》を眺めてやろうではないか」

信玄は微かな笑みを浮かべて言い放った。

「……御屋形様、雨宮《あめのみや》と屋代の渡しは、いかようになされまするか？」

馬場信春が訊く。

「捨て置け。渡しを挟んで布陣するは、相手が望むところゆえ下策じゃ。麓から景虎の本陣を見上げるのは、考えただけでも胸くそが悪い。向こうが挨拶に来られるよう、渡しは空けておいてやるがよい」

そう言いながら信玄は笑った。

それにつられて、一同も表情を緩《ゆる》ませる。

「さて、陣も決まったゆえ評定も仕舞《しまい》といたそう。最後に、これだけは申しておく。端緒《たんしょ》がこの様《さま》では、こたびの戦、一筋縄《ひとすじなわ》ではいくまい。そして、この上田原の地にいるわれらが、決して忘れてはならぬことがある。越後勢の先陣には、まだ村上義清がおるということじゃ。武田の礎《いしずえ》となって散っていった者たちの御魂《みたま》を鎮めるためにも、こたびは勝たねばならぬ。信濃の覇権は、善光寺平にあり。景虎には決して渡さぬ」

信玄の覚悟に、皆は一様に奥歯を嚙みしめる。

「……御屋形様、よくぞ仰せになってくだすった。天から見守っている板垣と甘利も、さぞかし喜んでおりましょうて」

飯富虎昌が目を潤ませ、膝の上で両拳《りょうこぶし》を握り締めた。一同も小刻みに頷きながら、それぞれの思いを嚙みしめていた。

軍評定が終わり、昌幸は曾根昌世と共に後片づけを行なう。地図を運び出し、次の評定でもすぐ使えるように準備しておいた。

「なあ、源五。われらは何か、もの凄い得をしていると思わぬか」

曾根昌世は唐突に問いかける。

「もの凄い得、にござりまするか？」

昌幸は小首を傾げて聞き返す。

「さよう、得だ。だって、小姓の分際《ぶんざい》で、御屋形様をはじめとして重臣の方々の軍評定をすべて聞くことができるのだぞ。奥近習から侍大将になられた方々でさえ、ここにはまだ同席することができぬのだからな」

「ああ、なるほど。確かに、兄様の申される通りだ。御屋形様の軍略用兵術を直《じか》に拝聴《はいちょう》できるのだから、これほどの得はありませぬ」

昌幸は瞳を輝かせて頷く。

「こうして毎日、軍評定が聞けるならば、われらもいずれは兄様方を追い抜いてしまうのではないか」

曾根昌世は口元に手を当て、溢れ出る笑いを押し殺す。

「はぁ……。されど、奥近習から侍大将になられた兄様方は、われらの如く御屋形様の軍略用兵術を直に拝聴なされていたのではありませぬか。それゆえ、侍大将に取り立てられるほど成長なされたのではないかと……」

「えっ！　……ああ、それもそうだな」

曾根昌世はばつの悪そうな顔で頭を掻く。

奥近習になる者たちは、常に主君が何を考え、何を欲するかということを知ろうとする習性を身につけている。それを把握するための第一歩は、主君の言葉に耳を傾け、表情と共に寸分《すんぶん》も違《たが》えず覚えることだった。

それを覚えることができれば、主君が次に何を言い、何を欲するかが想定できるようになる。そして、常に先回りをして動けるようになっていく。

つまり、奥近習の役目をこなすことで、自然に信玄の思考法を体得できるのである。主君の訓戒《くんかい》や評定で語る兵法は、若い奥近習たちの肌に浸潤《しんじゅん》し、養分となっていく。これ以上の帝王学は外《ほか》にない。主君の思考法を身につけた若者が将となって配置されれば、軍勢は総大将の意のままに動くようになる。しかも、その忠誠心は絶大だった。

信玄が重臣の子らを早くから側《そば》に置くのは、そんな思惑があったからである。

「兄様、昨夜、御屋形様がかように申されました。孫次郎と二人で囲碁を覚え、早く余の相手が務まるようになれ、と」

「囲碁⁉　御屋形様が？　……源五、そなた、打てるのか？」

「並べるくらいは何とか……」

「さ、さようか。ならば、まず、どうやればよいか、教えてくれ」

「はい。されど、本当に規矩と最初の並べ方しか知りませぬ」

「それでよい。とにかく、御屋形様がさように仰せになられたのならば、何としてでも二人で覚えるしかあるまい。あっ……」

曾根昌世は何かを思い出したように手を打つ。

「どうなされました、兄様」

昌幸は驚いたように訊く。

「典厩様が書庫から持ち出された書物を見ながら、碁石を並べているのを見かけたことがある。われらもあれをやればよいのではないか」

「棋譜《きふ》並《なら》べにございまする。上手の打った棋譜をできるだけたくさん並べてみよ、と父にも言われました」

「よし、館に戻ったら、内緒で棋譜を持ち出し、それもやろう。今、御屋形様のお相手をしておられるのは、典厩様だけだ。われらがお相手できるとは夢のような話だ」

「兄様……」

曾根昌世は夢見る乙女のように瞳を輝かせる。

「何だ」

「さほど、簡単ではないかと……。あの典厩様でさえも御屋形様のお相手は難しいとぼやいておられました。お相手ができるのは、香坂昌信殿ぐらいだとも申されておりました。御屋形様を除けば、香坂殿が家中一の打ち手だと。われらがお相手できるようになるのは、いつのことやら……」

昌幸の言葉に、曾根昌世はがっくりと肩を落とす。

「……そうだよなぁ。さほど簡単に上達するわけがないか……。それに、御屋形様はいつまでたっても昌世とは呼んでくださらぬ。このまま、ずっと、孫次郎と呼ばれるのかなぁ……」

「兄様だって、この身を源五と呼び続けているではありませぬか」

「それは……。昌幸と呼ぶのは、なんか照れくさいであろうが。そなただって、昌世殿とは呼び難いだろ」

「ええ、まあ、それは……。……源五のままでお願いいたしまする」

昌幸は困ったように頭を掻く。

「ああ、早く香坂殿のようになりたいなぁ」

「われらも戦場に出て、武功のひとつも上げれば、きっと御屋形様から烏帽子名を呼んでいただけるようになりまする」

「さようだな。やらねばならぬことは山ほどある。二人で頑張ろうぞ」

ている。

「はい。まずは長坂の兄様を目指しましょう」

二人の面倒見役だった長坂昌国は、すでに奥近習を卒業し、百足衆の一人となっている。

「明朝はいよいよ総勢で出陣だ。寝坊せぬよう、早く役目を済まして床《とこ》へ入ろう」

曾根昌世の言葉に、昌幸は深く頷いた。

翌八月二十三日の早朝、信玄は総勢二万余を引き連れて上田原を出立する。

昌幸にとってはすぐ近くの真田の里に寄れないことが残念だった。しかし、初陣を目前にして、そんな感傷に囚《とら》われている余裕はなかった。

武田勢の本隊は室賀峠を越え、麻績の青柳城へ入り、翌朝すぐに善光寺道を北上し始める。この善光寺道は別名を北国西往還《ほっこくにしおうかん》とも呼ばれ、東山道《とうさんどう》からの分岐点となる南の洗馬宿《せんばじゅく》から北端の善光寺の門前町まで続いている。深志城のある松本平から川中島を縦断《じゅうだん》して善光寺平へと至る武田勢の要路だった。

そして、さらに北へ行けば、上杉政虎の本城がある越後の直江津まで出ることができた。

善光寺道には宿場町と間宿《あいのしゅく》が点在し、普段は善光寺参りに出かける人々や背負《しょい》子《こ》で大きな葛籠《つづら》を運ぶ歩荷《ぼっか》、両脇に俵包《たわらづつ》みを下げた信州中馬《しんしゅうちゅうま》をひく馬子《まご》などが行き交っている。間宿とは旅籠《はたご》のある宿場町の間隔《かんかく》が長い場合に、休憩《きゅうけい》のとれる茶店《ちゃみせ》や飯処《めしどころ》だけがもうけられた里のことを指す。

しかし、数日前から善光寺平に越後勢が布陣したと知ってか、善光寺道を行く人の姿はまばらだった。

武田勢の本隊はそこを悠々《ゆうゆう》と進軍し、宿場町の稲荷山《いなりやま》を越え、川中島への入口となる篠《しの》ノ井追分《いおいわけ》へと至る。ここは追分の名の通り、北国街道と合流する交通の要衝であり、善光寺道の間宿だった。

篠ノ井へと入った途端、辺りの気配が一変する。

——麻績と同じはずの大気が強《こわ》ばり……、心なしか息苦しく思える。

昌幸にはそう感じられた。

進軍方向の右手側に山岳が連なり、その一角に妻女山があるはずだった。見るまいとしても自然と瞳がそちらに吸い寄せられ、千曲川の向こう側にある、さほど高くない山一帯に夥《おびただ》しい旗幟《のぼり》が翻《ひるがえ》っていた。

——間違いない。あれが敵の、越後勢の陣だ。

そう思うと、鼓動が高鳴り、意味もなく顔が火照《ほて》ってくる。昌幸にとっては生まれて初めての感覚だった。

篠ノ井追分を過ぎてから、信玄はあえて行軍の速度を落とす。まるで敵に己の姿を見せつけるような進み具合だった。

——向こうも眼を凝《こ》らし、こちらを見ているのであろう。……いや、おそらく青柳城を出立した時から、越後の忍《しのび》、軒猿《のきざる》がわれらの様子を窺っているに違いない。

普段と同じように振る舞おうとしても不用意に力が入り、昌幸の體が強ばる。着けない甲冑が錘《おもり》の如く思え、足の裏から大地の感触が希薄《きはく》になっていた。

不気味な静けさが川中島を包んでいた。

辺りに人影はなく、美装《びそう》の大軍勢が粛々《しゅくしゅく》と進む跫音《あしおと》だけが響く。武田勢の本隊が到着したことは、越後勢も承知しているはずである。しかし、妻女山に動きはなく、ただ旗幟が翻っているだけだった。千曲川の渡しである屋代と雨宮にも敵兵らしき姿は見あたらない。

どうやら越後勢は息をひそめて武田勢の行軍を窺っているようだ。その沈黙がさらに川中島の空気を重くしていた。

武田勢の本隊は篠ノ井追分からさらに北へと進み、布施五明《ふせごみょう》という里で行軍を止める。武田の先陣である信繁の一隊と飯富虎昌の率いる赤備衆が辺り一帯に展開し、越後勢の攻撃に備えた。

先陣の後には幾重《いくえ》もの備えが置かれ、その中央に信玄の旗本がある。昌幸は仮本陣を設えるために忙しく動き始めていた。

山本菅助の率いる足軽隊が茶臼山へ登り始め、陣馬奉行の原昌胤がそれに続く。

荷駄《にだ》を運ぶ手明《てあき》隊を率い、山頂に本陣を設えるためである。この若き陣馬奉行も元は奥近習の一人だった。

武田勢に緊張感が漲《みなぎ》り、全軍が敵の動向に神経を集中させていた。

その中心で信玄は床几に腰掛け、余裕の躰《てい》で首元を扇《あお》いでいる。

「おい、源五郎」

「はっ」

昌幸は素早く駆け寄り、片膝をつく。もう、軀が強ばるなどと甘えている暇はなかった。

「喉が渇いた。水を持て」

「御意！」

弾かれたように踵を返し、昌幸は水の入った片口と盃を持ってくる。

主君に盃を渡し、うやうやしく水を注ぐ。

「源五郎、景虎の陣立をいかほどと値踏《ねぶ》みいたす？」

突然、信玄が訊ねる。

その問いに、昌幸は思わず黙り込む。答えようがなかった。

「ここからでは、まだわからぬか？」

主君が奥近習の心を見透《みす》かすように再び問う。

「……申し訳ございませぬ」

昌幸は身を縮めながら呟く。

「ふっ、余にも、まだわからぬ。されど、あと二刻もすれば、判然といたすであろう」

信玄は兜の眼庇《まびさし》に手をかざし、天を仰いで眩《まぶ》しそうに目を細める。

間もなく申上刻《さるのじょうこく》（午後三時）を迎えようとしていた。

――御屋形様は夕餉の頃になれば、敵の陣立が読めると仰せになられているのか。それまでに山頂の本陣が出来上がり、山に登られるはずだ。

「源五郎、保科を呼べ」

信玄の命を受け、昌幸は主君の旗本を守る保科正俊を呼びに行く。

「御屋形様、お呼びにございまするか」

保科正俊が主君の前で片膝をつき、頭《こうべ》を垂《た》れる。

この漢《おとこ》は信濃先方衆の一人であり、類《たぐ》い稀《まれ》なる槍《やり》の使い手だった。それゆえ、家中《かちゅう》では槍弾正《だんじょう》という異名で呼ばれている。そして、昌幸の父、真田幸隆が攻弾正《せめ》と称されていた。

「昌信の処へ早馬を出しておいてくれ。さぞかし首を長くしてわれらの到着を待っていたであろうからの」

信玄は海津城への伝令を命じる。

「御意！」

「それと、本陣の前捌《まえさば》きがあらかた済んだところで山へ登りたい。陣の設えが途中でも構わぬ」

「されど、御屋形様。もしも、敵方が渡しを越え……」

保科正俊の言葉を遮《さえぎ》り、信玄が言う。

「景虎は動いてはこぬ。いや、余が現われたからには、梃子《てこ》でも動かぬつもりなのであろう。普通の者が動きそうな機では動かず、普通の者が動きそうもない時に動いてくる。それが、あ奴の癖だ。今宵は酒でも呑みながら、こちらの陣立を眺める肚《はら》づもりであろうて」

信玄は小さく鼻で笑う。

「……畏まりましてござりまする。すぐに手配りをいたしまする」

保科正俊は機敏《きびん》な動作で動き始めた。

昌幸は主君の背後で気配を消しながら、二人のやりとりに耳をそばだてていた。

——これまで三度の対陣を経て、御屋形様は景虎の癖まで見抜いておられるということか……。

武田勢の布陣が着々と進んで行く中、信玄の予言通り、越後勢は何の動きも見せない。それどころか、軍勢全体があえて気配を消しているようにも思えた。

布施五明への到着から一刻ほどが経った頃、信玄は旗本衆を率いて茶臼山の登攀《とうはん》を開始する。すでに山道が切り開かれ、要所要所に陣が設えられ、守備兵が配置されていた。山本菅助と原昌胤の見事な手際《てぎわ》だった。

山頂には陣幕《じんまく》が張られ、陣所の帟《ひらはり》が設営されている。信玄は満悦《まんえつ》の面持ちで本陣の床几に腰掛けた。

やがて、茶臼山の奥に連なる山間《やまあい》に陽が沈み、宵闇《よいやみ》が武田勢の本陣を包む。

昌幸は松明《たいまつ》を手に機敏な動作で篝籠《かがりかご》に火を入れてゆく。深閑《しんかん》とした山中に、薪《たきぎ》の爆《は》ぜる音が響き始めた。眼下《がんか》にも点々と灯りがつき、自陣の外まで大きく広がっていく。

陣外に置かれるものは捨篝《すてかがり》と呼ばれ、敵の接近を牽制《けんせい》しつつ、陣容《じんよう》を大きく見せるための仕掛けである。この山の裾野となる布施五明の里まで点々と灯りが連なり、自陣の威容を浮かび上がらせていた。

昌幸が面《おもて》を上げると、正面に見える妻女山にも次々と火が灯《とも》り始める。それが増えるたびに、敵陣の輪郭《りんかく》が明らかになっていった。

越後勢の陣は麓から幾重にも備えが置かれており、本陣と思《おぼ》しき頂上へ攻め上るのはいかにも困難に見える。敵陣は不気味な静けさに包まれており、武田勢が茶臼山へ登ったことに対しても動揺することはなく、じっとこちらを見つめているような気配があった。

昌幸はしばし手を止め、越後勢の陣に見入っていた。

そこへ鎧《よろい》摺《ず》れの音が響いてくる。昌幸が振り向くと、坂道を登ってくる武田信繁の姿が見えた。

「典厩様……」

「おう、昌幸。御屋形様はお休みか？」

信繁はいつものように柔和《にゅうわ》な笑みを浮かべながら訊く。

「幔幕内にて、地図をご覧になっておられまする」

「さようか」

「お申次《もうしつぎ》いたしましょうか」

「いや。まだ、よい」

信繁は正面の妻女山に向き直り、腕組みをする。それから、細く長い息を吐いた。

「兄上はこれを確かめたかったのだな」

独り言のように呟き、眼を凝《こ》らす。

正面には一山を覆《おお》い尽くす万灯会《まんどうえ》の如《ごと》き篝火《かがりび》が広がっていた。

「昌幸、越後の陣立をいかように思う？」

信繁からの唐突な問いに、昌幸は当惑しながら答える。

「……思っていたよりも大仰《おおぎょう》な陣に見えまする。こうして正面から眺めてみると、御屋形様が仰せになられた通り、麓から攻め上るのは難しいかと……」

「うむ。篝火の形から察するに、麓から堅固《けんご》な五つの陣で山頂を囲んでおるようだな。その最上段が、上杉政虎とやらの本陣か。いかにも『渡しを封じて攻め上ってこい』と言わんばかりの構えだ」

皮肉な笑みを浮かべ、信繁は言葉を続ける。

「渡しを封じて対岸へ布陣いたし、麓からあの篝火を拝まされていたならば、さぞかし忌々《いまいま》しい思いを抱いたことであろう。その苛立《いらだ》ちにより、つい麓から攻め上りたくなる。そうなることを読み切っておられたからこそ、御屋形様はここに陣を取ったのだ。まさに正着《せいちゃく》であったな」

信繁の言葉を聞きながら、昌幸は改めて主君の慧眼に感服《かんぷく》する。同時に、信玄の胸中《きょうちゅう》をわがことの如く語る信繁を羨望《せんぼう》の眼差しで見つめていた。

「実はな、昌幸。あの陣のいずこかに、わが宿敵と定めた漢《おとこ》がおるのだ」

「えっ⁉」

昌幸は驚いて信繁の横顔を見る。

「……典厩様の……宿敵に……ござりまするか」

「さようだ。川中島で二度目の戦いを迎えた時、余は初めて犀川を挟んで越後勢の先陣と向き合った。あの時、余を含めてわれらの先陣にいた誰もが、越後勢は易々《やすやす》と河を渡ってこれまいとたかを括《くく》っていたのだ。御屋形様の描いた絵図通りに戦が進んでおり、どこかに相手を侮る気持ちがあったやもしれぬ。あるいは、兵法《へいほう》の常道《じょうどう》を逸し、敵の眼前《がんぜん》で渡河する愚昧者《おろかもの》などいるまいと気を緩めていたのかもしれぬ」

信繁が語り始めたのは、今から六年前の天文二十四年（一五五五）に起こった二度目の川中島合戦のことだった。

最初の戦いでは、長尾景虎の率いる越後勢に善光寺平をかなり深く抉《えぐ》られた。

そこで信玄は様々な調略を仕掛けてから、二度目の戦いに臨《のぞ》む。この画策《かくさく》により村上義清の傘下《さんか》にいた善光寺小御堂別当職《こみどうべっとうしき》の栗田寛安《くりたひろやす》を寝返らせることに成功した。

栗田寛安は信玄から三千の援軍と三百挺《ちょう》の鉄炮《てっぽう》を得て、善光寺の西にある旭山《あさひやま》城に籠もり、越後に対して叛旗《はんき》を翻《ひるがえ》す。味方に寝返られた長尾景虎はすぐに出陣し、旭山城を見据えて犀川の北に陣取った。

その着陣を見透かしていたかの如く、信玄が率いる武田勢は犀川の南岸に布陣し、信繁は川縁《かわべり》に先陣を構える。

兵法の常道から言えば、大きな河を挟んで対陣した場合、先に渡河しようとした方が不利を被《こうむ》りやすいとされている。「敵の半渡河に乗じて攻めよ」というのが孫子の説く戦法だった。

つまり、ふたつの大軍が河を挟んで対峙《たいじ》すれば睨み合いが続き、それぞれの陣営は相手を挑発し、何とか先に動かそうとする。それでも、相手の目の前で渡河する不利を被りたくないため、双方が動かぬままに戦況が膠着するのが常だった。

「されど、越後の先陣大将は違った。兵法の常道をまったく無視するが如く、平然と渡河を敢行《かんこう》してきたのだ。まったく、暴虎《ぼうこ》馮河《ひょうが》の振舞《ふるま》いとは、あのことぞ。いつまでも時々、あの日の光景を夢に見ることがある」

信繁は眼を細めながら苦笑する。

それは己の眼を疑うような光景だった。

陽光が降り注ぐ中で、武田勢の油断を突くように、いきなり越後勢が気勢を上げながら犀川を渡り始める。夏涸れで犀川の水位が低かったこともあるが、その疾《はや》さは信繁の度肝を抜いた。

「正直に申せば、迫り来る敵影と旗印を見た刹那《せつな》、撤退の二文字が脳裡を掠《かす》めた。それほど鬼気《きき》迫る疾さで、越後の先陣が一気に浅瀬を越えてきたのだ。されど、余も咄嗟に肚《はら》を括った。河を渡らせてしまえば、この戦、負けるやもしれぬと思うたからだ」

その時、信繁は愛駒《あいく》に飛び乗り、先陣の全軍に迎撃を下知した。半渡河での乱戦に持ち込めば、まだ相手を押し留めることができそうだと思ったからである。

もしも、そこで退《ひ》きながら相手を迎え撃とうとしたならば、勢いに乗る敵方に蹴《け》散《ち》らされ、さらに後方から越後勢の本隊が押し寄せる可能性が高かった。そうなれば、敵の渡河を予想していなかった自軍の本陣まで一気に貫かれていたかもしれない。

——ここで止めなければ危ない！

それが武田の先陣を担ってきた大将の勘《かん》だった。

案《あん》の定《じょう》、越後勢は一気呵成《いっきかせい》に攻め懸《か》かってくる。武田勢の先陣も犀川の中へ突っ込み、そこからは押しつ押されつの乱戦となった。

敵味方が入り乱れて戦う中、信繁は敵の先頭にひときわ美装《びそう》の侍大将を見つける。その者は黒鹿毛《くろかげ》の馬に跨《また》がり、黒絲縅《くろいとおどし》の具足に身を固め、胴には金箔《きんぱく》で蕪紋《かぶらもん》が描かれていた。黒装束の猪武者《いのししむしゃ》が、信繁の朱絲縅《あかいとおどし》の胴に光る武田菱《たけだびし》の紋を見た途端、猛然と突進してくる。

薙《な》ぎ払うように繰り出す相手の黒槍《くろやり》を、信繁は朱塗《しゅぬ》りの二間槍《にけんやり》で真《ま》っ向《こう》から受け止める。その衝撃が凄まじかった。

「最初の一撃を受けた時の痺《しび》れが、まだ、この手に残っているような気がするほどだ」

信繁は右手を開いて見せる。

昌幸は眼を見開き、固唾《かたず》を呑んだ。

真っ向から敵の槍を受け止めた信繁は、その剛の者と数合《すうごう》を互角に打ち合う。勝負が佳境《かきょう》に差し掛かった頃、敵味方の足軽が周りを囲み、双方に横槍が入った。

それをかわした信繁は、敵の足軽を突き倒し、その場から離れる。黒装束の武者は愛駒の動きを止め、己の方を睨《ね》め付けていた。その髭面《ひげづら》が実に悔しそうな表情だった。

「おそらく、あれが越後の先陣大将、柿崎景家《かきざきかげいえ》であったのだろう。景虎が越後七郡に手の合う者あるまじと称賛《しょうさん》したほどの剛の者らしい」

「かきざき……かげいえ……」

昌幸は口中で反芻《はんすう》する。

「さようだ。源平争覇《げんぺいそうは》の世であったならば、互いに名乗りを上げてから一騎打ちという優雅な運びになったやもしれぬな。されど、徒歩《かち》による戦いが主となった当世の戦では、首級《しるし》をあげるまで相手の名がわからぬ。それでも、余はあれが柿崎景家だと確信しておる。わが身の奥に残っている手応えがさように語りかけてくる。あの時、正面から打ち合っていてよかった。もしも、背を見せていれば、生涯、あの者から逃げ続けることになったであろうからな」

信繁の奮闘もあり、武田勢は犀川で越後勢の進軍を食い止めた。

結局、二度目の川中島合戦は、この激突をもって終わる。その後も三カ月に及ん
で両軍の滞陣《たいじん》は続いたが、干戈《かんか》を交えることはなかった。

——その柿崎景家が向こう側の篝火の中からこちらを見つめているのか……。

昌幸は小さく身震いする。

「あの者の旗印は、とぼけた蕪紋だ。されど、昌幸。もしも、黒絲縅の具足に金箔
の蕪紋を入れている武者を近くで見つけたならば、迷わず逃げよ」

信繁の言葉に、昌幸は小首を傾げる。

「……ただ逃げよと？」

「さようだ。柿崎景家がそこまで迫るということは、われらの先陣が破られ、余は
槍の露《つゆ》と消えておるということだからな」

「そ、そんな……」

「おいおい、さように情けなき顔をするな」

「て、典厩様が討死《うちじに》などと申されるゆえ……」

「昌幸、武田の先陣は、さほど弱くないぞ。されど、不測の事態が起きないとは言えぬ。敵の先陣大将が旗本まで迫るような戦況となったならば、すぐに御屋形様へ退陣《のきじん》を進言できるような近習となれということだ」

信繁は微かに笑い、若武者の肩を叩く。

「あ、はい……」

昌幸は訓戒の言葉だと気づき、素直に頷いた。

「四度目となれば、互いに手の内も知り尽くしており、厳しい戦いとなるであろう。こたびは、あの者と雌雄《しゆう》を決することになるやもしれぬな」

信繁は険しい面持ちで言った。

「昌幸、初めての戦が怖いか?」

その問いを投げかけられ、昌幸は思わず黙り込む。口唇を固く結び、しばらく信繁の顔を見ていた。

それから、上目遣いでおもむろに口を開く。

「……怖くありませぬ……と答えましたならば、信じていただけまするか?」

「さてな。どうであろうかの」

信繁は飄然《ひょうぜん》とした口調で答え、人差し指で鼻の頭を掻く。

「やはり……」

「正直に申せばよい」

「はぁ……。この甲冑を身に纏いました時は心躍るというか、やってやるぞという昂揚《こうよう》に満ちておりましたが、川中島へ近づくに従いまして、この鎧を錘《おもり》の如く感じるようになりましてござりまする……」

「首元を締め付けられているように息苦しく、軆が思うように動かなくなったか?」

「……はい。正直に申しますれば……」

「無理もないな。余も同じであった。初めて甲冑を身につけて野へ出た時は、立っているのがやっとだった」

「初陣の時にござりまするか?」

「その前だ。余の場合は、少し変わっておってな。この身が初めて鎧を着たのは、兄上と共に父上へ御隠居のお願いをした時だったからな」

信繁は少し寂しげな面持ちで夜空を仰ぐ。

その話については、昌幸も父の幸隆から講話《こうわ》を施《ほどこ》されている。武田家の代替わりに関する秘話だった。

確かに、信繁が初めて鎧を着て野へ出たのは、初陣を迎える前の齢十七の時である。先代の武田信虎《のぶとら》に仕えていた重臣たちが揃って嫡男《ちゃくなん》の晴信を担《かつ》ぎ上げ、半《なか》ば強硬な代替わりに及んだ時のことだった。

その頃、嫡男の晴信は父から不興《ふきょう》を買っており、家中では廃嫡《はいちゃく》が行なわれて弟の信繁が跡を嗣ぐのではないかという噂話が駆けめぐるほどであった。

武田信虎は四方八方に戦を仕掛け、折からの大凶作もあって甲斐一国は疲弊《ひへい》しきっていた。その貧窮《ひんきゅう》を顧《かえり》みず、苛烈《かれつ》な年貢の取り立てと徴兵を行なったため、国内には怨嗟《えんさ》の声が満ちる。戦を続けるわりには大きく領国が広がるわけでもなく、やがて、家臣たちの間でも不満が募《つの》り始める。特に四人の重臣は、家中や領民の我慢が限界に近づいていることを危惧していた。

しかし、武田信虎は独断で采配《さいはい》を振るい、家臣が諫言でもしようものなら即座に首を飛ばしかねない状態だった。

そこで四天王を中心に家中がまとまり、武田信虎を駿河の今川家に隠居させ、新しい惣領《そうりょう》として嫡男の晴信を担ぎ出すことを画策《かくさく》する。元服を済ましたばかりの信繁は、傅役の甘利虎泰《あまりとらやす》からその話を聞き、自ら兄の晴信に従うことを決めた。

信繁は父が己を溺愛《できあい》し、跡を嗣がせたがっていることを知っていた。しかし、家臣たちがそれを望んでおらず、自分も兄を押しのけて家督を嗣ぎたいとは思っていなかった。

弟が迷いなく代替わりに賛同したことで、家中の結束が一気に固まる。そして、武田信虎が戦勝祝いで駿府へ出掛けた時、その政変が決行された。

甲斐と駿河の国境にあたる万沢《まんざわ》の里に逆茂木《さかもぎ》が並べられ、戦支度をした武田勢が甲駿《こうすん》を繋ぐ河内路《かわうちじ》を塞《ふさ》ぐ。わずかな供を連れて駿府から戻る武田信虎を待ち受け、嫡男の晴信を中心に重臣たちが駿府での隠居を願った。

当初、武田信虎は隠居を拒《こば》んだが、何とか無血の代替わりが成功する。信繁が初めて甲冑を身につけて野へ出たのは、まさにこの時だった。そして、初陣を迎えたのは、翌年に信濃進攻が始まってからのことである。

小姓として信玄に仕えるための予備知識として、昌幸は父からこの経緯《けいい》を聞かされていた。

「……まあ、あの時に較《くら》ぶれば、初陣の時の方がよほど動けたぞ。今宵と同じような月が、あの夜も出ていたか」

信繁は眉をひそめ、瘦せ始めた下弦《かげん》の月を見上げる。

昌幸はそれとなく信繁の横顔を窺う。そこには苦渋《くじゅう》とも、哀嘆《あいたん》ともつかない色が浮かんでいた。そんな表情を見るのは初めてだった。

――典厩様も先代の御屋形様のことで大きな哀しみを背負われているのだな。

寵愛《ちょうあい》を受けた父上に自ら引導《いんどう》を渡さなければならなかった典厩様の寂しさは、幼くして父と離されたこの身の寂しさとは較べものにならぬほど深いのであろう。この御方の何とも言えぬ優しさと温かさは、その上にあるのやもしれぬ……。

そう思うと胸が締め付けられ、昌幸は奥歯を噛みしめて俯く。なぜか、書庫で初めて声を掛けられたことを思い出していた。

「今宵はなにゆえか、妙なことばかり思い出してしまうな」

信繁は感傷に浸《ひた》りそうになる己を制するように両手で頬を叩く。それから、昌幸の方に向き直り、少し照れたように笑った。

昌幸は何も見ていなかったという素振《そぶ》りで面を上げる。

「昌幸、まだ甲冑は重いか」

「はい」

「甲冑が重いと感じるのは、あながち悪いことではないぞ。怖気《おじけ》づいているだけとも言えまい。おそらく、知らず知らずのうちに、この合戦の重さを肌で感じ取っているということなのだ。それが感じられぬ者より、遙かにましであろう」

「この合戦の重さ……」

「さよう。この川中島を包む気配の重さと申してもよい」

「はい」

「初陣が怖くない武士《もののふ》などおらぬ。いや、稀にはいるやもしれぬ。ならば、それは万人に一人の豪傑《ごうけつ》か、どこまでも鈍感な阿呆《あほう》であろう。あるいは、口だけの空威張《からいば》りだ。臆《おく》して当たり前。逆に、恐れを知らぬ者は、武将として大成せぬ。臆病なことは、恥ではない。皆、臆病だからこそ気を張りつめ、用心深く熟慮を重ねるのだ。そして、肝心なことは、いざとなれば己の怖気を捨て去れるだけの覚悟を持つということだ」

「覚悟……」

「うむ。されど、覚悟というものは何度も戦と向き合い、場数《ばかず》を踏むことで鍛えられていくものだ。一朝一夕《いっちょういっせき》で身に付くものではない。それゆえ、初陣では別の心《こころ》得《え》が必要となる」

「それは……。それは、いかなる心得にござりましょうや？」

昌幸は真剣な眼差しで問う。

「いかなる心得か、まずは己で考えてみよ」

信繁は若武者を突き放した。

昌幸は口唇を噛み、思案を巡らす。

——典厩様の申される初陣の心得とは、いかなるものであるか。覚悟は無理だとして、いったい何が必要なのだ……。

様々な言葉が脳裡を巡る。しかし、それがうまく形にならない。

昌幸は意を決し、最初に思い浮かべた言葉を答える。

「怖気を……怖気を弾き飛ばす勇気にございまするか」

「ほう、蛮勇《ばんゆう》か。己の裡に蛮勇を宿すという心得か」

「はい、その蛮勇ではありませぬか」

「蛮勇を宿して初陣に出た者が一番死にやすい」

信繁はこともなげに言い放つ。

「えっ⁉……」

昌幸は思わず絶句する。

「蛮勇とは、窮地《きゅうち》において必要なもの。つまり、経験を積んだ武者が一気に不利な局面を打開するために使うものだ。戦の『いの字』も知らぬ新参者が使えば、あっという間に己の死を引き寄せてしまうぞ。さて、いかがいたす？」

面白そうな顔で訊いた信繁を、昌幸は恨《うら》めしそうに見上げる。

「……捨身《すてみ》……にございまするか」

「捨身？　……それは蛮勇よりもさらに悪い。捨身の構えで戦場におれば、立っている骸《むくろ》と同じではないか」

「くっ……」

「どうした。当たるまで矢を放たぬか」

「……ならば……機転。……機転ではありませぬか」

昌幸は半ば自棄《やけ》になりながら食い下がる。

「それは相当に大事なことであるな。されど、この身にとっても戦場で臨機応変《りんきおうへん》に動くことは難しい。されど、まあ、ひとつは機転ということにしておくか。その前に、もうひとつ大事なものがある。それを考えてみよ」

「ううむ……」

唸《うな》りながら考えてもわからなかった。

「……わ、わかりませぬ。お教えくださりませ」

昌幸は降参し、深々と頭を下げる。

「虚心《きょしん》だ」

信繁は何の外連《けれん》もない静かな口調で言った。

「きょしん……。虚心坦懐《たんかい》の、その虚心にござりまするか？」

「さよう。無我《むが》になれとまでは申さぬ。限りなく我執《がしゅう》から離れた平らな心。それが虚心だ。虚心で動けというのが、余の教えられる初陣の心得だ」

――虚心。限りなく我執から離れた平らな心。……それを持って動くとは、いったいどのようなことなのだ。

まだ疑問の繭《まゆ》が昌幸を覆っていた。

それを剝《は》ぎ取るように信繁が言葉を続ける。

「虚心で動くということは、我執や見栄《みえ》に囚われず動くということだ。すなわち、死なぬように動くということ。とかく兵は功を焦《あせ》り、我が我がと欲念を剝《む》き出しにして動きがちになる。あるいは本心の恐れを隠して見栄を張ろうとするから、死地にあっても鈍感でいられるのだ。初めて戦に臨む時は、あえて我を捨て、平らな心で物事を受け止めた方がよい。怖いと思ったならば、怖いと思ったなりの動きをすればよい。そこで我執や見栄に囚われれば、死地に吸い込まれる。素直に避《さ》ければ、簡単には死なぬ。どうだ、わかるか」

信繁の真摯《しんし》な教えに、昌幸は何度も頷く。

「はい」

「同じように、空威張りなどすれば、目先のことしか見えなくなる。周りを敵に囲まれても、目の前の一人しか眼に映らぬ。虚心で動くということは、強ばりそうになる軆から余計な力を抜き、常に大きく周りを見回しながら動くということだ。さすれば、危機が迫る前に気配を感じることができるはずだ。すなわち、それが死なぬように動くということに繫がる。虚心でいるのは、難しい。されど、それが最も大事なのだ。虚心を持つことで、機転というものも働くようになる」

「はい。一言一句違《たが》わず覚えておきまする」

「昌幸。初陣の首尾は、死なぬということだけで上々《じょうじょう》。そのことを肝に銘じ、戦場を大きく見よ。そして、虚心で動け」

信繁はあえて次の言葉を呑み込む。

――虚心でいようと心掛けても、いずれは一命を賭《と》す覚悟をせねばならぬ時がくる。それが戦場というものぞ。

胸の裡で呟いたのは、そんな言葉だった。

「貴重な心得をご教示いただきまして、まことに有り難うございまする」

昌幸は頰を紅潮《こうちょう》させながら深々と頭を下げる。胸の裡で信繁の言葉が渦巻き、己の魂魄《こんぱく》を揺さぶっていた。

「ちと、説教くさかったかな」

信繁は再び人差し指で鼻の頭を搔く。

「……最近、すっかり兄上の癖がうつってしまったようだ」

飄々《ひょうひょう》と嘯《うそぶ》き、照れくさそうにそっぽを向く。

「昌幸、この戦が終わり、館へ戻ったならば、一献《いっこん》傾けながら初陣の首尾を聞いてやろうではないか」

「まことにございまするか。では、ひとつお願いがございまする」

「何だ？」

「その時に、いかにすれば囲碁が上達するか、お教え願えませぬか。先日、御屋形様に囲碁を覚えよと命じられましてござりまする」

「ちっ。この身では相手にならぬと、兄上は新手《あらて》を育てるおつもりか。仕方がない。余のへぼ碁でよければ、いくらでも教えてやろう」

「有り難き仕合わせにござりまする」

「さて、では、そろそろ役目へ戻るか」

信繁は大きく伸びをした。

「ただいま、お申次をいたしまする」

昌幸は役目の顔に戻る。

「おう、頼む。ここで待っておるゆえ」

信繁は敵陣に向き直り、昌幸は幔幕内へと走った。

幕の際《きわ》に跪《ひざまず》き、中の信玄に声をかける。

「御屋形様、失礼いたしまする」

「何じゃ」

主君の声が響いてくる。

「典厩様がお見えになっておりまする」

「信繁か。うむ、わかった。いま行く」

その声と同時に、幕内から信玄が出てきた。

「あ奴も我慢できずに、景虎の小癪な陣立を眺めに参ったか」

思いの外、上機嫌な口調で主君が言った。それから、大股で信繁の方へ歩いてゆく。

その数歩後から昌幸が追った。

「どうじゃ、信繁。下から見るのとは随分と違うであろう」

信玄の問いに、弟は深く頷く。

「麓から見上げるのがあまりにも癪にさわりましたゆえ、つい登ってきてしまいました」

「構わぬ。どうせ、景虎もしばらくは動いてこまい。今頃、向こうの方が腹立たしい思いでわが陣立を見ているであろう」

「まったくもって」

「信繁、次の一手が気になるか？」

「筋《すじ》だけでもご教授願えれば」

「ふっ、よかろう。昌幸、床几を持って参れ」

「はっ」

昌幸はすぐに駆け出し、二人分の床几を運んでくる。

この夜、信玄と信繁は妻女山の敵陣を眺めながら夜更けまで話し込んでいた。

武田勢が対面の茶臼山に陣を布いたにもかかわらず、妻女山の越後勢は何の動きも見せず、不気味な沈黙だけが川中島を包んでいた。

信玄も相手の真意を推し量《はか》るように斥候《せっこう》を放つだけで自軍を動かそうとはしない。対峙する両軍が息を詰めて睨み合う中、八月二十四日の着陣からすでに三日が過ぎていた。

その間も武田の陣営では、活発な軍評定が行なわれている。昌幸は山頂の本陣で忙しく雑用をこなしながら、主君をはじめとする重臣たちの意見を聞いていた。

軍議の主題は越後勢布陣の意図をどう読むかに絞られている。重臣たちからは様々な見解が示されたが、どれも敵方の思惑を完全に看破《かんぱ》するまでには至らない。上杉政虎の狙いが読めそうで読めないことに、評定の場に苛立ちが漂い始めている。時を経るごとに、重臣たちの苛立ちが微かな焦燥《しょうそう》へと変わってゆくのが、新参者の昌幸にもはっきりと感じ取れた。

その焦燥を振り払うように、突如《とつじょ》として信玄が口を開く。

「この山から敵陣を眺めるのも飽きたゆえ、そろそろ兵でも動かしてみるか」

飄々とした口調で言い放つ。まるで鷹野《たかの》へでも出るが如き口振りだった。

総大将の顔を見つめ、皆は一様に怪訝面《けげんづら》となる。

すかさず馬場信春が訊く。

「御屋形様、兵を動かすとはいかように？」

「われらがここへ登ったと見て、景虎の奴めが渡しでも押さえに出るかと思いきや、遊山三昧《ざんまい》で何もせぬ。ならば、こちらから二つの渡しを押さえるまでよ」

信玄はこともなげに答える。

「では、兵糧攻めの構えを取りまするか？」

馬場信春の問いに、信玄はゆっくりと首を振る。

「いや、兵糧攻めには持ち込まぬ。ここでの戦を長引かせるのは得策ではない。長引かせれば戦の手仕舞《てじま》いが難しくなることは、皆も二度目の対陣を通して承知しておるであろう。寝たふりをする敵に重圧をかけるのならば、兵糧攻めに見せかけて渡しを塞《ふさ》ぐのが最も効きそうであるからな」

信玄は鷹揚な仕草で扇を開き、首元に風を送る。

「御屋形様。さような策ならば、渡しを封じるのは、われら先陣の者だけでこと足りまする。のう、典厩殿」

飯富虎昌がしゃがれた声で言い、同じ先陣を担う武田信繁の方を見る。

「いかにも。されど、御屋形様。敵が渡河を厭《いと》わずに仕掛けてきました時は、いかがいたしまするか？」

信繁は冷静な声で訊く。

その脳裡には敵方の先陣大将、柿崎景家の姿が浮かんでいるように、昌幸には思えた。

「向こうが仕掛けてくるのならば、相手をしてやらねばなるまい。渡しを封じられただけで慌てて動いてくるようでは、あの布陣にさしたる意味を見出せぬ。ゆえに、景虎は何か別の手を打ってくるような気がいたす。それを確かめるために兵を動かすのだ」

信玄の答えを受け、飯富虎昌が不敵に笑う。

「ならば、越後の奴ばらを思い切り煽《あお》ってやりまする。総大将の景虎がいくら肚《はら》を据《す》えた振りをしても、実際にわれらの姿を間近で見た敵兵が涼しい顔をしていられるはずがありませぬ。挑発に乗り、向こうから渡河を仕掛けてくれば飛んで火に入る夏の虫」

「兵部、あえて、こちらから仕掛ける必要はない。逆に、わが兵たちが逸《はや》らぬよう抑えておいてほしいのだ。まずは渡しを封じて相手の出方を見るだけでよい。そして、この策にはさらに先がある」

信玄は己の描いた用兵のすべてを語り始めた。

重臣たちは真剣な面持ちでそれに聞き入っている。昌幸も主君の言葉を聞き逃すまいと耳をそばだてた。

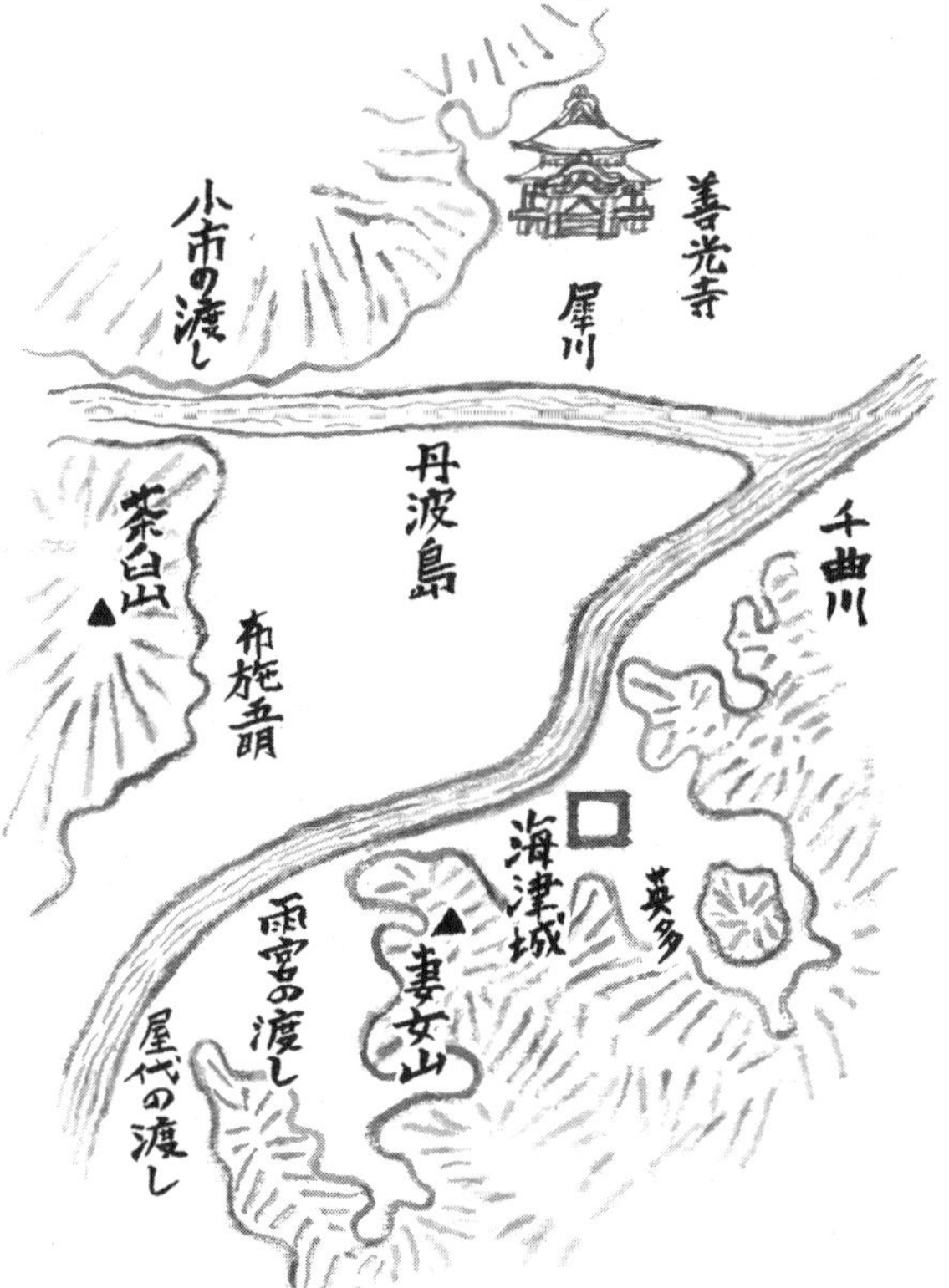
善光寺
小市の渡し
犀川
丹波島
千曲川
茶臼山
布施五明
海津城
英多
妻女山
雨宮の渡し
屋代の渡し

その策はさっそく翌朝から実行される。

武田勢先陣の左翼《さよく》を担う武田信繁隊の三千と、右翼《うよく》を担う飯富虎昌の赤備隊三千が布施五明の里から千曲川の西岸へと押し出し、真っ直ぐに雨宮と屋代の渡しを封じた。

そして、馬場信春の中備《なかぞなえ》隊と山本菅助の足軽隊、合計五千の兵が犀川の方面へ展開し、小市《こいち》の渡しと丹波島《たんばじま》を睨んで布陣する。これは善光寺脇に陣取っている越後勢の後詰《ごづめ》五千の動きを警戒するものだった。この位置に陣を張れば、妻女山の越後勢本隊と善光寺脇の後詰を分断することができる。

さらに嫡男の武田義信、末弟の武田信廉が担う第二陣は布施五明の里に陣を広げ、千曲川と犀川のどちらをも援護できるようにしている。信玄の旗本だけが相変わらず茶臼山の頂上に陣取っており、この本陣を真田幸隆の隊と百足衆が守っていた。

これらの動きは払暁《ふつぎょう》から全軍一斉に始められ、二刻《ふたとき》（四時間）ほどですべての配置が完了する。兵たちの動きは実に迅速《じんそく》で一切の無駄がなく、陣替《じんが》えの隙《すき》を突く間もない。

信玄はそれを山頂から見つめていた。

まるで川中島を屏風《びょうぶ》と見立てた絵巻を見るようで、昌幸も思わず作業の手を止めて立ち止まってしまう。

――おそらく、妻女山の頂からこの様を見ていたならば、今頃、敵の総大将も息を呑んでいることであろう。

そんなことを思いながら、見事な用兵術に見とれていた。

粛々と二つの渡しを押さえた武田勢の先陣を目の当《ま》たりにして、対岸にいた越後勢に動揺《どうよう》が走る。自国への帰路《きろ》を封じられ、さすがに黙ってはいられなかったらしい。敵方の足軽が川縁《かわべり》まで出て、武田勢に罵声《ばせい》を浴びせ、河原の石を拾って投げ始める。これは印地打《いんじうち》と言い、足軽にとっては立派な攻撃のひとつだった。

しかし、川幅の広い千曲川を挟んでいるため、敵陣まで投石が届くわけがない。

喚《わめ》き立てる越後の足軽たちを見て、武田の足軽たちの中で血の気の多い者たちが応戦を始める。ところが、すぐに先陣の将から一喝され、武田の足軽たちは印地打を止めた。軍掟《いくさおきて》を守らなければ、処罰されるのは自分たちだった。

対岸にも越後の将が出てきて、足軽たちの投石を止めたようだ。千曲川の両岸は再び静まり返る。武田勢が仕掛けたにもかかわらず、川を挟んだ足軽同士の小競《こぜ》り合いがあっただけで、川中島は息を詰《つ》めるような沈黙に戻った。

これが八月二十八日の日没までのことである。そして、深夜になって武田勢はさらに隠密裡《おんみつり》の動きを始めた。

日付が変わるこの夜は、小の八月が終わる晦《つごもり》だった。

晦とは月隠《つきごも》りのことを意味し、夜空の月が消え入るほど痩せ細ることをさしている。小の月ならば二十九日、大の月ならば三十日が晦となり、同じくほとんど月の見えない翌日が新月の朔日《ついたち》となる。そして、二日になれば、また上弦《じょうげん》の繊月《せんげつ》が空に戻ってくるのである。

古来《こらい》人は毎夜の月読《つくよみ》をしながら日を数えてきており、手元に暦《こよみ》がなくとも月齢《げつれい》さえ知っていれば、その日が何日にあたるのかをほぼ正確に知ることができた。

信玄はこの晦の闇を利用し、あっさりと茶臼山の陣を引き払ってしまう。山全体には捨篝《すてかがり》を残し、越後勢には何も動きがないように見せながら、旗本と第二陣は広瀬《ひろせ》の渡しを通って海津城へと入った。茶臼山には後詰として真田幸隆の隊が残る。それも白々《しらじら》と夜が明ける頃には陣を引き払い、海津城へ向かった。

信玄は最初から山を下りるつもりで、まず布石として二つの渡しを封じたのである。

二十九日の午には、犀川の畔に陣取っていた馬場信春の中備隊と山本菅助の足軽隊が撤収し、本隊と合流する。それから夕刻までにかけて、雨宮と屋代の渡しを封じていた武田の先陣が囲みを解き《と》、海津城へと移動した。たった一日半の間に二万の全軍が淀《よど》みなく動き、新たな陣容ができあがった。

妻女山の上杉政虎からは武田勢の陣立や動きが丸見えだったはずで、かなりの不利になるようにも思えるが、それには大きな意味がある。信玄はまず、この動きで自軍の数的な優位を敵に見せつけるつもりだった。それから、千曲川と犀川の渡しを大きく開け放ち、相手の退路を作ってやったのである。

大局観をもって川中島を見たならば、この時こそが越後勢の下山する好機のはずだった。

武田勢は対陣の構図を解き、渡しを開けている。上杉政虎の本隊が下山し、全軍で渡河を行なえば武田勢のいた布施五明の辺りに野戦の陣を構えることができる。善光寺脇にいる後詰と連携を取れば、ほとんど不利をこうむることはない。越後勢に帰国の意志があれば、しばしの睨み合いを経た後、戦を緩やかな分かれで終わらせることができた。

――御屋形様から講話を施された後ゆえ、こたびの陣替えの意味は若輩《じゃくはい》の身にもわかる。帰師《きし》には遏《とど》むること勿《な》かれ、囲師《いし》には必ず闕《か》き、窮寇《きゅうこう》には迫ること勿かれ。母国に帰ろうとする敵軍をひき止めてはならず、包囲した軍には必ず一カ所の逃口《にげぐち》をあけておき、進退きわまった敵に迫ってはならない。御屋形様が孫子の一節を引用し、無言で相手に帰国を促した策に違いない。

一連の用兵を通して、昌幸は主君の思惑をそのように捉えていた。

確かに信玄も同じことを考えている。

――この戦、引き分けでよいではないか。片意地を張らずに、もう国へ帰るがよい。この陣替えの意味がわからぬほど愚鈍《ぐどん》ではあるまい。

信玄は「戦わずに勝つが兵法なり」を信条とし、「戦の勝ちは六分《ろくぶ》が最上《さいじょう》」と考えるほど実利を好む。それゆえ、大戦は自軍の損害をいたずらに大きくするだけで、戦利に見合わないと考えている。

だが、このまま相手が善光寺平まで後退すれば、武田勢が一歩退いたように見えながらも、実質は戦わずして勝ったも同然の結果となる。まさに信玄好みの勝ち方だった。

敵とてその思惑も見抜き、越後の総大将が易々と乗ってくるとは思っていなかったが、信玄は必ず相手に何かしらの応手《おうしゅ》があると予測していた。

もちろん、上杉政虎にもこちらの意図は充分にわかっていたであろう。

しかし、またしても越後勢は妻女山に陣取ったまま微動だにせず、信玄からの投げかけをあっさりと無視した。

そして、武田勢が海津城に陣替えしてから、はや三日が経った。

戦局は再び膠着《こうちゃく》し、互いが息を凝らす熾烈《しれつ》な駆引きへと戻ってしまっている。

信玄は必ず相手の動きがあると予測していたため、それを見てから次の策を決めようと考えていた。

その思惑を逆手《さかて》に取るが如き相手の沈黙に晒《さら》され、海津城は実に重苦しい空気に包まれる。兵を動かすことによって焦りが募《つの》ったのは、かえって武田勢の方だったかもしれない。

そのうち、武田の陣中に奇妙な風聞《ふうぶん》が流れ始める。

「越後勢がここに居座って動かぬのは、坂東《ばんどう》からの援軍を待っているからではないのか」

そんな噂だった。

昌幸もそれを聞き、あり得ぬことではないと思う。

――関東管領《かんとうかんれい》となった景虎は、坂東で十万余の大軍を率いていたと聞く。それだけの与力《よりき》が坂東にいるならば、上野《こうずけ》辺りから大援軍が押し寄せるというのもあながち絵空事《えそらごと》ではないかもしれない。本当ならば、恐ろしいことになる。

初陣の者にとっては身震いが湧くほどの話だった。

さらに「坂東からの援軍を待っているのではなく、越後勢が囮《おとり》となって武田を川中島に釘付《くぎづ》けにしている間に、坂東勢が佐久方面へ進軍し、武田の城を攻め落とそうとしているのではないか」というような話までが、兵たちの間でまことしやかに囁《ささや》かれる。

明らかに武田の陣中が、疑心暗鬼《ぎしんあんき》にかられ始めていた。すべては信玄の仕掛けた策を一顧《いっこ》だにしなかった敵総大将のなせる業《わざ》である。海津城に蔓延《まんえん》していたのは、すでに苛立ちを伴った焦燥ではなく、真綿《まわた》で首を絞められているような不安だった。

昌幸はまたもや甲冑が重くなり始めたような気がしていた。

——典厩様の申される通りならば、この川中島を包む空気が茶臼山に布陣した時よりも、さらに重くなっているということだ。すなわち、戦の模様が遙かに大きく膨らんでいるということか……。

昼餉の時に昌幸がそんなことを考えていると、百足の旗指物を背負った仲兄の真田昌輝《まさてる》がやって来る。

「よう、昌幸。この期《ご》に及んで飯《めし》が喉を通るとは、なかなか大物であるな」

「……からかうな、兄者《あにじゃ》。忙しく動いているから、食わなければ軆が持たぬ。それより、なにゆえ、かような処へ？」

「そなたがまた、べそをかいておらぬか見にきてやったのだ」

仲兄の昌輝は面白そうに笑う。

「ふ、ふざけるな！」

昌幸は血相《けっそう》を変えて立ち上がる。

「まあ、いちいち戯言《ざれごと》にいきり立つな。御屋形様にご報告があって来たついでよ。

さっき小諸から戻ってきたところだ」

信玄の使番、百足衆に属している兄が言った。

このところ海津城から上田、佐久に向けて頻繁《ひんぱん》に使いが出されている。その役目を担っているのが、百足衆だった。おそらく、風聞を打ち消すために現地の状況を確かめているのだろう。

「兄者、佐久辺りに坂東勢が出張るという風聞を聞いたが、そんな気配があるのか？」

昌幸が思いついたことをそのまま問いかける。

「さようなことには答えられぬ。御屋形様にも報告しておらぬからな。されど……」

昌輝は弟に顔を寄せ、耳打ちする。

「さような動きは、まだない。大声を出すな。陣中に越後の忍、軒猿が紛れ込んでいるかもしれないのだぞ」

「あっ……。すまぬ」

「少なくとも佐久に走った百足衆で坂東勢を見たものはおらぬ。おそらく、敵の流言蜚語《りゅうげんひご》だ。それよりも重臣の方々に何か大きな動きはないのか？」

「大きな動き？」

昌幸は声をひそめて聞き返す。

「さようだ。ほれ、そなたは評定で重臣の御方々の考えも小耳に挟んでおるであろうに。その中で気になったことはないのかと訊いておるのだ」

昌輝は薄く笑いながら肘《ひじ》で昌幸の肩を押す。

――ははん。百足衆でさえも、この息苦しい膠着に耐えかねているのだな。それで、軍評定の様子を探りに来たと。ならば、大きい兄者の差《さ》し金《がね》か。

昌幸は横目で仲兄の顔を見る。

同じ百足衆に属する長兄、真田信綱はすでに使番から五十騎持ちの侍大将へと昇格していた。おそらく、前線で戦う者として、この戦がどこへ向かっているかを案じているのだろう。

「そなたの感想でもよいのだ。何か聞かせてくれよ、昌幸」

慇懃《いんぎん》な笑みを浮かべ、昌輝が肩に手を回してきた。

「仕方がないな」

昌幸は偉そうに言い、仲兄に耳打ちする。

「ここのところ、皆様が集まる軍評定は開かれておらぬ。されど、御屋形様は奥の間に籠もり、ずっと一人で思案なされておる。本日の午後、久しぶりに評定が開かれるゆえ、なにがしかの策が決められるのではないか」

「本当か」

「ああ。御屋形様があのように一人で籠もられる時は、たいてい大きな決断を下される前だ。間違いないと思う」

「さようか。さすが、俺の弟だけある。よい処を見ているな」

「何だ、それ。偉そうに」

「誉めているのだ。では、報告に行ってくる」

昌輝は城の中へ向かおうとする。しかし、すぐに踵《きびす》を返し、昌幸を指さす。

「よもや敵が旗本まで押し寄せることはないと思うが、実際に戦いが始まったら無理をいたすなよ。初陣は死なぬことが肝要《かんよう》。俺は父上からさように言われた。昌幸、一応伝えておくぞ」

「わかった」

昌幸は大きく頷く。

城へ入ってゆく仲兄の背を見ながら、鎧の胸元に手を置いた。そこには父から貰った六連銭と次兄がくれた黒鏃《くろやじり》が御守として忍ばせてあった。

そして、耳の奥では先日の武田信繁の言葉がこだまする。

「恐れを知らぬ者は、武将として大成せぬ。臆病なことは、恥ではない。臆病だからこそ気を張りつめ、用心深く熟慮を重ねるのだ」

——兄者たちとて、あれほどに気を配り、戦と向き合っている。この身も気を張り巡らせて、この戦を見渡さねばならぬ。

両手で頬を叩き、昌幸は己に気合を入れた。

武田勢が陣替えをしてから七日が経ち、久々に重臣たちが勢揃いする軍評定が開かれることになった。すでに月は変わり、暦は九月七日となっていた。その間、信玄は室《へや》に籠もって思案を巡らせた。

動こうとしない相手をいかにして動かすか?

すべては、その問いに集約されている。

局面を打開するならば、こちらから大きな仕掛けを打たねばならない。だが、相手を無理矢理にでも動かそうとすれば、自然と大戦の様相を呈してくる。自軍の損害を度外視した策が必要だった。

しかし、それでは「自軍の損害を抑えて六分の勝ちを最上とする」という己の信条にそぐわない戦となり、将たちがそれに賛同するかどうかもわからない。信玄の悩みはそこにあった。

ともあれ、これ以上戦を長引かせるのは得策ではなく、本日の評定で何かしらの方針を決定しなければならなかった。この七日間、信玄はどう考えても間尺《ましやく》に合わない戦に対し、己の肚が括れるかどうかを問うていた。

重臣たちもただ手をこまぬいていたわけではなく、数人が寄り集まっては策を練っている。評定で具申するためには、賛同してくれる同志を見繕《みつくろ》う必要があった。

午後になり、皆はそれぞれの思惑を胸に秘めながら、海津城の大広間に集まる。

一向に明らかにならない敵方の思惑を巡り、今回の軍評定は紛糾《ふんきゅう》するのではないかと思われた。

評定の準備をしながら、昌幸は肌に突き刺さるようなただならぬ気配を感じていた。

信玄が大上座に現われ、いよいよ軍議が始まる。

「越後の者が川中島に現われてからすでに二十二日が経ち、未《いま》だにあの山を動かぬ景虎。天晴《あっぱ》れと呆《あき》れるしかあるまい」

信玄が皮肉混じりで口火を切る。

「されど、余はもう、あ奴の考えを詮索《せんさく》することを止めた。これ以上対陣が長引けば、わが兵の士気も次第に下がり、その間に坂東よりの援軍が駆けつけるやもしれぬ。それゆえ、本日の評定では憚《はばか》りなき具申を求めることといたす。誰か、あの者を山からひきずり下ろし、余の眼前で琵琶を弾かせる策のある者はおらぬか？」

信玄の言葉に、さっそく馬場信春が手を挙げる。

「民部、申してみよ」

「御屋形様、相手が動かぬならば、こちらも動かぬと見せながら、ある時、一気に相手を動かざるを得なくする奇襲を仕掛けるが上策と存じまする。それにつきまして菅助と策を案じましたゆえ、かの者よりお聞き願えませぬか」

「ほう、さようか。続けよ」

信玄は身を乗り出し、山本菅助に扇を差し向ける。

「はっ。有り難き仕合わせにござりまする。これから申し述べることは奇策中の奇策にござりまするが、どうか仕舞いまでお聞き願いたく存じまする。話は大地図を見ながら聞いていただいた方が良かろうかと。おい、御屋形様の前に図を持ってきてくれぬか」

菅助の命で、昌幸と曾根昌世が畳二枚分ほどの大地図を運び込む。

一同はそれを覗き込もうと、自然に車座《くるまざ》となる。

「ご覧の通り、妻女山は単独の峰ではなく、背後に天城山《てしろやま》、鞍骨山《くらほねやま》、大嵐山《おおあらしやま》などの尾根《おね》が連なっており、最も高い戸神山《とがみさん》まで山道が続いておりまする。この戸神の山頂からは、わが烽火台の先へと下りる唐木堂《とうぼくどう》越えの道もありまする。つまり、逆に申さば、海津城からは英多の里を通り、この唐木堂越えで戸神山へと登ることができまする。最初の登りは辛《つら》かろうと思いまするが、もしも、ここから敵陣をめざすならば、残りの道は尾根伝いの下りとなり、さほどの難儀とはなりませぬ。さらにこの連峰にはいくつかの隠された道がござりまする。そのひとつがこれにござりまする」

菅助の指した場所は、英多西条にある清水寺《せいすいじ》と西楽寺《さいらくじ》の辺りだった。

この麓からは戸神山より一段低い大嵐山と鞍骨山を繋ぐ峰へ登ることができ、地図には細い阻道《そわみち》が三つほど示されていた。

「この杣道は尾根の山道と交差し、そのまま反対側に抜けておりまするゆえ、三滝《みたき》を通って倉科《くらしな》の里へ抜けることができまする」

菅助の説明に、飯富虎昌が眉をひそめて訊く。

「倉科と言えば、村上義清の陣がある後方になるのではないか？」

「さようにござりまする。倉科へと下りる経路を使いますれば、屋代と雨宮の渡しへも最短にて着くことができまする。これらのことを鑑《かんが》み、戸神山と大嵐山へそれなりの手勢を配することができましたならば、景虎の本陣がある妻女山はおろか、越後勢のすべての陣に背後から奇襲をかけ、妻女山一帯から追い出すことができると考えられまする。ただし、この策には難点もござりまする」

菅助は一応の説明を終え、総大将の顔を見つめる。

「その難点のひとつとは、戸神山へ兵を忍ばせるまでの時間であろうな。菅助、この山頂へ辿り着くまでにどのくらいかかりそうなのだ？」

信玄が鋭く問う。

「日中でありますれば、三刻から四刻の間かと。されど、相手に気取《けど》られぬよう暗《あん》中《ちゅう》を行軍するといたしますれば、さらに一、二刻を加えねばなりませぬ」

菅助の答えでは、昼間に戸神山へ登るためには六時間から八時間弱の時を要するが、夜間となれば、さらに三、四時間の過分《かぶん》を考慮し、総計で十時間ほど必要らしい。

「ならば、兵の配置だけでも一日で済む策とはならぬな」

信玄が思わず顔をしかめる。

「はい、戸神山に潜むまで一夜。さらに敵の背後へ回り込むのに、あと一夜。おそらくは二日掛かりの行程となりまする。それも有能な先導があってのことと存じまする」

「ならば、その先導役は、われら真田の衆と百足衆にお任せいただけませぬか」

間髪《かんはつ》を容《い》れずに、真田幸隆が申し出る。

「おそらく、この山に入るとなれば足軽の軍勢が主体となりましょう。まずは三ツ者《みつもの》に露払《つゆはら》いをさせ、暗所の行軍をものともせぬ百足衆に先導させるが適任と存じまする。さらに真田の衆をお加えいただけますよう、お願い申し上げまする」

幸隆は菅助の策を援護する。

「菅助の策はよくわかった。信春と幸隆は、これに賛同しておるのだな」

信玄がそう言った時、一人の将が申し出る。

「御屋形様、それがしも是非に山の軍勢へお加えいただけませぬでしょうか」

手を挙げたのは、香坂昌信である。これまでの数日で山本菅助、馬場信春、真田幸隆、香坂昌信の四人がこの策を検討し、評定で具申するために煮詰めていたようだ。

驚くべき奇襲の策に、昌幸と曾根昌世が眼を丸くして顔を見合わせる。父がこの策に関与していることも意外だった。

「昌信もこの策に賛成か。乗り気の者も多いようだが、まだ大事なことが欠けておる。それが決まらぬうちは、この策を用いるわけにはいかぬ」

総大将の冷徹な声に、大広間は静まりかえる。

「この奇襲を敵の隙を突くだけの策と考えたならば、必ずや失敗いたすであろう」

そう言いながら、信玄は評定に集まった重臣たちの顔を見回した。

「菅助、そなたが策を案じた時の要諦《ようてい》を申し述べてみよ」

信玄は背を丸めた隻眼《せきがん》の老将に扇を差し向ける。

「はっ。この策は、木のうろに閉じ籠もった芋虫《いもむし》の如き敵を、戦の野へ引きずり出すためのものにござりまする。それゆえ、啄木鳥《きつつき》が嘴《くちばし》にて幹《みき》を叩《たた》き、驚いて顔を出した蟄虫《ちっちゅう》を素早く捕らえるが如き策かと。敵の背後に回る奇襲は、この啄撃《たくげき》にあたりまするが、単に軍勢を二つに割って使うという策ではなく、全軍が一羽の鳥となって阿吽《あうん》の呼吸にて動くものと存じまする」

「木幹《もっかん》を啄《つつ》き、蟄虫を啄《ついば》む戦法とな。うむ、言い得て妙よ。されど、菅助。そなたはまだ肝心のことを語っておらぬ」

「……はあ、申し訳ございませぬ。この策における兵の配分にござりまするか？」

山本菅助は眼帯《がんたい》を直しながら訊く。

「さようじゃ。背後の奇襲へ向かう兵と追い落としを待ち受ける兵の配分次第で、この策はまったく違った色合いを帯びてくる。そして、配分を過《あやま》った刹那、この戦はわれらの負けとなるであろう」

苛烈な信玄の物言いに、一同は険しい面持ちとなる。

「啄木鳥はたかだか蟄虫一匹を食らうにも、幹一本を倒すが如き勢いで啄くという。それゆえ、芋虫にはその音が雷鳴《らいめい》のように聞こえ、幹の震えが山崩《やまくずれ》でも起こったように思えるのであろう。そこまでしなければ、蟄虫もおいそれとは顔を出さぬ。それがこの策の難しきところ」

総大将の言葉に、皆は黙り込む。

その沈黙を打ち破るように、飯富虎昌が嗄《しわが》れた声を発する。

「御屋形様……」

「何であるか、兵部」

「皆、狐《きつね》につままれるが如き面《つら》をしておりまするゆえ、直入《ちょくにゅう》にお訊ね申し上げまする。こたびは相当に大掛かりな奇襲を行なわなければ、あの景虎が山から下りてこぬという意味にござりまするか？」

「うむ。さように思うておる」

「ならば、二万の兵を真っ二つに割ればよろしかろう」

最古参《さいこさん》の猛将が大胆な策を提案した。

その顔を見つめ、信玄が答える。

「それでも、足りぬ」

「えっ⁉」

さすがの猛将も驚きを隠せない。

「……では、いかほどと」

「奇襲に向かう兵は、敵と同等でなければならぬ」

信玄の言葉に、誰もが目を見張る。

――奇襲に向かう兵が敵と同等ならば、一万二千余の越後勢に対し、味方の総勢二万のうちから一万二千の兵を背後へ回すということになるではないか……。

己の気配を殺しながら聞き耳を立てていた昌幸も、思わず小さく息を呑む。

「奇襲隊が敵を山から追い落とせねば、策そのものが瓦解《がかい》いたす。景虎とて漫然と遊山をしているわけではあるまい。おそらく、奇襲を警戒するだけでなく、こちらからの動きを誘っている節《ふし》がある。それゆえ、五、六千程度の兵で懸かれば逆襲に遭《あ》う恐れさえあろう。ならば、力戦《ちからいくさ》でも負けぬ配分が必要なのだ」

信玄が言う通り、奇襲に一万二千もの兵を配すれば、真っ直ぐにぶつかっても力負けはしない。敵が奇襲を警戒していたとしても、それほどの数を配するとは思ってもいないだろう。

「されど、それでは御屋形様を守る兵が、八千ほどになってしまうではありませぬか」

飯富虎昌は思わず眉をひそめる。

信玄の言った配分を実行すれば、麓で待ち受ける軍勢は八千ほどしか残らず、善光寺脇に五千の越後勢が後詰として控えていることを考えると、総大将の率いる軍勢としては危うさの残る数かもしれない。

「案ずるな、兵部。もしも、景虎が無傷で一万二千の兵を率いてきても、八千の兵があれば凌ぐことができる。われらが敵を押さえておる間に、奇襲隊が背後を突けばよいだけのことだ。それとも、景虎の一万二千に対し、余の率いる八千では力不足と心配か」

信玄は不敵な笑みを浮かべて飯富虎昌を見る。

「め、滅相《めっそう》もございませぬ。ただ、総大将を守る本隊よりも奇襲隊に回る兵が多いなどという策は、前代未聞《ぜんだいみもん》ゆえ……」

「かような策は、余の好みではない。されど、こたびはそれを避けえぬほど、肚に据えかねておるということだ。毘沙門天王の名を騙《かた》る小童が戦を弄《もてあそ》べば、いかほどの火傷《やけど》を負うかということを教えねばなるまい」

信玄は忌々《いまいま》しそうに吐き捨てる。

「さようにござりまするか。ならば、御屋形様、われら赤備衆にも奇襲に加わることをお許しいただけませぬか。是非とも倉科へ攻め寄せ、村上義清の首級《しるし》を挙げたいと思いまする」

飯富虎昌の具申に、同じ先陣を担う武田信繁が反応する。

「お待ちくだされ、兵部殿。そなたが奇襲の軍勢に回ると、本隊の右翼を担う方がいなくなってしまいまする」

それに答えたのは、飯富虎昌の朋友《ほうゆう》、諸角虎定《もろずみとらさだ》である。

「典厩様。ならば、そのお役目を兵部殿の替わりに、それがしへお命じくださりませぬか」

「しかれども……」

「兵部殿に較ぶれば、この身が貫目《かんめ》不足なのは重々承知しておりまする。されど、今は亡き二人の同朋《どうぼう》のために村上義清の首を狙いたいという兵部殿の心意気を汲んでいただけませぬか。先陣はこの老骨が一命を賭して穴埋めをさせていただきまするゆえ、どうか、お許しくださりませ」

諸角虎定は両手をついて、頭を下げる。

「そこまで申されるならば、それがしに異存はござらぬ」

信繁が二人の老将の心意気を汲んだ。

「諸角、かたじけなし」

飯富虎昌は深々と頭を下げた。

「どうやら、これで策が固まったようだな」

信玄は奇襲策の配置を発表する。

妻女山の背後に回る奇襲隊一万二千は、飯富虎昌、馬場信春、真田幸隆、香坂昌信を大将とし、小山田信茂《おやまだのぶしげ》、小幡信実《おばたのぶざね》、甘利昌忠《あまりまさただ》、相木昌朝《あいきまさとも》、芦田信守《あしだのぶもり》などが加えられた。三千ずつの四隊が編成され、別々の方向から一気に攻めかかる。村上義清に討ち取られた甘利虎泰の忘れ形見《がたみ》、昌忠をこの奇襲隊へ抜擢したのは、信玄の計《はか》らいだった。そして、真田衆の中には昌幸の兄たち、真田信綱と昌輝の兄弟も組み入れられた。

一方、川中島で待ち受ける後詰の掃討《そうとう》隊八千は、武田信繁と諸角虎定を両翼の先陣大将とし、山本菅助、武田義信、武田信廉、保科正俊、穴山信君、飯富源四郎、原昌胤と決まる。昌幸ら奥近習たちは、陣馬奉行の原昌胤と共に信玄の旗本に詰めなければならない。

――予想だにしなかったほどの大戦が始まる。

この策の恐るべき規模は、初陣に臨む新参者にも痛いほどわかった。それを思うと自然に軆に力が入り、身震いが湧いてくる。

――されど、万が一、奇襲が失敗した場合は、どうなるのであろうか？

昌幸の脳裡に、そのような思いがよぎる。しかし、すぐにそれを打ち消す。

――御屋形様がさような事態を考えていないなどということはあり得ぬ。それを口にせぬのは、先ほど仰せになられた通り、八千でも越後勢のすべてを捌《さば》ける自信がおありになるからなのだ。

「決行は九月十日、寅下刻《とらのげこく》終わり（午前四時半過ぎ）といたす。それまで、各々《おのおの》、抜かりなきよう支度を整えておくのだ」

信玄は厳しい面持ちで言い渡す。

「ははっ」

一同は平伏し、それぞれの決意を嚙みしめていた。

こうして武田勢による前代未聞の奇襲策が始まった。

評定が終わった翌日の八日から、奇襲隊の第一陣が宵闇《よいやみ》に紛れて戸神山へ潜むことになった。この第一陣に抜擢されたのが百足衆を加えた真田衆である。昌幸の父、真田幸隆を大将とした先遣隊《せんけん》だった。

兵食の炊き出しで大わらわとなる中、二人の兄が昌幸を訪ねてきた。

「昌幸、少しは戦場の陣中に慣れてきたか？」

思いの外、和《なご》やかな面持ちで長兄の真田信綱が訊く。

「御屋形様のお側におりますゆえ、忙しくて戸惑っている隙《ひま》はありませぬ」

「さようか。それは上出来だ」

笑みを浮かべた長兄は、口唇を尖らせた昌幸の肩を叩く。

「われらはこれより父上の隊と共に山へ入る。父上は他の大将の方々と合議があるので来られなかった。御屋形様の耳目《じもく》手足となり、しっかり励めよ。そなたにそう伝えてくれと仰せだ」

それを聞いた昌幸の顔がぱっと明るくなる。

「わかりました」

その脇腹を肘で突き、仲兄の昌輝が胸を張る。

「昌幸、われらが一番槍をつけて越後の者どもを山から追い落としてやるゆえ、八幡原で待っておれ」

「お、おう。……でも、怖くないのか」

昌幸は仲兄の表情を窺う。

「怖いわけがあるまい。われらは後に退《ひ》かぬ百足衆ぞ。一番槍は望むところよ。攻撃に回ったならば怖くはない。前を見るだけだからな」

「……さようか」

上目遣いで長兄の顔を見た昌幸に、信綱が答える。

「父上と真田の衆が一緒なのだ。多少のことがあっても大丈夫だから心配するな。それよりも越後勢が逃げてきたならば、気を逸《はや》らせて無謀《むぼう》な戦いを仕掛けるなよ、昌幸」

「あ、はい……」

「討ち取らずとも、追い立てるだけで充分だからな」

「わかりました」

「では、行ってくる。後は頼んだぞ」

長兄の信綱と昌輝は笑みを浮かべて踵を返した。

「あ、昌輝兄……」

昌幸は胸元に手をやりながら呼び止めた。黒鏃の御守を渡そうかと思ったのである。

「何だ、昌幸？」

昌輝は不思議そうな顔で振り返る。

「御守……。黒鎌の御守を持っていかぬか？」

「それは、おまえが持っておれ。俺には母上がくださった山家《やまが》神社の御守がある」

仲兄は鎧の胸元を叩き、笑って見せた。

「……さようか。では、父上にもご無事でと、伝えてくれ」

昌幸の言葉に、仲兄の昌輝は拳を上げて答える。

「おう、わかった」

「御屋形様を頼んだぞ、昌幸」

長兄の信綱も笑みを浮かべていた。

――あれほど難しい奇襲に赴《おもむ》くというのに、兄者たちは怖気づくことなく、かといって無用な虚勢《きょせい》を張ることもなく、普段と変わりない様子だった。典厩様が申されていた虚心を宿すとは、あのようなことなのかもしれぬ。この身も場数を踏めば、兄者たちのようになれるだろうか。

胸の裡に微かな昂《たかぶ》りと不安を抱えながら、昌幸は兄たちの背中を見送った。

この日、夜を迎えて第一陣が山へ入り、夜更け過ぎには第二陣の馬場信春の隊が出立する。明けて九月九日は重陽《ちょうよう》の節供《せつく》だった。

五節供のひとつである重陽には、縁起の良い大輪《たいりん》の菊を飾り、菊の露を含ませた綿で軀を拭いて邪気《じゃき》を祓《はら》うという習慣があった。あるいは菊の花びらを浮かべた酒を酌《く》み交《か》わし、長寿を願うのである。昌幸と曾根昌世は主君のために菊の花を見繕《みつくろ》い、夕餉の時に菊花酒《きっかしゅ》を添えた。

同じものを、昌幸は武田信繁にも届ける。

「おお、菊花酒とは風流《ふうりゅう》な。本日は重陽の節供であったか。忙しさにかまけて、すっかり忘れておったわ」

信繁は嬉しそうに盃を干す。

「気が利くな、昌幸」

「いえ、陣中でかように悠長なことをしてよいのかと思いましたが、御屋形様が喜ばれておられましたので……」

「いやいや、こうした気配りは、陣中だからこそ大事なことぞ。ところで、昌幸。昨夜は眠れたか？」

信繁の問いに、昌幸は俯き、微かに首を振る。

「心気《しんき》がささくれだって眠れぬか。余も同じじゃ」

「典厩様でも眠れぬことがあるのでござりまするか？」

昌幸は驚きを隠せない。

「誰でも同じだ。あの御屋形様とて、陣中ではぐっすり眠ったりできぬ。それでも、體を横たえて眼を瞑ることが肝要。ただ、體を休ませ、気息《きそく》を整えるだけでも違うのだ」

「はい。わかりました」

「さて、心地よく菊花酒が回ったところで少し休むか。夜中に起きて、払暁から一働きじゃ。そなたも少し休んでおけ」

　信繁は鎧姿のまま横になり、右腕を枕にする。

「はい、わかりました。失礼いたしまする」


　昌幸は寝ころんだ信繁の背中に独特の闘気を感じながら、その場を後にした。

　陽が落ちると、闇に紛れて第三陣の赤備衆が出立する。最後の香坂隊はちょうど九日から十日に日が変わる子刻辺《ねのこくあた》りに山へ入ることになっていた。

　それから二刻半《ふたときはん》（五時間）もすれば奇襲が始まる。八千の軍勢が残った海津城は、異様な気配に包まれていた。まるで大気が見えない岩になったが如く、そこかしこの空気が強ばっている。

　子刻を過ぎると、信玄は鎧姿で室《へや》に籠もり、眼を瞑ったまま座していた。

　昌幸たち奥近習は諏訪法性の兜が置かれた隣室で待機し、眼前の蠟燭が費《つい》えそうになったならば、主君に出陣を告げることになっている。それが短くなっていけばいくほど、外の闇が首筋を締め付けてくるような気がした。

そして、時折、意味もなく胃の腑から何かがこみ上げ、軽い吐気に襲われる。昌幸は必死でそれを堪《こら》えながら、隣の曾根昌世を見た。この奥近習もまた吐気にかられているらしく、白布《しろぬの》で口を押さえては咳き込んでいた。

――怖気づいているわけではない。いや、恐れてもよいから慌てるな。己を見失うな。

昌幸は自分に言い聞かせる。

――虚心。限りなく我執から離れた平らな心。それをもって動け。我執や見栄に囚われず動け。強ばりそうになる軀から余計な力を抜き、常に大きく周りを見回しながら動け。初陣の首尾は、死なぬということだけで上々。そのことを肝に銘じ、虚心で動け。

信繁に言われた心構えを何度も胸の裡で反芻《はんすう》する。そうすることで、昌幸は少しだけ落ち着きを取り戻すことができた。

気が付くと、隣の曾根昌世は口中《こうちゅう》で一心不乱に何かを唱えている。よく聞けば、般若心経《はんにゃしんぎょう》だった。この者もまた誰かからの教えに従い、己を鎮《しず》めようとしているのだろう。

息の詰まるような一刻（二時間）が過ぎ、眼前の蠟燭がじりじりと音を立て、燃え尽きようとしていた。昌幸と曾根昌世は示し合わせていたように顔を見合わせる。それから、無言で頷き、静かに立ち上がった。

隣室の戸口まで進み、諏訪法性を抱えた昌幸が中に声をかける。

「御屋形様、失礼いたしまする」

その呼びかけに、しばらくしてから返答がある。

「いかがいたした」

信玄の声が響いてくる。

「御出立の刻限にござりまする」

「うむ。もうさような時刻か……。昌幸、兜を持て」

「はっ」

昌幸はうやうやしく主君の兜を運ぶ。獅噛の前立が灯りを受け、まばゆく輝く。

信玄は奥近習の介添《かいぞ》えで兜を被り、忍緒をしっかりと締める。白熊の蓑を一振りしながら立ち上がり、鉄の軍配《ぐんばい》を持ち上げた。

「よし。では、参るぞ」

重々しい声を発し、総大将が歩き出す。

「はっ」

昌幸と曾根昌世が同時に声を発して後を追った。

信玄が追手門《おうてもん》へ向かうと、万端《ばんたん》に支度を整えていた陣馬奉行の原昌胤が総大将の愛駒を引いてくる。その隣には引き締まった面持ちの先陣大将、武田信繁と諸角虎定が控《ひか》えていた。

　信玄はゆっくりと辺りを見回す。眼前は篝火も定かでないほどの靄《もや》に包まれており、しばらく、その様を凝視《ぎょうし》していた。

「数歩先の篝火も見えぬほどの靄だが、このまま城を出ても大丈夫であるか」

　信玄は先頭を行く予定になっている武田信繁に問う。

「兄上、大丈夫にござりまする。ここ数日、毎夜にわたり同じような靄が出ておりまする。おそらく、妻女山の周囲も相当の霧に包まれ、われらが城を出ていく様はまったく見えず、背後に回った奇襲隊の気配すら感じることもできますまい。これは、天がわれらに味方をした徴《しるし》かと」

　信繁はにっこりと笑う。

「されど、かような視界で予定通りの場所に布陣できるのか？」

「ご心配召されまするな。毎晩、この信繁が靄の中を歩き回り、眼を瞑っても広瀬を渡って八幡原へ布陣できるように道筋を覚えておりまする。先導はおまかせあれ。そして、この靄が晴れる機も、寸刻《すんこく》違わず摑んでおりまする。陽が昇った直後には、しっかりと晴れまする」

「さようであったか。では、参ろうぞ」

信玄は愛駒に跨《また》がり、出陣を命じる。

それは派手な鳴物《なりもの》もなく、兵たちの鬨《とき》もない不思議な光景だった。総大将が振り上げた軍配を無言で下ろしただけである。

先陣大将の信繁が静かに愛駒を発進させ、粛々と深い靄の中を進んでゆく。全軍は一列となってそれに続き、わずかな篝火だけを頼りに広瀬の渡しを抜けて八幡原へと向かう。驚くほど静かな行軍を終え、八千の武田勢は咫尺《しせき》の間《かん》も定かならぬ川中島に見事な鶴翼《かくよく》の陣を構えた。

風林火山の旗幟が林立《りんりつ》する旗本で、信玄は床几に腰掛け、時がくるのを待つ。その脇で昌幸は息を凝《こ》らしていた。

やがて、旱雲《ひでりぐも》に覆《おお》われて黒く見えた天が、微かに藍色《あいいろ》を帯びてゆく。間もなく寅の下刻終わりを迎えようとしていた。そろそろ奇襲隊が妻女山の敵本陣へ攻め込み、東の方角から何かしらの気配の変化が起こるはずだった。

ところが、卯上刻《うのじょうこく》(午前五時)を過ぎても妻女山の方角からは物音ひとつ響いてこない。音はといえば、時折、どこからか鳥の囀《さえず》りが響いてくるだけである。

——すでに奇襲決行の刻限になったというのに、鬨《とき》の声ひとつ聞こえてこぬ。いったい、どうしたのであろうか。

昌幸は不安にかられ、軆にまとわりついてくる厚い朝靄を払う。

「昌幸、信俊《のぶとし》と民部を呼べ」

腕組みをした信玄が命じる。おそらく、主君も異変を感じているのであろう。

昌幸はすぐに室賀信俊と浦野《うらの》民部を呼んでくる。

「どうも様子がおかしい。民部、陣の周囲に物見《ものみ》を出せ。信俊、先陣へ走り、信繁に千曲川の辺りに物見を出せと伝えよ」

信玄が下知し、二人の武将は敏速に走り去った。

旗本全体に緊張が走り、じりじりとした時が刻まれる。その中で浦野民部の伝令が駆け込んで報告する。

「御注進《ごちゅうしん》にござりまする。犀川の畔、小市の渡し辺りに人馬の溜《た》まる気配がありまする」

「越後勢か？」

信玄の問いに、伝令は頭を下げる。

「申し訳ござりませぬ。靄が立ち込め、旗印《はたじるし》を確かめられませぬが、おそらくは敵の一隊かと」

「わかった。その足で先陣にも伝えよ」

信玄に命じられた伝令は短く声を発し、弾かれたように走ってゆく。

――異変が起きている。それも奇襲の策を揺るがすほどの何かが……。

昌幸がそう思っている間にも、藍色に染まった空が明るくなってゆく。

奇襲決行の刻限から四半刻《しはんとき》（三十分）が過ぎ、東の山影《さんえい》からわずかな光が漏れ、空が一気に白み始める。払暁だった。

山陰《やまかげ》から太陽の片鱗《へんりん》が顔を覗《のぞ》かせたようで、煙《けむ》った稜線《りょうせん》に御来光《ごらいこう》が広がる。その刹那、どこからともなく風が吹き始め、やがて、それが東から西への気流に変わった。

地表を覆っていた朝靄が急速に流され、白一色だった眼前の風景に様々な陰翳《いんえい》が出現し始める。その刹那だった。

大地を揺るがすような鈍い音が響く。

——地鳴り⁉

昌幸は咄嗟に地震かと思い、軆を硬直させる。しかし、それは天変地異《てんぺんちい》ではなく、騎馬が大地を蹴って動き出す音のようだった。その証左《しょうさ》に、兵たちが発する鬨の声が風の中に混じって渦巻いている。

——奇襲が始まったのか⁉

昌幸は妻女山の方角に眼を凝らす。だが、妻女山の戦闘にしては物音が近すぎる。明らかに先陣の方から蹄音《ていおん》と怒声《どせい》が響いてくるように感じられた。思わず横目で主君の顔を盗み見てしまう。

信玄は腕組みをしたまま微動だにしていない。いや、その頬骨《ほおぼね》が微かに動いている。どうやら、何度も奥歯を嚙みしめているらしい。

そこへ、室賀信俊が戻ってくる。騎馬を飛び降り、総大将の前に跪《ひざまず》く。

「火急の件により不躾《ぶしつけ》をお許しくださりませ！　われらが先陣の前方に、突然、越後勢が出現いたしましてござりまする！」

「敵の奇襲隊か？」

信玄は目角《めかど》を立てて訊く。

「……いえ、それが相当の数に見えまして……奇襲隊ではなく、敵の本隊ではないかと」

室賀信俊の言葉に、旗本が色めき立つ。

「敵の本隊だと⁉　……われらの奇襲が読まれていたというのか」

さすがの信玄も驚きを隠せない。

「わかりませぬ。……わかりませぬが、朝靄が晴れました途端、眼前には万に達する敵がおり、いきなり動き始めまして……」

その言葉を遮るように、旗本はまたもや衝撃に襲われる。今度は鈍い音とともに、足元の大地が揺れた。

蹄音と怒声に混じり、悲鳴や叫喚《きようかん》も聞こえてくる。室賀信俊の言う通り、忽然《こつぜん》と八幡原に現われた越後勢が自軍の先陣に襲いかかっているらしい。

そこへさらに先陣の使番が駆け込んでくる。

「御注進！　ただいま、越後勢の本隊と思しき軍勢とわれらの先陣がぶつかっておりまする。突然、攻め懸かられましたゆえ、わずかに陣形を崩しながら防戦しておりまする」

「信繁が越後勢の本隊と判《はん》じたのだな？」

信玄は冷静な口調で確認する。

「はっ。さようにござりまする。さらに、その本隊が見たこともないような動きをし、対応に苦慮《くりよ》をしておりまして……」

「見たこともない動きとは、いかようなものか」

「敵全体が円環《えんかん》の陣を組み、まるで大蛇《だいじゃ》が蜷局《とぐろ》を巻くように攻め懸かっておりまする。敵はそれを繰り返し、先陣が相当押されておりまする……」

「して、われらの奇襲隊は？」

「まだ姿が見えませぬ」

「さようか。引き続き細かく情勢を報告せよ」

信玄は苦い面持ちで目を瞑った。

――お、御屋形様にすら予想できなかった、とんでもない事態が起きている。

昌幸にもそれだけはわかっていた。

朝靄の中から忽然と現われた越後勢の攻撃を受け、武田勢の目論見《もくろみ》は完全に崩され、先陣が強襲されているらしい。しかし、先陣の様子は見えず、風に流されてくる轟然《ごうぜん》たる物音と騎馬の蹄《ひづめ》が跳ね上げる土煙《つちけむり》がわずかに確認できるだけだった。

昌幸のいる本陣旗本から先陣までは、幾重にも備えが置かれている。前線の備えからひっきりなしに戦況を伝える使番が走ってくるが、どの報告にも動揺と混乱が見られ、今ひとつはっきりと戦況の詳細が摑《つか》めない。それでも、越後勢が全軍で見たこともない陣形と動きで懸かってきているという点だけは共通している。そして、味方の先陣の両翼が相当の苦戦を強《し》いられていることだけは確かだった。

信玄は両腕を組んで目を瞑ったまま、床几の上で微動だにしない。だが、その横顔は苦りきっており、奥歯を嚙みしめるたびに頰骨が動いている。

昌幸は使番を見逃すまいと前方に目を凝らしながら、主君の苛立ちを肌で感じていた。

そして、戦闘が始まってから一刻（約二時間）ほどが経《た》った頃、先陣から思いもしなかった使番が現われる。左翼の大将、武田信繁の近習である春日源之丞《かすがげんのじょう》が血の気を失った面相《めんそう》で駆け込んできた。

その姿をいち早く見つけ、昌幸が駆け寄る。

「源之丞殿、いかがなされましたか？」

嫌な予感を抱きながら訊く。

「て、典厩様から……」

春日源之丞は赤い包みを胸にかき抱きながら息を切らす。

「……典厩様から御屋形様へ火急のご報告がありますゆえ、どうか、お取次《とりつぎ》を」

「わかりました。今すぐに」

昌幸は胸のざわつきを抑えながら信玄に取り次ぐ。

「御屋形様、典厩様からの使番が参っておりまする」

「御注進！　火急の件にて御無礼をお許しくださりませ」

春日源之丞が片膝をついて声を振り絞る。

「構わぬ。申せ！」

刮目《かつもく》した信玄が叫ぶ。

「もはや御存知とは思いまするが、越後勢の思わぬ奇襲により先陣が防戦一方となっておりまする。何分《なにぶん》にも敵が虚を衝《つ》いてきましたゆえ、陣形が崩され、反撃もままならぬ態勢にござりまする」

「その話は他の者からも聞いておる。して、越後の者どもはいかような攻め方をしてきたのだ？」

「はっ。全軍で大蛇の如く蜷局を巻き、車輪の如き懸かりで攻め入ってまいりました。しかも、われらに一撃を与えた敵はそのまま通り過ぎ、次々に後続が攻め懸かってくるという奇妙な戦法にござりまする」

「一撃を与えて走り去る、だと？」

信玄の眉間に深い縦皺が寄る。

「はっ、さようにござりまする。しかも、敵方が円環を描いておりまするゆえ、相手だけが無傷のまま攻撃が止まりませぬ」

「うむ……」

信玄は腕組みをといて唸る。その脳裡には先陣の苦戦がはっきりと浮かんでいた。傍《かたわら》で聞いていた昌幸にも、やっとその様《さま》が想像できた。

しかし、全軍が蜷局を巻く大蛇の如き陣形で円環を描きながら攻め懸かるなどという軍略用兵術に覚えはない。孫子の八陣《はちじん》はおろか、かの諸葛亮孔明《しよかつりようこうめい》の八陣図にすら、そんな陣形と戦法はなかったはずだ。

――長尾景虎は毘沙門天王の化身と嘯《うそぶ》いているそうだが、御屋形様を黙らせてしまうほどの軍略用兵術を身につけているということなのか……。

「源之丞、越後勢の本隊はわれらの奇襲隊が山から追い落としたものではないのだな？」

信玄が冷静な口調で訊ねる。

「はっ、仰せの通りにござりまする。敵の背後に奇襲隊の姿は見あたりませぬ。おそらく、何らかの手違いがあり、攻撃がすかされたのではないかと典厩様も申されておりました」

「こちらの策が読まれていた。信繁がさように申したのだな？」

信玄の問いに、春日源之丞が口唇を噛みしめて俯く。

「……はっ、仰せの通りにござりまする」

「して、信繁は持ち堪《こた》えられそうだと申しておるのか？」

「……お答えいたしまする前に、これをご覧いただけませぬでしょうか」

春日源之丞が胸にかき抱いていた紅い包みをうやうやしく差し出す。

「何であるか」

「典厩様がこれを長老丸様《ちょうろうまる》へ届けるよう、この身にお命じになりましてござりまする」

春日源之丞は紅い包みを広げる。

その様を見た昌幸は思わず息を呑む。

――て、典厩様が身に纏《まと》っておられた赤母衣《あかほろ》ではないか!?

背中に冷たい戦慄《せんりつ》が走った。

確かに、それは武田信繁が出陣する時必ず背負う赤母衣だった。

しかも、この母衣は信繁が武田の先陣を担うようになった時、信玄が御守として金泥で法華経の陀羅尼を認《したた》めた特別のものである。昌幸は相伴に与った時、そのことを信繁の口から直に聞いていた。

そして、赤母衣にくるまれていたのは、一房《ひとふさ》の髪の毛と小刀だった。明らかに乱《らん》髪《ぱつ》となった髷《まげ》の一部を小刀で切ったと見える。

――ま、まさか。……典厩様の髷。ならば、形見分《かたみわけ》の品も同然ではないか……。

昌幸は己の顔から血の気が失せていくのをはっきりと感じていた。

「……ど、どうか、これを……これを御屋形様から長老丸様へ。……お、お願い申し上げまする……」

最後はほとんど声にならず、春日源之丞は軀を震わせながら口唇を嚙みしめる。

「それほどの戦模様《いくさもよう》だということか……」

そう呟きながら、信玄は微かに天を仰ぐ。

――この身が思っているよりも、戦況は遙かに悪い。さように申しておるのだな、信繁。

信玄は弟が倅の長老丸に残した品を見て、一瞬でそれを悟った。

「御屋形様、この品とともに典厩様より御言伝《おことづて》がござりまする。先陣はこれより何としてでも敵の動きを止めるべく打って出まする。……お、懼《おそ》れながら申し上げまするが、もしも先陣が破れましたならば海津城へお退《しりぞ》きになり、奇襲隊との合流をお待ちになられますようお願い申し上げまする。……との……御言伝に……ございまする」

春日源之丞は血を吐くように叫び、地面に平伏する。

「その覚悟をこめた品か。源之丞、これはそなたの手で長老丸へ渡してやれ」

信玄は静かな口調で言い渡す。

「そ、それがしは……。先陣へ、典厩様の下へ戻りとうございまする」

「ならぬ。信繁もさように申して、そなたをここへ遣わしたのではないか」

「……は、はい。仰せの通りにございまする。申し訳ございませぬ」

「信繁が覚悟を決めたのならば、武田の先陣は容易《たやす》く破れぬ。さように信じて待つがよい、源之丞。大儀であった」

信玄はそう言い渡してから再び瞑目した。

信繁の伝言が届いてから本陣旗本は重苦しい沈黙に包まれる。昌幸は真綿で喉を絞められるような息苦しさを感じながら周囲に目配りした。

しばらくして、再び前線から報告がくる。

その伝令の話によれば、先陣が決死の動きで敵方の動きを止め、円環を描いていた陣を崩したという。そこから、反転して攻勢に出ようとしていた。

その報告に沈鬱《ちんうつ》だった旗本の空気が少しだけ軽くなる。しかし、先陣がわずかに態勢を持ち直しただけであり、背後の山へ入った奇襲隊の到着もまだ確認されていない。まだ、まったく予断を許さない状況だった。

――いったい奇襲隊はどこへ行ってしまったのだろう。父上や兄者たちは無事なのであろうか……。

そんな不安が昌幸の脳裡をよぎる。だが、その思いに囚われているわけにはいかない。

眼前の出来事から少しでも気を抜けば、己がどこにいるのかさえ失念しそうになる。大地を踏みしめているという感覚はまだ希薄であり、足裏には雲の上を歩いているような危うさがあった。

昌幸は両手で己の頰を張り、気合を入れ直す。

その時、けたたましい蹄音が響き、血風《けつぷう》を撒《ま》き散らしながら一騎の武者が駆け込んでくる。

「御注進！　御屋形様へ火急の御注進！」

そう叫びながら駒《こま》の背を飛び降りた武者は思わず膝をつく。相当の深手《ふかで》を負っているようだ。

昌幸はそこに駆け寄る。

「大丈夫にござりまするか。肩をお貸しいたしまする」

「かたじけなし。急ぎ、御屋形様にお伝えせねばならぬことがある」

深手を負った騎馬武者は先陣からの伝令のようだ。

昌幸に肩を借り、足を引きずりながら信玄の前へ進み出る。

「御注進にござりまする！」

倒れるように片膝をつき、声を絞り出す。

「典厩様、御無念《ごむねん》にござりまする！　……御討死……なされましてござりまする！」

その叫びが発せられた途端、本陣旗本が奇妙な空白に包まれる。

慌ただしく走り回っていた者たちが一様《いちよう》に足を止め、その場に立ち竦む。昌幸も呆然と眼を見開いたまま、息を止めていた。

まるで場が凍りついたように、誰もが言葉を失い、次に何をすべきかわからず硬直している。一瞬にして現《うつつ》の時が吹き飛ばされ、陣中の総員が金縛《かなしば》りにかかっていた。思いもしなかった先陣大将討死の一報は、それほど重いものだった。

身動《みじろ》ぎもせずに床几に腰掛けていた信玄だけが微かに頷く。

「先陣の左翼が破られたか？」

「……いえ、われら先陣左翼は典厩様の采配の下、越後勢の奇妙な車の懸かりを止め、態勢を立て直しましてござりまする。そこで典厩様は劣勢を挽回すべく、越後の先陣大将の首級を狙い、打って出られました。われらもそれに続き、柿崎景家の隊へ攻め入りましてござりまする。典厩様の駿馬《しゅんめ》は群を抜いており、一騎駆けにて相当な数の敵を撃破なさっておりまする。敵大将の首に迫る勢いでありましたが、……いかんせん多勢《たぜい》に無勢《ぶぜい》の中……ふ、奮闘空《むな》しく……奮闘空しく、御討死なされましてござりまする。……ご、御無念にござりまする」

伝令は額《ひたい》から流れる血を拭おうともせず、精一杯の声で報告する。

「信繁が……一騎駆けとな……」

信玄が呆然と呟く。

「われらもお止めいたしましたが、敵に押し切られるよりは、打って出た方がよいと……。お、己の一命をもって起死回生《きしかいせい》の攻勢に出ると仰せになられまして……。敵大将の首級に届かずとも、奇襲隊を待つ時を少しでも稼げると仰せになられたので、だ、誰もお止めすることができませなんだ。……も、申し訳ござりませぬ！」

最後はほとんど言葉にならず、地面に突っ伏して泣き崩れる。

「さようか」

驚くほど感情を殺した声で信玄が言った。

前方から先ほどより大きな騒音と怒声が風に流されてくる。しかし、それが聞こえなくなるほど、昌幸は衝撃を受けていた。

——典厩様が御討死……。嘘だ！　何かの間違いだ！　さような……さようなことがあってたまるか……。

そこへさらに新たな伝令が飛び込んでくる。

「御注進申し上げまする！　も、諸角……、諸角虎定様。お、おぅ……御討死にござりまする」

この者もまた全身が血に染《そ》まっている。旗にくるんだ何かを抱きながら地面に両膝をついた。

「諸角までがか」

さすがに信玄の顔色が変わる。

「……諸角様は典厩様の御討死をお聞きになり、その奮闘を無駄にすまいと打って出られ、怨敵《おんてき》、村上義清にも槍をお付けになられました。されど、敵勢の勢い止まらず、多勢に囲まれて御討死なされましてござりまする。……御大将の……、御大将の御首級だけは敵より奪い返し、死守してまいりました」

伝令は血に染まった旗にくるまれた諸角虎定の首級を差し出す。それから、大地に爪を立て号泣《ごうきゅう》した。

「うむ……」

信玄は深い溜息《ためいき》を漏らす。

「……よくぞ、首級を持ち帰った。大儀であったな。二人とも後備《うしろぞなえ》へ行き、手当を受けるがよい。昌幸、昌世、手を貸してやるがよい」

主君の声で昌幸は我に返る。

「……は、はい」

昌幸は弾かれたように信繁の伝令に駆け寄り、肩を貸して抱き起こす。首に巻いた腕が血糊《ちのり》でずるりと滑《すべ》り、鼻腔《びこう》がむせ返るような血の臭いに包まれた。

その刹那、胃の腑を鷲掴《わしづか》みにされたような痛みを感じる。喉元へ虫酸《むしず》が走り、あやうく吐きそうになった。昌幸の背筋に冷たい汗が流れる。深手を負った伝令を支え、血の臭いを嗅ぎ、初めて己が戦場にいると実感した。

――しかも戦況は驚くほど悪い。

そう直感した途端、脳裡で形にならない畏れが渦巻き、それが小刻みな震えに変わりそうになる。必死でそれを堪えながら伝令を介抱衆の処まで運んだ。

同じく諸角虎定の首級を抱えた伝令を支える曽根昌世も蒼白《そうはく》になり、その口唇が微かに震えている。この者もまた必死でそれを止めようとしていた。

二人は負傷した伝令を介抱衆に頼み、急いで旗本へ戻ろうとする。しかし、その足が上手《うま》く動かない。

「お、おい、昌幸！　わ、われらも死なぬように頑張ろうぞ！」

曾根昌世が烏帽子名《えぼしな》を呼び、訳のわからないことを叫ぶ。それでも、己と昌幸を懸命に鼓舞《こぶ》しようとしていることは伝わる。

「……お、おう、昌世殿！」

昌幸も声を振り絞って烏帽子名を呼び返す。

「だ、大丈夫だ、昌幸！　御屋形様が初めて、わ、われらの烏帽子名を呼んでくださった！　これで一人前じゃ！」

「おう、やっと一人前だ、昌世殿！　は、早く旗本へ戻ろう！」

昌幸は両手で己の太腿《ふともも》を叩き、何度も踵《かかと》を大地に打ちつける。そうやって足裏の感触を取り戻し、全力で走り出す。己の心奥《しんおう》で、先刻とは、はっきりと何かが変わっていた。変わってはいたが、それが何なのかを考えている余裕はない。

旗本へ戻ると、本陣の左備《ひだりぞなえ》を守る嫡男の武田義信と右備《みぎぞなえ》を担う信玄のもう一人の弟、武田信廉が駆けつけていた。二人の面相からも血の気が失せている。

信玄の前には、またもや血だらけになった伝令が傅《かしず》いていた。

昌幸は険しい面持ちで立っている陣馬奉行の原昌胤に囁《ささや》きかける。

「……いかがなされましたか」

「先陣の両翼が破られ、さらに山本菅助殿が御討死なされた。間もなく第二陣も破られ、本陣の両前備《まえぞなえ》に敵が殺到するやもしれぬ」

原昌胤が恐るべき状況を耳打ちする。

そこに伝令の叫びにも似た声が響く。

「お、御屋形様、菅助様より、さ、最期《さいご》の御伝言がござりまする！　どうか、どうか、海津城へお入りになり、援軍をお待ちくださりますよう、お願い申し上げまする、と菅助様が！」

それを聞いた信玄は黙っていた。周りの将と近習は固唾を呑んで返答を待っている。

しかし、長い沈黙が続いた。

そこへ、前線を検分《けんぶん》に出ていた保科正俊が戻ってくる。愛駒の背を飛び降り、信玄の前で片膝をつく。

「火急の件にて、御無礼いたしまする。ただいま、第二陣が破れ、奇襲隊が敵の背後から挟撃いたす気配もありませぬ。御屋形様、懼れながら申し上げまするが、どうか海津の城へお入りくださりますよう、お願い申し上げまする」

保科正俊と同様に、家臣たちの気持ちは同じだった。現状のままでここに留まれば、本陣までが危ないと思っている。それは昌幸ですら肌で感じ取れることだった。

信玄はそれ以上の危機を感じていた。正直に吐露《とろ》するならば、上田原敗戦の時以上の胸騒ぎを覚えている。それでも、身動《みじろ》ぎひとつしなかった。

――皆が申すように、ここを陣払いして海津城で態勢を立て直すのが戦の常道《じようどう》ではあろう。機を逸《いつ》すれば、城での迎撃《げいげき》もままならぬゆえ、確かに動くならば今かもしれぬ。風林火山の教えに倣《なら》うならば、疾きこと風の如し。まさに、それを実行するべき時のように思えるのだが……。

黙り込む総大将に、一同は息が止まるような重圧を感じていた。

それに耐えかね、嫡男が口を開く。

「父上、義信が前備の陣に戻り、敵を食い止めますゆえ、その間に海津城へお入りくださりませ！」

武田義信は踵を返そうとする。

「勝手なことを申すでない！　少し黙っておれ！」

信玄は一喝してから再び眼を瞑る。総大将の脳裡で、めまぐるしく思案が巡っているようだった。

――動くならば、この機。されど、動かぬのも、この機。今、余が動けば、すなわち、それが武田の敗勢を認めることになる。その刹那、全軍が士気を失い、奇襲に回った者たちまで孤立させ、全滅もあり得るのだ。総大将自らが弱気にかられ、敗北を認めていかがいたす。ここはあえて、動かざること、山の如し！　それしか、あり得ぬ！

意を決した信玄は眼を見開く。

「家臣たちの命は、無駄にせぬ。余はここへ留まるゆえ、余計な心配をいたすな」

きっぱりとそう言い切った。

武田義信は眉をひそめ、叔父の信廉と顔を見合わせる。驚愕《きょうがく》の面持ちとなった

家臣たちに構わず、総大将は軍扇を手に立ち上がる。

「少しばかり劣勢だとはいえ、まだ負けが決まったわけではない。左右の前備を寄せ、陣を緊密にして敵の前進を防ぐのだ。残った全兵で敵の勢いを止めれば、必ずや背後から奇襲隊が駆けつける。さすれば、われらの勝ちとなる！」

信玄は軍扇を振り、素早く采配する。まるで、陣中を包む沈鬱な空気を一気に打ち払うが如き仕草だった。

「ぼやぼやいたすな！　己《おの》が持場《もちば》へ戻れ！」

その大音声《だいおんじょう》に弾かれ、一同は慌ただしく動き始める。ほんのわずかながら、将兵たちに覇気《はき》が戻っていた。

――この采配が正しければ、劣勢を盛り返せる。間違っておれば、死ぬるだけ。

されど、采配の正否が、問題なのではない。余がここから動けば、それこそ景虎の

思う壺《つぼ》に嵌《はま》る。その愚《ぐ》だけは、避けねばならぬ。

信玄は鋭い眼差《まなざ》しで越後勢が迫る前方を見据える。ぎりぎりの踏ん張り処だった。

総大将の下知により武田勢は陣を緊密に絞り、全軍で防戦態勢をとる。それにより機動性はなくなったが、敵を跳ね返す力が遙かに強くなった。何よりも浮き足立っていた将兵たちの覚悟が決まり、攻め寄せる越後勢を相手に凌ぎに凌いでいる。

がらりと変わった自軍の気配を感じ、昌幸は感嘆の息を漏らす。

――やはり、御屋形様は恐るべき心胆《しんたん》をお持ちになっておられる。軍扇の一振りで皆の顔をお変えになってしまわれた。

心なしか己の怖気も吹き飛んだように思える。

陽はすでに中天へと昇っていた。

さすがに攻め疲れが見え始めた越後勢を両前備が止めている間、旗本に奇妙な報告が上がってくる。攻め寄せる敵の中に長尾景虎と思《おぼ》しき行人包《ぎょうにんづつみ》の将が跳梁跋扈《ちょうりょうばっこ》しているというのである。それを聞いた陣馬奉行の原昌胤が使番に声を荒らげた。

「なにっ⁉　そこまで敵の総大将が押し出してきたというのか……」

「お、おそらくは……。月毛《つきげ》の馬に乗った行人包の武者を多くの者が見ておりまする」

使番は身を縮《ちぢ》めながら答える。

「うろたえるな、昌胤。これだけ押されておれば、景虎が前備に現われてもおかしくはなかろう」

信玄はこともなげに言い放った。

そこへ、伝令が駆け込んでくる。

「御注進！　香坂隊の遣いにござりまする。われらは妻女山から海津城へ向かいまして城の無事を確認した後、すぐに広瀬を渡り、ただいま敵の横腹を突くべく八幡原へ向かっておりまする」

旗本に初めて届けられた朗報《ろうほう》だった。

さらに別の伝令数名が走ってくる。

「御注進！　奇襲に回りました飯富、真田隊の者にござりまする。われらは遅れ馳《ば》せながら、ただいま越後勢の背後から攻め寄せておりまする。さらに馬場隊は長尾景虎と思しき将が率いる一団を追い、善光寺道を北上しておりまする。敵は犀川に向かっているものと思われまする」

「ならば、月毛に跨《また》った行人包など放っておけ。それを景虎だと思えば、まんまと敵の詐術《さじゅつ》に嵌《はま》る。敵はわれらが奇襲隊に尻を突かれ、逃げ出し始めておるぞ！」

信玄の言葉に呼応し、旗本が気勢を上げる。この戦で初めて見えた光明だった。

「昌幸、伝令を走らせよ！　前方で戦う兵たちへ、われらの奇襲隊が戻ってきたと触れまわるのじゃ！」

「御意！」

昌幸が険しい表情で走り出そうとした、その刹那である。

けたたましい蹄音が響き、土煙が舞い上がる。それを突き破り、月毛の騎馬が眼前に躍り出た。

昌幸の視界を嘲笑《あざわら》うが如く横切り、恐るべき疾さで進む一騎。その鞍上《あんじょう》に、白《しろ》妙《たえ》の行人包、紺絲縅《こんいとおどし》の当世具足に萌黄緞子《もえぎどんす》の胴肩衣《どうかたぎぬ》を羽織った武者が跨っている。

土埃《つちぼこり》の壁を破って現われた騎馬武者が、立ち竦《すく》む武田の兵を一人、また一人と突き倒しながら真っ直ぐ信玄の床几へと向かっている。旗本にいた将兵たちは咄嗟に何が起こっているのかわからず、軀を凍りつかせていた。

ただ一人、信玄だけが何かを察し、素早く鉄の軍扇を握り直す。

――景虎、まことにうぬが来たか！

眼を見開き、鞍上の行人包を睨む。

その騎馬武者を包む闘気は、明らかに異彩を放っている。己と信玄の間に立ち竦んでいた最後の兵を突き倒し、そのまま槍を手放す。

次の瞬間、わずかに月毛の進路を左へと振り、眼にも止まらぬ疾さで佩刀《はいとう》を抜く。

その動作のひとつひとつが、まるで時を引き延ばしたように昌幸の瞳に張りつく。

──景虎だ！　止めなければ！

思いとは裏腹に、昌幸の足は大地に縫《ぬ》いつけられたように動かない。

瞬《また》く間に信玄へと迫った騎馬武者は、刀を振り上げる。天日《てんじつ》の光輝《こうき》を受け、凶暴に煌《きら》めく敵の刃文《はもん》。その眩しさからも眼を逸らさず、信玄は軍扇を構える。それでも、床几の上から動かない。

そこにいた誰もが知らず知らずのうちに呼吸を止めていた。

月毛の駒が宙を舞い、騎馬武者の放った切先《きっさき》が空気を切り裂き、白い筋《すじ》を描く。それは真っ直ぐに信玄の喉元へと迫る。

昌幸は思わず目を瞑りそうになるが、必死で堪える。

切先と軍扇の交錯《こうさく》。鼓膜《こまく》を切り裂くような金切音《かなきりおん》。中空《ちゅうくう》に何かが舞い散る。瞬きの間に起きた騎馬武者と信玄の一騎打ちだった。

敵の一太刀は確実に信玄の喉笛《のどぶえ》へ迫っていたが、なにゆえか、その切先は主君の首の一寸《いっすん》だけ左を抜けてゆく。いや、一寸さえもない。まさしく、紙一重《かみひとえ》の差だった。その証左に、信玄の兜に付いている大きな吹返《ふきかえ》しが真っ二つに裂《さ》けていた。

軍扇を握りしめた武田の総大将が眼を見開き、仁王《におう》立ちになる。

その視線の先には、月毛の馬に跨った行人包の騎馬武者がいた。白妙の絹布に包まれた眼庇《まびさし》の下に鋭い光を放つ双眸《そうぼう》がある。

――行人包だ！　あの者を討ち取らねば！

昌幸は槍を探す。しかし、その思いとは逆に、全身が痺《しび》れ、軆の芯《しん》に力が入らない。

――動け！

昌幸は六連銭を忍ばせた胸元を思い切り叩く。

――いま動かなくてどうする！　頼む、動いてくれ！

叩き続けた挙句、喉の奥から奇妙な声が漏れる。

「ひゅ……」

誰もが声なく凍りついている中、昌幸の精一杯の叫びだけが響く。

「……か、景虎！」

昌幸は隣で立ち竦んでいる足軽の手から槍をむしり取る。

それを瞳の端に留めた行人包の騎馬武者が小さく舌打ちした。

だが、動き始めた若武者に目もくれず、駒の手綱を引く。月毛の騎馬が馬首《ばしゅ》を返し、見事な斜横足《ななめよこあし》で信玄に迫る。その動きに合わせ、行人包が馬上から眼にも止まらぬ疾さで太刀《たち》の連撃を繰り出した。

そのことごとくを、信玄は軍扇で弾こうとする。それでも、受けきれない攻撃がいくつかあった。

「余の首が欲しければ下馬《げば》せよ、小童！」

諏訪法性の獅噛が吼《ほ》える。鬼相の獅子が咆哮《ほうこう》したように見えたのは、信玄が大音声で馬上の行人包を一喝したからである。

「さように横着《おうちゃく》な太刀で仕留められると思うか！　下りて勝負せぬか、下郎《げろう》めが！」

傾きかけた陽の光を受け、信玄の前立が乱反射を放つ。

それを見た昌幸はつんのめるように走り出す。

「景虎、覚悟！」

叫びながら渾身《こんしん》の力で敵の横腹を目がけて槍を突き出した。

その切先を、馬上の行人包は難なく太刀で弾く。それから、駆け寄ってきた若武者を一瞥《いちべつ》した。

その酷薄《こくはく》な視線に射抜かれ、思わず昌幸は首を竦める。槍を握りしめた両手には穂先《ほさき》を弾かれた鈍い感触が残っている。戦場で初めて感じた手応えだった。

しかし、行人包が発する闘気に気圧《けお》されてか、二間《にけん》槍が途轍《とてつ》もなく重く感じられた。

その圧力に負けまいと、昌幸は声を振り絞って叫ぶ。

「景虎がいるぞ！　敵の総大将を仕留めよ！」

その声を聞き、信玄の傍《そば》にいた原昌胤も我に返る。

主君のために用意していた青貝柄《あおがいえ》の槍を取り、敵の胴肩衣の背に光る毘《び》の一文字を目がけて一撃を繰り出す。

背後からの攻撃を捌き、行人包は駒の向きを変えようとする。

その後肢《うしろあし》の三頭《さんず》を、原昌胤が槍の柄で叩く。

月毛は鋭い嘶《いなな》きを上げながら、後ろにいる若武者を蹴り飛ばそうとした。

挙動を乱した人馬を見て、昌幸が再び側面から突きかかる。

「逃がすな！　皆で包め！」

必死の叫びも空しく、渾身の一撃はまたもや行人包に弾かれる。それでも、先ほどの一撃よりは明確な手応えがあった。

敵の騎馬武者も危機を感じたのか、月毛の手綱を引き、その場を離れようとする。素早く犀川の畔へ向かって馬首を返した。

しかし、信玄の旗本衆が大挙して行手《ゆくて》を阻《はば》んでいる。すでに行人包の退路は閉ざされていた。

「その者を捕らえよ！　逃がすでないぞ！」

信玄が刀傷だらけになった軍扇を振り、獅嚙と同じ形相で咆哮する。

それに呼応し、槍を手にした旗本衆が月毛の騎馬へ殺到した。

そこへ、埃を巻き上げ、敵の騎馬が駆けつける。わずか五騎だった。

驚いて動きを止めた武田の足軽を、敵の援軍が突き倒してゆく。

そのうちの一騎、鬢面《しかみづら》の老将が叫ぶ。

「御屋形《おやかた》様！　われらが楯となりますゆえ、その間に退陣を！」

「宇佐美《うさみ》、なにゆえ、ここへ参った……」

行人包が初めて声を発する。

――御屋形様⁉　……この老将がそう呼ぶからには、やはり、これが本物の景虎だ！

漏れ聞こえた敵の声から、昌幸は確信する。

「他の者たちは、すでに退陣を始めております！　御屋形様が最後のお一人じゃ！」

老将が槍を振り回しながら叫ぶ。

「さようか。すでに犀川への退路はない。敵中を抜け、活路を開くぞ！　ついて参れ！」

行人包は月毛の腹を蹴り、疾風の如く駆け出す。たった五騎の援軍がそれに続く。

「逃がすな！　包め！」

昌幸は槍を手に大声を出して走り出す。すでに理屈は脳裡から吹き飛び、反射的に軆が動いていた。

「その者を何としてでも捕らえよ！　首にしても構わぬ！」

原昌胤も前方にいる兵に向かって叫ぶ。行人包が必死で月毛を駆る。敵の一団が目指し群がろうとする武田の兵を捌き、行人包が必死で月毛を駆る。


信玄の旗本衆は敵の急襲を退《しりぞ》け、すぐさま追撃へと転じる。ここに至り、戦の趨《すう》勢《せい》がはっきりと変わっていた。

さらに、奇襲へ回った隊からの使番が駆け込み、朗報を伝える。

「御注進！　われら飯富、真田隊は退却を始めた越後勢を追撃しておりまする。敵は丹波島と小市に分かれて犀川の対岸へと向かい、飯富隊と香坂隊が丹波島を、真田隊と馬場隊が小市に攻め寄せておりまする」

「して、奇襲隊はこれまで兵を損《そこ》ねておらぬのか？」

信玄の問いに、使番は微かに頭を垂れる。

「……遅れ馳せにより、ほとんど兵を失っておりませぬ」

「さようか。ならば、深追いして河を渡るなと将たちに伝えよ。畔《ほとり》まで敵を追い落とせば充分である」

「はっ！」

――よかった。父上や兄者たちも無事のようだ。

昌幸も奇襲隊の報告を聞き、秘《ひそ》かに胸を撫で下ろす。

「これより全軍で敵を掃討《そうとう》いたす！　されど、追うのは犀川の畔まででよいぞ！」

信玄が敢然《かんぜん》と立ち上がって采配する。

陣中が完全に精気を取り戻し、気勢を上げて下知に応えた。

ようやくひとつになった武田勢は、防戦から攻勢へと反転する。越後勢はたまらず善光寺平へ向かって逃げ始めた。これまで溜まった鬱憤《うつぷん》を一気に吐き出すが如く、猛然と武田勢が攻めかかり、敵に渡河の機を与えまいとする。

香坂昌信と飯富虎昌の軍勢に猛追を受けた越後勢の先陣は、多大な犠牲を出しながらも何とか丹波島で犀川を渡り、善光寺側へと退却する。馬場信春と真田幸隆の軍勢に寄せられた越後勢の殿軍《しんがり》も多くの討死を出し、他の兵を退かせてから何とか小市を渡った。

敵の総大将と思しき行人包が率いる数騎は、広瀬の手前を左に折れて千曲川沿いに進み、馬場《ばば》ケ瀬《がせ》で対岸に渡る。そこで追手の武田勢を振り切り、再び布野《ふの》の渡しで千曲川を渡り、命からがらに善光寺へ向かって逃げ去った。

その頃、川中島での戦いもようやく終わりを迎えようとしていた。

武田勢は奇襲をすかされ、一時は本陣旗本までが脅《おびや》かされるほど圧倒的な劣勢に立たされた。

しかし、先陣大将たちの一命を賭《と》した踏ん張りがあり、動じなかった信玄の胆《たん》力《りょく》によってからくも敗勢を免《まぬか》れている。最後は奇襲隊が戻って敵の背後を突き、越後勢を犀川の畔まで追い詰めている。まさに奇跡的ともいえる逆転だった。

敵を犀川の向こうへ追いやった奇襲隊の将たちが次々に本陣へと戻ってきた。

その中で最も若い大将、香坂昌信が鬼面《きめん》で駆けてくる。

「御屋形様は？」

問いかけられた昌幸が戸惑いながら答える。

「……幕内《まくうち》におられまする」

「火急の要件ゆえ、このまま通るぞ」

香坂昌信は近習の対応に目もくれず、足早に幕内へ入ってゆく。

昌幸は慌ててその後を追った。

「御屋形様、失礼いたしまする」

「おう、昌信か」

信玄は家臣たちの眼を避け、傷の手当をしていた。一騎打ちの時に負った手傷である。

「どうか、それがしに犀川を渡河しての追走をお命じくださりませ。今ならば越後の者どもを完膚《かんぷ》無きまでに叩きのめしてご覧にいれまする」

優勢を確信している香坂昌信は、昂奮《こうふん》した口調で進言する。

「ならぬ！」

信玄は一言で具申を却下した。

「今、犀川を渡る必要はない。渡れば、再び泥沼の戦いに踏み込むことになろう。これだけ追い立てたならば、充分にわれらの勝ちである。それよりも兵をまとめ、河の畔で勝鬨《かちどき》を上げよ」

言われてみれば、その通りだった。

昌幸は荒ぶる若き大将の様子を盗み見る。奥近習から侍大将に昇格した憧れの先輩だった。

己の昂《たかぶ》りを鎮《しず》めるために、香坂昌信は大きく息吹《いぶき》を行なう。しばらく、それを繰り返してから深く一礼する。

「……畏まりましてござります」

香坂昌信は素早く踵を返し、戦場へと戻った。

陽が沈む頃、武田勢は犀川の畔に陣取り、一斉に勝鬨を上げる。多大な犠牲を出した緒戦の劣勢を負けと見せない、信玄の卓越《たくえつ》した戦の手仕舞《てじま》いであった。

「亡くなった者たちを手厚く葬《ほうむ》ってやれ。敵味方を厭《いと》わずにだ……」

信玄は残った者たちに最後の命を下す。

見渡せば、犀川の畔には逃げ遅れた越後勢の屍《しかばね》が累々《るいるい》と転がっている。しかし、八幡原へ眼を転じれば、そこは味方の骸《むくろ》で埋め尽くされていた。

その光景を見つめながら、信玄は複雑な思いを胸の裡に抱く。

――首の皮一枚までになった劣勢を、ここまで挽回できたのは、われながら信じ難いことだ。あの時、動揺して逃げておれば、そのまま完敗に繋がっていたであろう。意地を張っただけとはいえ、まだ天運が残っていたということであるか……。

武田の総大将は大きく溜息をつく。

――いや、一命を投げ出して戦った家臣たちのおかげか……。それゆえ、余りにも失ったものが多すぎる。そのことを鑑《かんが》みれば、こたびの戦いは余の負けやもしれぬ。そうなのだとしても、一命を賭して武田の矜持《きょうじ》を守ってくれた者たちのために、決して負けたと思うてはならぬのだ。

信玄は傷だらけになった軍扇を握りしめる。たかだか一昼夜の間に、いくつもの合戦を行なったような疲れが軆の芯に残っており、床几に腰を落として深い溜息をつく。

「信繁……。許せ……」

信玄は抑えきれなかった呟きをこぼし、何度も両手で己の顔を叩く。

気配を消して幕内に控えていた昌幸は、その姿を眼の当りにしてはっとする。

――御屋形様が……。

まるで家臣たちに悟られないように、溢れ出る泪《なみだ》を拭っているような仕草に見えたからである。

――典厩様……。

そう思った刹那、昌幸は弾かれたように走り出す。

幕内にいなければならないと思いながらも、足は先陣のあった場所へ向かってしまう。信繁が討死したと聞かされていても、己の眼で生死を確かめたいという衝動を抑え切れなかった。

だが、夕陽に染まる八幡原を少し走ったところで、昌幸は思わず歩《あゆみ》を止める。

大地が紅《あか》く染まっているのは、暮方《くれがた》の斜光《しゃこう》のせいだけではない。血にまみれた味方の屍が散乱し、胴丸《どうまる》からはみ出た臓腑《ぞうふ》が散らばっている。首級《しるし》を取られた無惨な骸もあった。

昌幸は呆然とその光景を見渡す。辺りは噎《む》せ返るような血の臭《にお》いに包まれ、それが己の鼻腔を苛《さいな》む。それが初めて眼の当りにする戦の実相だった。

まさに死地。上空には屍肉の臭いを嗅ぎつけた鴉《からす》が旋回《せんかい》し、我慢できなくなった幾羽かが地上へ舞い降りる。

屍を啄《ついば》もうとした黒い鳥を見て、昌幸は激昂《げっこう》した。

「どけ、畜生《ちくしょう》ども！　触るな！」

手にしていた槍を振り回し、鴉どもを追い払う。

その途端、思い切り息を吸い込み、鼻腔の奥に生臭い血の匂いが張りつき、胃の腑から酸っぱいものがこみ上げてきた。

昌幸は右手で鼻と口を塞ぎ、吐気を堪えようとする。しかし、苦い胃液が喉を駆け上がり、我慢できずに吐き出してしまう。一度、吐いてしまうと、もう止めることはできなかった。何度もえずき、しまいには吐くものさえなくなり、喉が痙攣《けいれん》する苦しさで泪が滲む。

──これが戦の真の姿なのか……。この身は御屋形様の旗本にいたゆえ、かような先陣の様子をまったくわかっていなかった……。

胃の腑にあったものをすべて吐いてから、昌幸は腰の手拭いで口を拭う。同時に、累々たる死を目の当たりにし、心底から怯《おび》えてしまった己を恥じていた。

──申し訳ござりませぬ、典厩様。この身は何も知らぬまま、先陣の皆様に守られておりました……。

昌幸は歯を食いしばり、溢れそうな泪を堪える。

滲む視界の中に、跪いて号泣する将兵たちの姿が揺れた。騎馬武者と思しき者は、赤母衣《あかほろ》を背負っている。

――赤母衣……。典厩様と同じ赤母衣だ。あそこに、あそこに……。

昌幸は兵たちの輪に向かって走り出す。

「……相すみませぬ。お通しくだされ」

集まった者たちを掻《か》き分け、その輪の中へ進む。

一躰《いったい》の屍が仰向けに寝かされ、顔のところに白布《しろぬの》が掛けられている。その鎧の胴には、見事な金泥《きんでい》で武田菱の大紋が入れられていた。

それを確かめた途端、昌幸の口から己にもよくわからない呻《うめ》き声が漏れる。

「……あ、ああ。……うぁあああ……」

寝かされた屍の脇に跪き、武田菱の大紋を触った。

「……て、典厩様……に、ござり……まするか？」

昌幸は赤母衣の武者に訊く。

「無念だが……」

「……み、御首級《みしるし》は？」

昌幸は答えた者を見上げる。

その者の顔もまた血にまみれていた。

「……御首級は……何とか取り戻した」

それを聞き、昌幸は詰めていた息を吐く。

もしかすると信繁の首級が敵に奪われ、白布の下には何もないのではないかという恐れを抱いていたからである。

昌幸は躊躇《ためら》いがちに白布へ手を伸ばす。

「やめておけ」

赤母衣の武者がそれを制止する。

「……な、なにゆえにござりまするか」

昌幸は振り返り、再び見上げる。

「そなたは奥近習の一人であろう？」

「は、はい。真田……真田昌幸と申しまする」

「一徳斎《いっとくさい》殿のご子息か。典厩様のお姿を身近に知っておるならば、なおさら、その白布を取るのはやめておけ」

「な、なにゆえ……。御首級は、御首級は取り戻したと……」

「取り戻した……」

赤母衣の武者は鬼が哭《な》くような顔で天を仰ぐ。

「……取り戻したのだが、すでに生前の面影《おもかげ》はない。……だから、死化粧《しにげしょう》が終わるまで見ぬ方がよい。われらがお守りできなかった典厩様を、お姿を身近に知っていた者には、み、見せたくない……。余りに無念ゆえ、見せたくないのだ！」

最後は語気を荒らげ、赤母衣の武者は己の拳で血まみれの頬を何度も殴りつける。まるで、不甲斐《ふがい》ない自分を罰するかのような仕草だった。

昌幸は驚いて白布を見つめた。

先陣の者の言葉で、その白布の下がどれほど無惨な様になっているかは、痛いほどわかる。わかるのだが、そうであっても信繁の面《おもて》を一目見たかった。

伸ばした昌幸の指が震える。

「……頼む。頼むから、まだ、それを取らないでくれ」

そう言いながら、赤母衣の武者は大地に哭き伏した。

その刹那、昌幸の脳裡に信繁の笑顔が明滅《めいめつ》する。初めて書庫で会った時の懐かしい面だった。

双眸には柔らかく温かな光が宿っており、右も左もわからずに泣いていた小姓の己を励ますために牡丹餅《ぼたもち》をくれた。武田家に来て、昌幸が初めて触れた本物の優しさだった。あの日のことは今でもはっきり覚えている。おそらく生涯忘れ得ぬ思い出だろう。

「……て、典厩様」

昌幸は右手の指でそっと白布に触れる。

「……な、なにゆえ……典厩様……なにゆえ！」

それ以上は言葉にならなかった。口唇を嚙みしめても溢れる泪が止まらない。

昌幸の胸に信繁からもらった言葉の数々が去来《きょらい》する。

『人はな、甘い物を喰っている時は泣かぬ。なにゆえか、自然に笑ってしまうのだな。だから、これを喰い、笑ってから、役目へ戻れ。辛抱いたせば、良いこともある』

そう言い、べそをかいていた己を励ましてくれた。

『昌幸か。良い名だな』

元服の時にはそのように祝ってくれた。

『兄上から近習の証として昌の偏諱《へんき》をいただき、そなたの父から幸の一字をもらったのであろう。昌の字は、あかあかと輝くという意味ぞ。すなわち、そなたの烏帽子名は、あかあかと輝く幸せということだ。まるで元旦の朝日の如き名ではないか。これ以上に縁起の良きことがあるか。その名に恥じぬよう精進いたせ』

その夜、初めて信繁の相伴に与り、漢《おとこ》同士として盃を重ねた。

そして、数日前の訓戒。それが鮮明に蘇《よみがえ》ってくる。

『昌幸、初めての戦が怖いか?』

その問いに思わず黙り込んだ昌幸を見て、信繁は屈託もなく笑った。

『正直に申せばよい』

信繁は飄然とした口調で言い、人差し指で鼻の頭を掻きながら初陣の心得を授けてくれた。

『昌幸。初陣の首尾は、死なぬということだけで上々。そのことを肝に銘じ、戦場を大きく見よ。そして、虚心で動け』

その言葉を胸に刻み、昌幸は本日の戦いに臨んだ。

信繁は戦いの前にこうも説いてくれた。

『蛮勇とは、窮地において必要なもの。つまり、経験を積んだ武者が一気に不利な局面を打開するために使うものだ』

それを言った時の信繁には、何の気負いも外連《けれん》もなかった。武田の先陣を担う大将としての覚悟と気迫だけが満ちており、昌幸は眩しげに横顔を見つめ、心底から「このような漢になりたい」と思った。

その言葉通り、信繁は劣勢を挽回すべく乾坤一擲《けんこんいってき》の勝負に臨んだ。

――それでも、典厩様が自ら宿敵と呼んでいた越後の先陣大将に負けてしまったというのか……。

流れ落ちる泪を拭おうともせず、昌幸は拳で血の染みた大地を叩く。

――断じて違う！　典厩様が負けたのならば、後方で何もせずにいた己が生き残っているはずがない。武田があれだけの劣勢を跳ね返し、戦況をひっくり返せるはずがない。典厩様はその一命をもって武田が立ち直る時を与えてくれたのだ。断じて負けたわけではない！

昌幸の脳裡で信繁の面影が明滅する。そのどれもが優しげな笑顔だった。

――なにゆえ、さような笑みだけを残し、先に逝《い》ってしまわれるのでありましょうや……。

気が付くと、昌幸は信繁の鎧の胴に突っ伏して軀を震わせていた。

その時、微かな風が吹く。

まるで大地に染みついた血の臭いを運び去ろうとするかのように大気が緩やかに動いた。それがだんだんと強くなり、周囲の木々をざわめかせる。

その音に混じり、昌幸の耳に懐かしい声がこだまする。

『なんだ、昌幸。また、べそをかいているのか？』

それは確かに信繁の声だった。

昌幸は顔を上げ、淡い藍色《あいいろ》に染まってゆく天を見つめる。

――覚悟もできておらぬ昌幸を泣かせるのは、典厩様ではありませぬか！

心の中で叫ぶ。

『覚悟というものは何度も戦と向き合い、場数を踏むことで鍛えられていくものだ。一朝一夕で身に付くものではない』

昌幸には信繁の魂魄の囁きが聞こえていた。

『昌幸、勝敗は兵家《へいか》の常。悪いが先に逝くぞ。そなたはわが屍を踏み越えて先へ行け。御屋形様を頼んだぞ』

それを最後に、信繁の声は消えてゆく。

昌幸が心の師と仰ぐ漢の魂魄が血の臭いと共に風に運ばれていった。

「典厩様！　……お待ちくだされ、典厩様！　まだ、教わりたいことが……。囲碁も教えてやると仰せられたではありませぬか……。典厩様、まだ……」

誰に憚ることもなく、昌幸は喉を潰すほど叫んでいた。

――もう、二度と、これほどには哭きませぬ。……それゆえ、それゆえ、今はまだ、このままで……。

再び武田菱の大紋に突っ伏し、昌幸はただ、号泣する。

周りの漢たちも皆、赤子《あかご》の如く泣き叫んでいた。

この日、たった半日の戦いで、武田勢には四千六百余名の死者、一万三千余名の負傷者が出た。一方、越後勢は死者三千四百余名、負傷者六千余名に及《およ》んだという。乱世の中でも、ほとんど類を見ないほど熾烈《しれつ》な死闘であった。

宵闇に包まれた天が、川中島に累々と横たわる死を見下ろす中、昌幸の胸を引き裂く苦い初陣が終わった。

第三道

仕儀

皆、弛《たる》んでおるのではないか！

躑躅《つつじ》ヶ崎館《がさきやかた》の大広間に、信玄《しんげん》の一喝《いっかつ》が響いた。

昌幸《まさゆき》は覚え書きの筆を止め、それとなく主君の横顔を窺《うかが》う。それから、正面にいた曾根昌世《そねまさよ》と顔を見合わせ、小さく頷《うなず》いた。

――気配を消して御屋形様《おやかたさま》の御言葉に耳を傾けよう。

二人の間で交わされた目配《めくば》せには、そんな意味があった。

「よいか。いま、当家は四方どころか八方に火種《ひだね》を抱《かか》えており、見渡せば周りは敵だらけなのだ。かような時こそ、一人一人がわが分身の如《ごと》く情勢を見極め、進んで先を考え、動かねばならぬ。にもかかわらず、評定《ひょうじょう》の場において、ただ漫然《まんぜん》と余《よ》からの下知《げち》を待って黙り込んでいるとは何事か！」

信玄は尖《とが》った左眼で評定に列席していた一同を見回す。その右眼は黒い眼帯《がんたい》で覆《おお》われていた。

主君の叱咤《しった》に、ある者は首を竦《すく》め、ある者は俯《うつむ》き加減《かげん》で身を縮《ちぢ》める。

この年、永禄《えいろく》七年（一五六四）の正月早々から目瘡《めがさ》を患《わずら》い、無意識に腫物《はれもの》へ触《さわ》らぬよう右眼を覆っていたのである。当初は五日も経《た》てば治る物もらいだと思っていたが、急に眼が充血《じゅうけつ》して瞼《まぶた》も大きく腫《は》れ、刺《さ》すような痛みが走るようになった。

信玄は薬王寺《やくおうじ》と慈眼寺《じげんじ》に平癒《へいゆ》祈願《きがん》を依頼したが、なかなか快方《かいほう》に向かわず、眼病《がんびょう》が長引いている。

　――右眼の痛みと慣れぬ隻眼《せきがん》での暮らしのせいで、御屋形様の苛立《いらだ》ちがいつもより増しているのやもしれぬ。

　昌幸はそんなことを思いながら耳を澄ます。

「胸のすくような策を具申《ぐしん》いたせとは言わぬ。されど、せめて評定が滞《とどこお》らぬよう話を進めぬか。黙り込んでいるだけで事が解決するならば、評定など必要ないわ！」

　信玄は怒りをこめて扇《おうぎ》で脇息《きょうそく》を打擲《ちょうちゃく》する。それから、煩《わずら》わしそうに眼帯の位置を直した。

　重臣《じゅうしん》たちは声もなく項垂《うなだ》れ、評定の場は静まりかえる。確かに主君が言う通り、四度目の川中島合戦《かわなかじまかっせん》の後、武田《たけだ》家を取り巻く状況は大きく変わった。

　関東管領《かんとうかんれい》となった上杉政虎《うえすぎまさとら》（当時）が率《ひき》いる越後《えちご》勢との死闘により、信玄の実弟《じってい》の典厩信繁《てんきゅうのぶしげ》をはじめとする多くの家臣《かしん》を失い、家中《かちゅう》は哀《かな》しみに打ちひしがれ、厭戦《えんせん》の気配に包《つつ》まれた。

　しかし、信玄は違った。

　まるで大切な者たちを失った虚《むな》しさを振り払おうとするが如く、三カ月後には西上野《にしこうずけ》への出陣を決める。これには重臣たちも驚きを隠せず、鼻白《はなじろ》む者も多かった。

この出陣は、盟《めい》を結んだ北條氏康《ほうじょううじやす》からの要請《ようせい》に応じたものだったが、信玄は信濃《しなの》の善光寺平《ぜんこうじだいら》に進出し始めた時から西上野の勢力にも調略《ちょうりゃく》を仕掛け、かなり前から進攻の機会を窺っていたのである。

京の公方《くぼう》、足利義輝《あしかがよしてる》から偏諱《へんき》をもらい上杉輝虎《てるとら》と改名した関東管領は、越後から出張《でば》る際《さい》に上野の厩橋《まやばし》城を拠点としていた。これを睨《にら》み、北條氏康は武蔵《むさし》の鉢形《はちがた》城から上野の南側へと進出を図《はか》った。上杉輝虎を難敵《なんてき》と見ていた氏康は、西上野の切取りを信玄に持ちかけ、武田勢が厩橋城の西側から横腹《よこばら》を突く形での共闘を望《のぞ》んだのである。

信玄としても「北條家に遅れを取れば、上野へ進出する機を逸《いっ》する」と考え、氏康の申し入れに乗る。もちろん、その裏には上杉輝虎を厩橋城に引っ張り出せば、それだけ善光寺平の覇権が確立しやすくなるという計算があった。

北條と武田の連合軍は、厩橋城の南にある倉賀野《くらがの》城に攻め寄せる。これを知った上杉輝虎は厩橋城へと入り、からくもこの城を救って坂東《ばんどう》で越年《えつねん》した。

ここから武田家の本格的な上野進攻が始まったのである。

翌年末には北條と武田の連合軍五万余《よ》が上杉輝虎に奪われた武蔵松山《まつやま》城を包囲する。この時、貝のように籠城《ろうじょう》する城方《しろかた》に対し、信玄は金掘衆《かねほりしゅう》を呼び寄せて城内へ通じる坑道《こうどう》を掘るという奇策を用いた。さらに城方の水の手を断《た》ち、年を越した永禄六年（一五六三）二月に城将の上杉憲勝《のりかつ》を降伏させる。上杉輝虎は救援のために武蔵の石戸《いしと》城まで迫っていたが間に合わなかった。

そして、この年は信玄の策が冴《さ》えわたる。

自らが上野へ出陣すると同時に、別働隊を奥信濃の飯山《いいやま》城に送り、この城を攻めている間隙《かんげき》を縫《ぬ》って飯縄山麓《いいづなさんろく》に行軍《こうぐん》のための棒道《ぼうみち》を造った。

越後の国境《くにざかい》を脅《おびや》かされた上杉輝虎は、慌てて武蔵の救援を切り上げて自国へ戻らなければならなくなった。

宿敵が厩橋城から去ったことを確認した信玄は、調略で寝返らせた和田《わだ》城主の和田業繁《なりしげ》に再び倉賀野城を攻めさせる。和田業繁は元々、先代の関東管領の傘下《さんか》に属していたが、信玄の呼びかけに呼応《こおう》して武田家へ鞍替《くらが》えしたのである。和田城は倉賀野城のすぐ西に位置し、まさに上野進攻の最前線として絶好の拠点となった。

矢継早《やつぎばや》に繰《く》り出される信玄の策に振り回され、上杉輝虎は年末に二度目の坂東出陣を敢行《かんこう》せざるを得なかった。

信玄は決して戦《いくさ》を単独で考えたりしない。

常に周囲に目を配り、敵の動静《どうせい》を見極《みきわ》めながら一戦に臨み、さらに先の戦いを見据えた策を幾重《いくえ》にも講じている。硬軟《こうなん》取り混ぜた謀計《ぼうけい》で敵を翻弄《ほんろう》しながら、戦で切り取った領地を地固《じがた》めしていくというやり方である。それは眼前《がんぜん》の戦いをどの時点で目的達成と見るかという値踏《ねぶ》みにも繋《つな》がっていた。

上野での戦いも単独のものではなく、甲斐《かい》と信濃に接する隣国《りんごく》の状況と連動している。信玄が「八方に火種を抱えている」と言ったのは、それらをすべて踏まえた上でのことだった。

一同の沈黙に痺れを切らし、信玄が扇を差し向ける。

「昌忠《まさただ》、上野の件はいかようになっておるか？」

急に問われた甘利《あまり》昌忠は慌てて聞き返す。

「……お、御屋形様、それは和田城のことにござりまするか？　それとも、岩櫃《いわびつ》城の……」

「双方を含《ふく》めた全豹《ぜんぴょう》のことに決まっておるではないか。昌忠、日頃から城単独で物事を考えるなと申しておるであろうが！」

「……あ、相済《あいす》みませぬ」

大目玉を喰った甘利昌忠は思わず首を竦める。昌幸も同じように両肩へ首を埋《うず》める。自分が怒られたわけではないのに、主君の一喝を聞くだけで自然と軆《からだ》が強《こわ》ばってしまう。

「もうよい。上野の件は後回しだ。信春《のぶはる》、飛驒《ひだ》の件はいかようになっておる？」

信玄は上野と正反対の方角《ほうがく》に矛先《ほこさき》を向けた。

越後
会津
野尻城
飯山城
越中
信濃
増山城
善光寺
厩橋城
上野
飯縄山
飛驒
倉賀野城
鉢形城
諏訪湖
武蔵
木曽谷
郡上八幡城
甲斐
美濃
相模
駿河
三河
遠江

問いを受けた馬場《ばば》信春は淀《よど》みなく答える。

「上杉輝虎と誼《よしみ》を通じた姉小路良頼《あねがこうじよしより》に相対《あいたい》しております江馬時盛《えまときもり》殿から援軍の要請がきておりまする」

「援軍だと？」

信玄が左眉を吊り上げる。

「時盛は歯黒《はぐろ》かぶれの姉小路がさほどの難敵だと申しておるのか」

「姉小路だけであれば江馬殿だけでも充分に対処できると思いまするが、いかんせん越後の援軍がおりますようで……」

「飛騨におる木曾《きそ》と遠山《とおやま》で、どうにかならぬのか」

信玄は飛騨において木曾谷の木曾家と東濃岩村《とうのういわむら》の遠山家を傘下に置いている。ちょうど二度目の川中島合戦が起こった年に飛騨へも進攻していた。

「双方とも己《おのれ》の足下《あしもと》を固めるのが精一杯《せいいっぱい》のようで助けを出し渋《しぶ》っておりまする。やはり、こちらから一軍を差し向け、早々に姉小路と越後の援軍を叩《たた》いておいた方がよいかと」

馬場信春は江馬時盛の救援を具申《ぐしん》する。

「ならば、信春。そなたが直々《じきじき》に出向《でむ》くか？」

「仰《おお》せとあらば、是非《ぜひ》もなく」

「さようか。昌景《まさかげ》、確か郡上八幡《ぐじょうはちまん》の長井道利《ながいみちとし》も助けがほしいとそなたに泣きついてきたのではなかったか？」

信玄に問われた飯富《おぶ》昌景は大きく頷く。

「はい。長井殿は美濃井之口《みのいのくち》の斎藤龍興《さいとうたつおき》に攻められ、どうしても救援がほしいと懇《こん》願《がん》しております。できうれば、兵だけではなく、兵糧《ひょうろう》もお願いできませぬかと申しておりまする」

「ふん、長井の奴め、兵糧まで無心《むしん》しようてか」

信玄は口唇《くちびる》に扇を当て、皮肉な笑《え》みをこぼす。

「飛騨まで出張《でば》れば、斎藤龍興も黙ってはおるまい。いずれは美濃とも戦を構えることになろう。ならば、信春と昌景に望む数の兵をつけてやるゆえ、飛騨と郡上八幡の件を一挙に片付けてしまうがよい」

「御意《ぎょい》！」

馬場信春と飯富昌景は同時に答え、それから顔を見合わせて頷く。

「よし、次。信秋《のぶあき》、会津《あいづ》の芦名《あしな》の件は進んでおるのか？」

信玄の脳裡《のうり》では思案《しあん》が駆《か》けめぐっているらしい。

昌幸の筆が追い付かないほど話が次へ次へと進んでゆく。このような時は要点だけを記し、あとは主君の言葉をそのまま暗記するしかなかった。それを後から覚え書きとして整理することにしていた。

「芦名盛氏《もりうじ》殿は、ほぼ当方からの申し入れに同意しておりまする。後はこちらから上杉を誘《さそ》い出す手筈《てはず》を決めるだけにござりまする」

跡部《あとべ》信秋は信玄の名代《みょうだい》として、会津の一大勢力である芦名盛氏に誘いをかけている。芦名勢を使って越後の北側を脅《おびや》かそうという策だった。

信玄が芦名盛氏を誘うのはこれが初めてではなく、弘治《こうじ》二年（一五五六）に上杉の家臣だった大熊朝秀《おおくまともひで》を造反《ぞうはん》させた時も越後進攻に誘っている。ちょうど二度目の川中島合戦の直前に仕掛けた調略である。今回は武田勢が上杉輝虎を信濃に誘《おび》き出し、その隙《すき》を狙って会津から芦名勢が越後北部に攻め寄せるという筋書《すじが》きだった。

「ならば、景虎が出張ってきやすいように奥信濃へ兵を出してやるがよい。となれば、どこがよいか……」

信玄は何かを思いついたように薄く笑う。

「信越の国境にある野尻《のじり》城の辺《あた》りがよかろう。景虎が泡《あわ》を喰《く》って飛んでくる」

公方の偏諱をもらって輝虎と改名した今でも、信玄は宿敵を「長尾《ながお》の景虎」という名で呼び続けている。それにはどこか相手を嘲笑《あざわら》うような響きがあった。

「それがしも野尻城が最適と思いまする。加えまして、もうひとつ言上《ごんじょう》いたしたき件がござりまする」

「何であるか。申してみよ、信秋」

「はっ。先ほどの飛騨の件とも関わりまするが、越中《えっちゅう》の増山《ますやま》城主、神保長職《じんぼうながもと》が再び当方に与力《よりき》を申し出ておりまする。越後が飛騨の姉小路に援軍を送ったならば、神保に越中から兵を出させ、越後の南側を脅かせばよいと存じまする。神保は己の兵だけではなく、越中におります一向宗《いっこうしゅう》の門徒《もんと》も使いたいと申しておりまする。そこで御屋形様から本願寺《ほんがんじ》にお願いしていただけないかと」

「なるほど、余から顕如《けんにょ》に力添《ちからぞ》えを頼めということか」

信玄と本願寺の法主《ほっす》、顕如光佐《こうさ》は裏方《うらかた》で繋がっていた。

裏方とは、武家を支える台所のことであり、それを仕切る妻を総称していた。つまり、二人は娶《めと》った妻の縁《えん》で繋がっている。顕如の裏方に入ったのは京の公家《くげ》、三《さん》条《じょう》家の娘であり、信玄の継室である三条の方《かた》の妹だった。

その縁もあり、互いに越後を敵とする越中の一向一揆《いっき》と武田家は深い関係を持っている。

「坊主どもが武士《もののふ》の真似事《まねごと》をするとは片腹《かたはら》痛いが、神保が越後を叩くというならば本願寺にその話を持ちかけてみようではないか」

「有《あ》り難《がた》き御言葉にござりまする」

跡部信秋はわが意を得たりと頭を下げる。

「では、上野の件は後日改めて評定にかけるゆえ、皆、しかと考えておくように。本日はこれで仕舞《しまい》といたす」

だいぶ機嫌を直した信玄が評定を締めようとする。

しかし、そこで声を発《はっ》する者がいた。

「父上、ひとつ、お訊《たず》ねしたいことがござりまする」

手を挙げたのは嫡男《ちゃくなん》の義信《よしのぶ》である。

「何であるか、義信」

「父上は八方の火種と申され、東西と北の話は出ましたが、南の話が済んでおりませぬ」

「南の話？　……駿河《するが》のことか」

信玄は怪訝《けげん》な面持《おもも》ちとなる。

「はい、さようにござりまする」

「駿河のことは方針を固めなければならぬことが諸々《もろもろ》あるゆえ、まだ題にはのせぬ」

「なにゆえにござりまするか」

義信が妙に食い下がる。

「なにゆえもない。まだ評定にはかけぬと申しておるのだ」

八面六臂《はちめんろっぴ》の戦いを考えなければならない信玄にとって、駿河の件は最も悩ましい問題だった。

それは東海《とうかい》で起こった椿事《ちんじ》のせいである。

四度目の川中島合戦があった前年、盟約《めいやく》を結んでいた駿河の今川義元《よしもと》が上洛《じょうらく》の途上《とじょう》、田楽桶狭間《でんがくおけはざま》での一戦において尾張《おわり》の織田信長に敗北している。万端《ばんたん》の戦支度《いくさじたく》を行ない、二万余の軍勢を引き連れた今川勢が、こともあろうに二千ほどの織田勢に討ち取られてしまった。

それまで尾張の織田などという勢力は聞いたこともなく、信玄は東海一の弓取りとまで言われた今川家がよもや負けるなどとは考えてもいなかった。

しかし、現実には盟友《めいゆう》の今川が負け、東海の版図《はんと》は大きく変わる。今川領だった三河《みかわ》と遠江《とおとうみ》はすでに草刈《くさか》り場と化し、その隙《すき》に乗じて今川方だった松平《まつだいら》党までが西三河で叛旗《はんき》を翻《ひるがえ》した。

松平元康《もとやす》は長らく今川家の人質《ひとじち》となり、義元のために戦《いくさ》働きを強《し》いられてきたが、今では尾張の織田と手を結んでいる。そうなると、織田と松平の連合軍が余勢《よせい》を駆って駿府《すんぷ》まで東進する可能性が高い。信玄は「他の者に駿河を蹂躙《じゅうりん》されるぐらいならば、いっそ盟約を破棄《はき》して武田が今川を滅ぼした方がましだ」と考えていた。だが、それを断行する前に片付けておかなければならない問題が山積《さんせき》しており、そのためにあえて駿河の話題を避《さ》けていたのである。

「ならば、畏《おそ》れながら、お訊ね申し上げまする。尾張の織田から四郎《しろう》の嫁《よめ》を迎えるやもしれぬという話を小耳《こみみ》に挟《はさ》みましたが、まことにござりまするか？」

義信は眉間《まみあい》に縦皺《たてじわ》を寄せながら問う。

その言葉を聞き、一同は息を呑む。それから、大広間はしんと静まりかえった。

沈黙の中で、信玄だけが次第に鬼の形相《ぎょうそう》となる。

義信が言った四郎とは、少し前に元服《げんぷく》して諏訪《すわ》家の名跡《みょうせき》を嗣《つ》いだ四男、勝頼《かつより》のことだった。その諏訪四郎勝頼に織田家から正室を迎えようとしている。そんな風《ふう》聞《ぶん》を耳にしたと義信は言っていた。

この嫡男は今川義元の娘を正室に迎えている。さらに母である三条の方は今川家の仲介《ちゅうかい》で京から嫁いできたのであり、父の三条公頼《きんより》を通じて駿府とも親交が深かった。

義信にしてみれば、義元を敗死させた織田家との縁組みなど言語道断《ごんごどうだん》のことだった。

さらに北條家を含めた三国《さんごく》の同盟はまだ生きており、信玄としても織田信長と誼を通じるのは盟約を踏みにじることになる。それゆえ、この縁組みはあり得ないはずだった。

「義信、さようにくだらぬ話を、誰の口から聞いた」

　信玄は憮然《ぶぜん》とした面持ちで聞き返す。

「誰の口からと問われても、誰某《たれがし》ということはありませぬ。この身が館にて自然と耳にした風聞にござりまする」

「さような話はあらぬ」

　信玄は突き放すような口調で言う。

「そんなはずはありませぬ。父上が織田掃部《かもん》という使者とお会いになったということも聞いておりまする」

　義信は明らかに疑いの眼差《まなざ》しを向けていた。

　さすがの信玄もその話には動揺を隠せない。実は嫡男が言った事柄は本当である。

　桶狭間の一戦の後、織田信長は信玄に進物《しんもつ》を贈り、敵意のないことを伝えてきた。

　信玄としてはそれを真《ま》に受けていなかったが、信濃の情勢が危うくなっていたため、それを信じた振《ふ》りをする。織田家としても強大な力を持つ武田家が遠江のあたりに出張ってくるのを恐れていたようだ。

　信長は眼前の美濃に義父の怨敵《おんてき》、斎藤龍興を見据え、東にまでは手が回らなかった。そこで松平元康に三河を固めさせ、信玄とは友好を結んで時を稼《かせ》ごうとしていたのである。

互いに似たような事情を抱えており、まだ駿河を巡って争うというところまで至《いた》っていなかった。信長は再三にわたって進物を届け、信玄はとりあえず様子を見ていた。そんな中で、織田家から進物を届けるついでに使者を遣わしたいと願い出てきたのである。

その使者が信長の親戚筋にあたる織田掃部助忠寛《ただひろ》だった。

織田家から届けられる進物を逐次検分《ちくじけんぶん》していたのが昌幸である。そして、信玄が秘《ひそ》かに織田からの使者に会いにいったと思《おぼ》しき日に覚えがあった。

――確か、信長殿からの書状が届いた数日後に、御屋形様が諏訪へ参られるという名目《めいもく》でお出かけになられたことがあった。されど、実際に向かわれたのは三河との国境に近い伊那《いな》郡の松尾《まつお》城であり、この身を含めてわずかな供しかお連れにならず、明らかにお忍《しの》びの様子であられた。もしや、あの時、織田掃部という者と秘かにお会いになられたのではないか？

同行した昌幸も城の一室に止められ、松尾城へ行ったことは口外無用《こうがいむよう》とされた。

その推測は、ほとんど当たっていた。信玄は松尾城の近くにある寺で織田忠寛に会い、密談を行なった。そこで「両家の友好の証《あかし》として縁組みができないか」といていた。

う打診《だしん》があったのである。つまり、嫡男の義信が耳にしたことは、ほとんど的《まと》を射《い》ていた。

織田との縁組みは今後の東海情勢を考える上で、非常に重要な意味を含んでいる。今川を取るか、織田を取るかで駿河の情勢はまったく違った色合いを帯びる。そして、信玄はこの件を重臣にも明かさない秘中《ひちゅう》の秘《ひ》として扱っていた。

それを嫡男の義信が評定の席ですっぱ抜いてしまったのである。

「義信、風聞に惑《まど》わされ、くだらぬ話を信ずるでない。さような者には会っておらぬ。それで話は仕舞じゃ！」

明らかに信玄は怒っていた。

その言葉を聞き、なぜか昌幸はいたたまれない気持ちになった。明らかに主君が嫡男の話を無理に封じようとしていると思ったからである。

「お待ちくださりませ、父上。さように仰せられるならば、義信は疑うような真似はいたしませせぬ。その替わりに、駿河と今川家をいかように考えておられるのか、この場でお聞かせ願えませぬか」

「だから、駿河の件は、まだ題にせぬと申したであろうが！」

「それは今川家を見限ることもあるからにござりまするか？」

義信が必死で食い下がる。

「しつこいぞ！　余《よ》が仕舞と申したならば、評定は仕舞なのだ！」

「このままでは御方《おかた》や母上を得心《とくしん》させられませぬ」

それが嫡男の本音だった。己の正室や母親は、縁の深い今川家の行末《ゆくすえ》を案じている。そこへ誰かが織田との話を吹き込んだようだ。

信玄と三条の方との仲はすでに冷え切っており、閨《ねや》にすら顔を出すこともなくなっていた。夫の本心を聞けない母親が倅《せがれ》に愚痴《ぐち》をこぼし、実のところを聞いてほしいと懇願したようだ。

「裏方のことなど、皆が揃《そろ》った評定の場に持ち出すでない、この莫迦者《ばかもの》めが！」

信玄は顔色を変えて怒鳴る。

家臣たちは固唾《かたず》を呑み、にわかに雲行きの怪しくなった親子の申し結びを見ていた。

「莫迦者とまで罵《ののし》られるのならば、この身もはっきりと申し上げまする。いくら諏訪の名跡を嗣いだといえ、四郎は武田の者にござりまする。長らく誼を通じてきた今川家を裏切り、身内の者が織田と縁組みなどすれば、武田は義理を欠いた外道《げどう》と三国の笑い者になりまする。どうか、織田との縁組みはせぬと皆の前で仰せになられてくださりませ。お願いいたしまする」

義信は真剣な面持ちで両手をつく。

それを見た信玄が青筋《あおすじ》を立てて身を乗り出す。

――危ない！　脇息《きょうそく》を御嫡男に投げつけるのではないか……。

昌幸は咄嗟《とっさ》にそう思う。

その時、一人の重臣が二人の間に割って入る。

「義信様、御言葉が過ぎまするぞ。御屋形様にお詫《わ》びを」

飯富虎昌《とらまさ》が重々しい声で諭《さと》す。

義信は恨《うら》めしそうな表情で、執《と》り成《な》した傅役《もりやく》を見つめる。

「ささ、早くお詫びを」

飯富虎昌は嫡男が信玄の逆鱗《げきりん》に触れる前に話を終わらせようとした。

「よくお考えを。御屋形様が盟友の仇敵《きゅうてき》である織田と縁組みをいたすなどという非道《ひどう》を押し通される訳がありますまい」

この重臣は嫡男を諭す振りをしながら、さりげなく主君を諫《いさ》めていた。

それが信玄の癪《しゃく》に触ったらしい。

「兵部《ひょうぶ》、余計な差出口《さしいでぐち》を叩くでない！」

怒声《どせい》を発したが、次の一言を呑み込む。

少なくとも昌幸にはそのように見えた。

――つまらぬ風聞を吹き込んだのは、そなたではあるまいな！

その言葉を信玄はかろうじて喉元で止めていた。

「まことに申し訳ござりませぬ」

飯富虎昌は床に額《ひたい》を擦《こす》りつけて平伏《へいふく》する。

「義信様もお詫びを」

「……申し訳……ござりませぬ」

義信も仕方なく深々と頭を下げた。

信玄は尖った左眼で二人を睨みつけている。床に額を付けたまま動かない嫡男と傅役を見て、己の怒りを吐《は》き出すように息をつく。

「評定は仕舞じゃ。上野の件は、追って沙汰《さた》いたす」

信玄はそう言って立ち上がり、そそくさと大上座《おおかみざ》を後にする。

他の重臣たちは呆気《あっけ》にとられ、その後姿を見つめていた。

主君の跫音《あしおと》が完全に消えたことを確かめてから、義信と飯富虎昌が面《おもて》を上げる。

二人とも青ざめたまま、しばし無言だった。

辺りに気まずい空気が漂い、他の者たちは二人にかける言葉もなく、大広間から消えてゆく。昌幸は義信と飯富虎昌の方を見られずに、覚え書きに筆を走らせる振りをしていた。

そこへ甘利昌忠が近寄ってくる。

「昌幸、少しよいか」

「はい。何でござりましょうや」

立ち上がった昌幸に、甘利昌忠が耳打ちする。

「そなたの父上が岩櫃城でどうしておられるか、詳しく教えてくれぬか」

「はぁ……。どうしているかと訊かれましても、それがしには……」

昌幸は困った顔で答える。

「そなたの父上は気難しい御方であろう。何か事が動かなければ連絡をいただけぬゆえ、少々困っておる」

甘利昌忠は上野先方衆《さきがたしゅう》の申次役《もうしつぎやく》を務めている。どうやら岩櫃城で隠密裡《おんみつり》に動いている父の幸隆《ゆきたか》の動向を聞きたいようだ。

さらにそこへ信玄の太刀《たち》持ち小姓《こしょう》が走ってくる。

「真田昌幸殿、御屋形様がお呼びにござりまする」

それを聞いた昌幸は嫌な予感に囚《とら》われ、甘利昌忠と顔を見合わせた。

「ただいま参りまする。では、昌忠殿、失礼いたしまする」

昌幸は一礼し、その場を後にしようとする。

「あ、昌幸！」

甘利昌忠が呼び止め、素早く耳打ちした。

「……暇《いとま》がある時でよいから、そなたの父上と岩櫃城のことを聞かせてくれ。それと、上野の件で御屋形様よりこの身に対する苦い御言葉があったならば、こっそり聞かせてくれぬか」

「あ、はい……」

昌幸は小さく頷きながら近習の上輩《じょうはい》を見る。

「すまぬな」

ばつが悪そうに甘利昌忠が頭を掻《か》く。評定の時に主君から一喝されたことを気にしているようだ。

それを察し、昌幸は上輩を安心させるように笑ってみせる。

「では、失礼いたしまする」

大広間を後にし、主君の待つ室《へや》へ向かいながら胸騒ぎを覚えていた。

――何か粗相《そそう》をしてしまったであろうか……。身に覚えはないが、御屋形様の御機嫌からすれば、雷が落ちるとしたら相当なものになるぞ。

そう考えると自然に足取りが重くなる。

奥の書院に着き、昌幸は襖戸《ふすまど》の前で平伏した。

「御屋形様、真田昌幸殿が参られましてござりまする」

小姓が室内に声をかける。

「おお、昌幸か。入るがよい」

信玄が答え、小姓が音を立てないように戸を引く。

「失礼いたしまする」

昌幸が室内へ躙《にじ》り入ると、背後で音も立てずに戸が閉まる。

「昌幸、近頃、一徳斎《いっとくさい》は便《たよ》りで何か伝えてきたか？」

そう訊ねた信玄の声は、思いのほか機嫌が悪そうではなかった。

「いえ、特段は。……申し訳ござりませぬ」

「そなたが謝ることはあるまい。さようか、何も言ってこぬとな」

信玄が腕組《うでぐ》みをしながら言葉を続ける。

「あれは頑固な漢《おとこ》ゆえ、少々のことでは援軍が欲しいなどという弱音を吐かぬ。おそらくは、なにがしかの成果が見えるまで黙って耐えるつもりなのであろう。一徳斎がさほどの我慢をしておるということは、岩櫃城を巡る状況もなかなかに厳しいということだ」

一徳斎とは昌幸の父の道号《どうごう》であり、信玄が出家した時に父も一緒に出家していた。

その父、真田幸隆《ゆきたか》は信濃先方衆から上野先方衆の筆頭《ひっとう》となり、今は西上野の吾妻《あがつま》郡《ぐん》にある岩櫃城を守っている。しかし、この城の周囲は吾妻衆の離合集散《りごうしゅうさん》や信濃と越後の情勢に絡み合い、実に複雑な様相を呈していた。

「昌幸、昨年の岩櫃城攻略での戦働きは見事であった。一徳斎の謀計《ぼうけい》と采配《さいはい》の冴《さ》えもあるが、二人の兄とともども果敢《かかん》に戦ったようであるな。特に、そなたの夜襲は実に見事であったと皆が口を揃えて誉《ほ》めておったぞ」

信玄が言ったように、昨年の十月、父の幸隆は三度目の攻略により斎藤憲広《さいとうのりひろ》と嫡子《ちゃくし》の憲宗《のりむね》が籠《こ》もる岩櫃城を落としている。

その際には、昌幸も信玄の命を受け、与力として一隊を率いていた。

幸隆は永禄五年（一五六二）から二度にわたって岩櫃城を攻めていたが、越後の加勢もあり、なかなか城を落とせずに和議《わぎ》を繰り返した。しかし、その和議は岩櫃城内の者に内応《ないおう》の工作を仕掛けるための時間稼ぎにすぎなかったのである。

手始めに、幸隆は斎藤憲広の甥であった弥三郎則実《やさぶろうのりざね》に寝返りを持ちかけ、吾妻郡の本領安堵《ほんりょうあんど》を条件に調略《ちょうりゃく》した。次に斎藤憲広の重臣《じゅうしん》である海野幸光《うんのゆきみつ》と輝幸《てるゆき》の兄弟へ調略を仕掛ける。二人の下《もと》へ同じ一族の海野左馬允《さまのじょう》を遣わし、岩櫃城攻めの際の内応を持ちかけた。元々、この吾妻郡の一帯は滋野一統《しげのいっとう》の所領《しょりょう》であり、海野家や真田家も滋野を宗家《そうけ》とする一族である。

幸隆は海野幸光と輝幸の兄弟から内応の連判起請文《れんぱんきしょうもん》を取り付け、岩櫃城攻略の下拵《したごしら》えを終えた。

そして十月中旬、万端の支度を整え、岩櫃城に襲いかかった。
長男の信綱《のぶつな》に二千騎を与えて暮坂峠《くれさかとうげ》に配置し、幸隆自らは次男の昌輝《まさてる》と共に類《るい》
長《ちょう》ケ峰《がみね》に本陣を構える。昌幸は別働隊として五百騎を率いて本陣脇に控えた。
それを見た斎藤憲広と嫡子の憲宗《のりざね》は籠城したが、大手番匠坂《ばんしょうざか》にいた斎藤則実、
城内の海野兄弟が次々に内応し、本丸に放火して城門を開く。昌幸はその火の手を
合図に夜襲を決行し、それを契機に真田勢の本隊が城内へなだれ込んだ。
進退窮《きわ》まった斎藤憲広は自刃《じじん》しようとしたが、出城《でじろ》の岩鼓《いわつつみ》要害から救援に駆け
つけた嫡子の憲宗に説得され、からくも城を脱出する。そして、上杉輝虎を頼り、
越後へと落ち延びたのである。
「本日は昨年の褒美《ほうび》の件で、そなたを呼んだのだ。昌幸、褒美として余《よ》の媒妁《ばいしゃく》
で、嫁を娶《めと》らぬか」
信玄の言葉が、一瞬、聞き取れなかった。
昌幸は眼をしばたかせながら主君の顔を見つめる。
「いかがいたした。そろそろ嫁を娶ってはどうかと申したのだ」
「……よ、め？」
そう呟いてから、昌幸の口は半開きになったままだった。
「実は良い縁談がある」

「えんだん!?」

昌幸は小さく両手を振り、思わず身を引く。

「……め、滅相《めつそう》もござりませぬ」

「いつまでも親の屋敷に居候《いそうろう》しておらず、身を固めて己の家を持つ方がよかろう」

「さ、さような器量《きりよう》は、まだ、この身にはござりませぬ」

「今の扶持《ふち》では足りぬと申すか?」

信玄はわずらわしそうに眼帯を直し、左眼を細める。

「ふ、不足など、ありませぬ。……ただ、早すぎるのではないかと」

「早いなどということがあるものか。余が三条を娶ったのは、元服を済ました齢《よわい》十六の時だ。そなたは今年で十八になるのではなかったか?」

「はい」

「来年、祝言《しゆうげん》をあげるとするならば、齢十九ではないか。早すぎるということはあるまい。武田の将になる者として足下《あしもと》を固め、家を守っていくことも大事ぞ。それとも、どこかに好いた女子《おなご》でもおるのか?」

「いいえ、さような者は……」

否定した昌幸の脳裡《のうり》に、ある者の面影《おもかげ》がよぎる。

「ならば、なにゆえ、逡巡《しゅんじゅん》いたす。ははぁ、さては漢《おとこ》の方が好きか。では、祝言を取り止めて、わが閨《ねや》でしばらく過ごしてみるか？」

「お、御屋形様……。ご、御勘弁を」

「戯《たわむ》れじゃ。本気にいたすな」

信玄はさも愉快そうに笑う。

「……御屋形様、相手の方とは？」

昌幸は上目遣いで恐る恐る訊ねる。

「遠江に尾藤頼忠《びとうよりただ》という者がおり、それに良い娘がおる。尾藤家は元々、信濃で小《お》笠原長時《がさわらながとき》に仕え、中野牧《なかのまき》を所領としてきた家柄だ。されど、武田が小笠原を越後に追いやってからは今川家へ鞍替《くらが》えしておった」

信玄が言った通り、尾藤家は前の信濃守護《しゅご》だった小笠原家に仕えていたが、長時が信濃を追われた後は、遠江の引佐《いなさ》郡へと移り住んで今川家に臣従《しんじゅう》した。

しかし、今川義元が桶狭間の一戦で敗死し、遠江が松平党の進攻に晒《さら》されると、尾藤家の惣領《そうりょう》だった源内《げんない》は嫡男《ちゃくなん》の又八郎《またはちろう》と共に尾張へ逃げ、織田信長の家臣である森可成《もりよしなり》に仕えた。

ところが、源内の三男であった尾藤頼忠は引佐郡に残り、武田家に臣従したいと願い出てきたのである。

「頼忠は余の臣下になる証として娘を質《しち》に差し出すと申し入れてきた。これがなかなかの器量ゆえ、質として館へ置くよりも、いっそ家臣の誰かと縁組みしてはどうかと思うたのだ。家中で一等の婿《むこ》を探してやると頼忠に約束したゆえ、昌幸、そなたに白羽《しらは》の矢が立ったというわけだ」

「はぁ……」

昌幸は困った顔で頭を掻く。

「縁が繋がれば、頼忠も武田に忠を尽くすであろう。本来ならば、これは一徳斎を交えて話すべき縁談であるが、今は古府中へ戻ってくる余裕もあるまい。昌幸、そなたが岩櫃城へ行き、この件を話してくるがよい。ついでに、わが右眼となり、上野の様子を見てまいれ」

主君の肚《はら》の裡が昌幸にもやっと見えてくる。

「はっ。承知《しょうち》いたしました」

どうやら、これはただの縁談ではなく、遠江への進出を見据《す》えた上での縁組みらしい。

「よいか、昌幸。一徳斎と相対している斎藤憲広の後ろには景虎がいる。越後からの出足を止めるためには、まずは斎藤憲広を潰《つぶ》さねばならぬ。一徳斎が早々に動くつもりならば、そなたにもそれなりの兵を付けてやるゆえ、加勢《かせい》に出向くがよい。

見合いをするためには、手柄話のひとつでもあった方がよかろう」

「はい。有り難き仕合わせにござりまする」

「上野での戦いは、箕輪《みのわ》城を落とすまで区切りがつかぬ。上州《じょうしゅう》の小物《こもの》どもを取りまとめていた長野業正《ながのなりまさ》が身罷《みまか》った今こそが好機ぞ。箕輪城さえ手に入れば、景虎の足場となった厩橋城の喉元に切先《きっさき》を突きつけることができよう。斎藤憲広を潰すのは、その露払《つゆはら》いに過ぎぬ。昌幸、それを肝《きも》に銘《めい》じ、岩櫃城へ出向くがよい」

「御意！」

昌幸は両手をついて平伏する。それから、役目に戻ったが、主君の話が脳裡にこびりついて離れなかった。

その夜、躑躅ヶ崎館から家路についてからも、どこか浮ついたような感覚から逃れられない。

――はあ……。まさか、嫁取りの話とはなぁ。

意味もなく溜息がこぼれる。主君の話にまったく実感が湧いてこない。そうでありながら、自然と頬が火照《ほて》るような気分に囚われる。

――遠江、尾藤家の娘か……。いかように答えてよいか、見当もつかぬ。父上にも、どのようにご報告すればよいか、わからぬ。まいった……。

真田家は他の重臣と同じく元城屋町《もとしろやまち》通りの東に本屋敷を与えられている。昌幸はその離れに一人で住んでいた。屋敷に着くなり、雑掌《ざっしょう》に声をかける。

「離れに、お久根《くね》を呼んでくれぬか」

「畏まりました」

「ついでに酒《ささ》を運ぶよう頼んでくれ」

昌幸は雑掌に命じてから離れで待った。

しばらくして室《へや》の外から女人《にょにん》の声が響いてくる。

「失礼いたしまする」

「お久根か、入ってくれ」

昌幸は立ち上がって戸を開けてやる。

禿《かぶろ》という切下《きりさ》げ髪《がみ》にした女人が、酒肴《しゅこう》を載せた膳《ぜん》を手に室へ入ってきた。

お久根はまだ源五郎と呼ばれていた昌幸が真田の里から古府中へ来た時に供をした歩巫女《ののう》の一人だった。しかし、今宵は巫女《みこ》装束《しょうぞく》ではなく、地味な小袖《こそで》を身に纏《まと》っており、胡座《あぐら》をかいた昌幸の前に膳を設《しつら》えた。

「どうぞ」

お久根が瓶子《へいじ》を持ち上げる。

「ああ、すまぬ」

昌幸は盃《さかずき》を持ち上げ、酌《しゃく》を受ける。

「お久根、近々、岩櫃城へ行かなければならなくなった。その前に父上のご様子を聞いておこうと思ってな」

「はい、わかりました」

　お久根は真田幸隆の近況と岩櫃城を巡る情勢について話し始める。

　真田家は四阿山《あずまやさん》の修験《すげん》僧や禰津《ねつ》の歩巫女を連絡や諜報《ちょうほう》に使っている。諸国を遍《へん》歴《れき》する者たちならば、古府中と上野を行き来しても怪しまれることはない。屋敷にも常に数名の修験僧と歩巫女がおり、真田の松尾本城《まつおほんじょう》と西上野の岩櫃城の三点を結んで情報を伝えている。その中心は昌幸の供をしてきた清開坊《せいかいぼう》、西蔵坊《さいぞうぼう》、円頂《えんちょう》坊《ぼう》らの修験僧と歩巫女たちを従えるお万阿《まあ》と娘のお久根だった。

「越後の者どもは本年も三国《みくに》峠の雪解けとともに吾妻へと出張《でば》ってまいりました。岩櫃城の北二里ほどにありまする中之条《なかのじょう》の嶽山《たけやま》城を足場にして戦を構えておりました」

　お久根はこの春の出来事を昌幸に伝える。

「その嶽山城とやらに斎藤憲広が籠もっているのか」

「いえ、嶽山城にいるのは憲広の嫡子、憲宗と弟の城虎丸《じょうこまる》にござりまする。憲広はすでに隠居同然の身で越後に匿《かくま》われておりまするようで」

「なるほど。嫡男の憲宗が越後の先兵《せんぺい》となっているか。して、越後からの与力は誰であるか？」

「越後の上杉輝虎は、嶽山城に栗林肥前《くりばやしひぜん》と川田伯耆守《かわだほうきのかみ》を送ったと聞いておりまする」

「栗林肥前？」

昌幸は思わず眉をひそめる。

「あの栗林政頼《まさより》のことか？」

「はい。おそらくは」

お久根の答えに、昌幸は小さく舌打ちをする。

栗林肥前守政頼とは、四度目の川中島合戦で山本菅助を討《う》ち取ったといわれている越後の猛将だった。

「武田の仇敵《きゅうてき》が嶽山城にいるとはな」

「その二人に加え、白井《しらい》の長尾憲景《ながおのりかげ》が後方の沼田《ぬまた》に控《ひか》えておりまするゆえ、迂闊《うかつ》に手を出せぬのではないかと思いまする。それに嶽山城は峻峰《しゅんぽう》の頂上にありまする山城《やまじろ》なれば、なかなかに城攻めが難しいと一徳斎様が仰せになられておりました」

「さようか。うむ、だいたいのところはわかった。父上は沼田、厩橋の様子を窺いながら嶽山城攻めの機を見定めようとなされているということか」

昌幸は腕組みをし、眼を細めて脳裡に地図を思い浮かべる。

お久根は黙って空《から》になった盃に酒を注《つ》いだ。

「吾妻の様子はわかった。お久根、ひとつ頼みがある」

昌幸は盃を持ち上げながら言う。

「何でござりましょうや」

「遠江の様子を探れぬか。引佐郡に尾藤頼忠という者がおるらしい。その身辺を詳しく調べてくれぬか」

「そのお役目ならば、清開坊と真田の草の者たちがふさわしいかと」

「なるほど。では、そなたからこの件を清開坊に伝え、ついでに駿河の様子と織田家の動きも探れと言ってくれ」

「わかりました」

「頼んだぞ」

そう言いながら昌幸は盃の滴《しずく》を切る。

「お久根、そなたも一杯どうか」

「いえ、結構にござりまする」

「……さようか」

何となく所在なさげに昌幸は盃を置いた。

「それでは失礼いたしまする」

お久根は両手をついてから立ち上がる。

その華奢《きやしや》な両肩を、立ち上がった昌幸が摑む。

「……お久根、今宵はここへ泊まってくれぬか」

「できませぬ」

お久根は昌幸の両手からするりと逃れて踵《きびす》を返す。

昌幸はさらに背中から抱きすくめる。

「頼む。……そなたへの想いが断ち切れぬ」

「いけませぬ」

お久根は軀から漢の腕を外《はず》そうとした。

しかし、その指には拒《こば》む力が加わっていない。どちらかというと、昌幸の手の甲に己の温《ぬく》もりを重ねたという気配だった。

二人はしばし無言で動きを止め、互いの温もりを感じていた。

昌幸がお久根と抱き合うのは、これが初めてではない。元服を済まし、初陣となる川中島へ出陣する前に同衾《どうきん》してもらった。

もちろん、昌幸にとっては初めての女人である。初陣に臨む時、武門の男子は一人前の漢として出征するために筆の下ろしを行なう習いがある。その夜伽《よとぎ》の相手をしてくれるのは、たいてい素性《すじよう》の確かな歳上の女人だった。

お久根は昌幸の七つ歳上であり、真田の里から古府中まで旅してきた時には十四歳の娘と齢七の童でしかなかった。だが、昌幸が元服した十五の時には、お久根は二十二のかぐわしい女人になっていた。

「……お久根、そなたがよければ、ずっと側にいられるよう、父上にお願いする」

昌幸は身動《みじろ》ぎもしないお久根に囁《ささや》きかけた。その首筋から仄《ほの》かな白粉《おしろい》の香りが立ち昇ってくる。

「……昌幸様、お戯れがすぎまする。わたくしは武門の裏方へ入れるような身ではござりませぬ」

お久根の答えには、どこか悲しげな響きがある。

「さようなことを申すな」

「……初陣の夜だけのお約束のはず。お許しくださりませ」

お久根は昌幸の腕から逃れる。それから、足早に離れから去った。

昌幸は呆然とその後姿を見ているしかなかった。

いや、もしも、強引に引き留めたならば、お久根は逃げなかったかもしれない。

そのような気配が抱きすくめた背中には確かにあった。

しかし、その時、昌幸の脳裡に主君の言葉が浮かんだのである。

『そろそろ嫁を娶ってはどうか』

それゆえ、お久根の體に回した腕の力を緩めてしまった。

昌幸は室の中央で所在なく胡座をかく。瓶子を持ち上げ、渇ききった喉へそのまま酒を流し込む。それから、熱くなった體を持て余すように大の字に寝ころんだ。

——まったく、何をやっているのだ……。

昌幸は寝返りをうち、芋虫《いもむし》のように體を丸める。ぬめるような宵闇《よいやみ》だけが、若さを滾《たぎ》らせる漢を包んでいた。

それから数日が経ち、上野へ出発する支度をしていた昌幸の耳に驚くべき報が飛び込んでくる。

上杉輝虎、川中島に現わる。その一報だった。

越後勢は七月の末に春日山《かすがやま》城を出立《しゅったつ》したらしく、突如《とつじょ》として善光寺平《ぜんこうじだいら》に現われ、八月三日には犀川《さいがわ》を渡って篠ノ井《しののい》に布陣《ふじん》した。

古府中も騒然《そうぜん》となり、すぐに信玄の出陣の準備が始められる。昌幸も上野行きを延期し、戦支度に取りかかった。

越後勢は海津城の武田勢を睨《にら》みながら篠ノ井の小田切《おだぎり》館を本陣として動かない。まるで信玄の本隊を待つような素振《そぶ》りだった。

どうやら、飛驒における江馬時盛と姉小路良頼の戦いに、武田家が介入《かいにゅう》したことに業《ごう》を煮やしたらしく、そちらへも援軍を送っていた。もちろん、上杉輝虎が関東へ出張っている間に、信玄が仕掛けた数々の策にも怒っていたのであろう。

軍勢をまとめた信玄は八月の中旬に善光寺平へ到着したが、あえて距離を取るように最南端の塩崎《しおざき》城に入る。

――もしも、兵を寄せれば前回の如き死闘は免れぬであろう。

昌幸だけではなく、誰もがそのように思っていた。

敵方の越後勢も同じような思いがあるらしく、不用意に兵を繰り出すことはなかった。

結局、両軍は二カ月もの間、篠ノ井で睨み合う。しかし、直接の戦闘はなく、十月になって越後勢が兵を退《ひ》いた。こうして五度目の川中島合戦が終わった。

父の幸隆も岩櫃城から駆けつけており、二人は真田の松尾本城で久方《ひさかた》ぶりに面会する。

「達者《たつしゃ》でいたようだな、昌幸」

「はい。父上もお元気そうで何よりにござりまする。吾妻の件はなかなかに難儀《なんぎ》な状況と聞いておりまするが」

すっかり一人前の口をきくようになった昌幸を見て、父は微かに笑う。

「上野には輝虎も本腰を入れておるゆえ、簡単には片づかぬ。されど、さほど長く時をかけるわけにも参るまい。御屋形様もさぞかし痺《しび》れを切らしておられることであろうて」

幸隆は倅《せがれ》の表情を確かめる。

「いいえ。御屋形様は常々、一徳斎にまかせておけばよいと仰せになられておりまする」

「さようか。ところで、本日は折り入った話があると聞いたが」

「はい、実は御屋形様からこの身にお話がありまして、それを父上にご相談いたしたく思うておりまする」

昌幸は信玄から申し渡された縁談の件を話し始める。

幸隆は眉ひとつ動かさずそれを聞いていた。

「突然のお話ゆえ、いかようにお答えしてよいかわからず……」

倅の言葉を遮《さえぎ》るように、父が声を発する。

「迷うこともあるまい。御屋形様がお勧《すす》めになることだ、間違いはない。そなたも身を固めるのにふさわしい立場になったと認めていただいたのだ」

「されど、父上。おそらく、この縁談には遠江の尾藤を取り込むという意図を含んでいるのではないかと……」

「それがどうしたというのだ。そこまで御屋形様の意図がわかっておるならば、縁談ごと呑《の》み込んでしまえばよい。逡巡《しゅんじゅん》することもあるまい。真田家としても、何ひとつ断る理由はない」

幸隆はきっぱりと言い切る。

「はぁ……」

昌幸は意外な父の返答に言葉を失った。

「嫁取りなどというものは、周りが勧める女子《おなご》を娶るにかぎる。縁組みとは家同士がするだけではなく、当然の如く周囲を巻き込んでいくものだからな。御主君が勧める縁組みならば、それに勝《まさ》る吉報《きっぽう》はあるまい。それとも、この縁談を断ってでも添い遂げたい女子でもいると申すか？」

父は鋭い眼差しを向ける。

「いえ……」

昌幸は思わず眼を逸《そ》らしてしまう。脳裡にはお久根の面影が浮かんでいたが、さすがにその名を口にすることはできなかった。

「ならば、これほどにめでたい話はないではないか。戻ったならば、すべて御屋形様にお任せいたしますると返答するがよい」

幸隆は笑みを浮かべる。

「わかりました。さようにいたしまする」

昌幸も肚《はら》を決めた。

「ところで、父上。嶽山城の件は、いかようにお伝えすればよろしいのでありましょうか」

「嶽山城の件か。あの城ひとつならば、年を跨《また》がずに落とすこともできよう。されど、背後にある沼田城と長尾憲景、さらに箕輪の城にまで寄せることを考えるならば、一筋縄《ひとすじなわ》の戦では終わらぬ。わかるか、昌幸」

幸隆は真剣な表情で訊く。

「わかりまする。御屋形様も同じようなことを仰せになられておられました」

「それらのすべてを一筆《ひとふで》書《が》きで描《えが》ける戦の図を案じなければならぬ。嶽山城を落とした後の策が決まったならば、御屋形様へ直《じか》に具申いたすつもりゆえ、さように伝えておいてくれぬか」

「承知いたしました」

昌幸は父の描く壮大な上野進攻の絵図《えず》に思いを馳せながら答えた。

上杉輝虎が川中島へ出張ってきたことで、武田家が八方に抱えている戦はしばし静観の構えに入った。

真田の松尾本城から古府中へ戻った昌幸は、取り急ぎ甘利昌忠を訪《たず》ねる。西上野の状況を知りたがっていた近習の上輩に、父の幸隆から聞いた話をした。

「上野先方衆の当面の標的は嶽山城にござりまするが、その先にある長尾憲景と沼田城、さらに長野一統の主城である箕輪城までを遠的《えんてき》としておりまする。父は斎藤憲広が嫡子、憲宗と弟の城虎丸が籠もる嶽山城を落とすだけならば年の内に完遂できると申しましたが、沼田城と箕輪城の攻略までを見据《みす》えるならば、もう少々時がかかるかと」

「そなたの父上は嶽山城から箕輪城まで、一気に攻め寄せる軍略を考えておられるということか」

甘利昌忠は髭《ひげ》の先をしごきながら眼を細める。

「おそらくは、その肚づもりかと」

「ならば、和田城との連携は欠かせぬな。和田業繁殿と倉賀野城攻めについて話をしておいた方がよさそうだ」

「ええ、さように思いまする。それと、嶽山城の斎藤憲宗に与力している越後勢の中に栗林肥前守政頼がいるとのことにござりまする」

「栗林肥前守？」

甘利昌忠が思わず口唇《くちびる》を歪《ゆが》める。

「……道鬼斎《どうきさい》殿に槍をつけたという、あの栗林か？」

「さようにござりまする」

「うむ……。ならば、そなたの父上は嶽山城もろとも完膚《かんぷ》無きまでに叩き潰すおつもりなのであろうな」

「はい。川中島での仇《かたき》は、上野にて存分に晴らすつもりでありましょう」

昌幸が言ったように、父の幸隆と山本道鬼斎菅助は同じ外様《とざま》から重臣に登用され、武田家中では仲が良かった。菅助が川中島で最初に奇襲の策を持ちかけた相手は幸隆であり、菅助への救援が間に合わなかったことを最も悔いているのも父だった。

「昌幸、色々と貴重な話が聞けて助かった。上野先方衆のお歴々《れきれき》はそれぞれに気難しいゆえ、申次《もうしつぎ》も簡単にはいかぬ。こうして、少しでも内情がわかると考えようも出てくる。実に、有り難い」

「いいえ、礼には及びませぬ。父の様子を見ても、上野の件は相当に難儀だとわかりますゆえ、何卒《なにとぞ》よろしくお願いいたしまする」

「手間《てま》を掛けさせて悪かったが、近習の誼で許してくれ」

甘利昌忠は昌幸の肩を摑み、笑顔を見せる。

「お役に立てましたならば幸いにござりまする」

「また、話を聞かせてくれ。頼む」

甘利昌忠は笑みを浮かべて去ろうとする。

昌幸がそれを呼び止めた。

「あのう、左衛門尉《さえもんのじょう》殿……」

「いかがいたした？」

「実は……」

昌幸は思わず小声になる。

「……御屋形様から良い縁談があるゆえ嫁を娶れと言われまして」

「よめ？　……おう、祝言か。それはめでたい話ではないか」

「あ、いや……。まだ、身の分際《ぶんざい》では早いのではないかと……」

「何を申しておる。御屋形様がお勧めになる縁談ならば、早いも遅いもあるまい。おいおい、そなた、気後《きおく》れしておるのか？」

甘利昌忠は面白そうに昌幸の顔を覗き込む。

「……いえ、気後れというか、何と申せばよいか……」

照れたように頭を掻く昌幸の耳元に、甘利昌忠が口を寄せる。

「それとも、まだ女人を知らぬのか？」

「あ、いいえ……。し、知らぬということはありませぬ」

「ほう、なるほど。初陣の前に筆の下ろしは済ませてあるはずだからな。ならば、臆することもあるまい。御屋形様に家門を持てる一人前の漢と認められたのだ。これほど光栄なことはあるまい」

「はぁ……。父にもさように言われましたが……」

昌幸はうっすらと頬を赤らめて俯《うつむ》く。

「そなたは、摩訶不思議《まかふしぎ》な漢だな。戦場では皆が驚くほど果敢に動くかと思えば、たかだか縁談が来ただけで臆している。まったく、おかしな奴だ。それで、この身に何を言ってほしい？」

甘利昌忠にそう訊かれると、思い当たる事柄がない。

昌幸は縁談の話を己の胸の裡に留めておくことができず、奥近習の中で最も上輩である甘利昌忠に何となく打ち明けてしまっただけである。

「答えようがないか。では、こちらから申しておくぞ。まずは見合いでしくじるな。しくじらぬこつを教えておく。堂々と前を向き、相手の頭の上を見ることだ。顔を見つめてはいかぬ。眼が合うと、のぼせ上がるからな。それと、あまり喋《しゃべ》らぬこと。それが首尾良く終わり、滞《とどこお》りなく見合いを済ませたら、祝言を上げることになる。一家の主《あるじ》として娶った花嫁御寮《ごりょう》と家族を守ればよい。そして、よりいっそう御屋形様に忠を尽くせ。それだけのことだ。さして難しくはあるまい」

「はい。されど、あとひとつだけ、ご助言を」

昌幸は上目遣いで訊く。

「……あのぅ、世話になった女子には、このことを告げるべきでありましょうや？」

「ああ、さような悩みか……」

今度は甘利昌忠が頭を掻く。

「……漢はなかなかに最初の女人が忘れ難いからな。そなたが未練を断ち切るために潔《いさぎよ》く伝えておきたいという気持ちはわからぬでもない。されど、果《は》たして相手はそなたの口からさような話を聞きたいのであろうか。それを考えてみよ。何もかも話すことが、潔いとも限らぬ。時には余計に傷つけてしまうこともあるのだ。特に男女の間ではな」

「……わかりました」

困ったように眉をよせる昌幸の背中を、甘利昌忠が思い切り叩く。

「しっかりいたせ。されど、そなたはまことに御屋形様から信頼されておるのだな。奥近習だった者たちも、皆、羨ましがるぞ」

「身に余りまする」

「奥近習で思い出したが、昌国はいかがいたしておる？」

「長坂の兄様にござりまするか。近頃は互いに忙しく、お役目の場所も離れておりますゆえ、あまり話をしておりませぬ」

長坂昌国は最初に昌幸の世話役をしてくれた上輩であり、四度目の川中島合戦の直前から武田義信の使番《つかいばん》に抜擢されている。

「以前は、わが屋敷にもよく呑みに来ていたのだが、義信様の下《もと》へ行ってからは、ぱったりと足が途絶えてしまった。こちらは上野に出掛けることが多く、向こうは何やら頻繁《ひんぱん》に寄り合いがあるらしく、顔を合わすこともなくなってな。昌国に会ったならば、久しぶりに一献傾《いっこんかたむ》けようと伝えてくれぬか」

「わかりました。お伝えいたしまする」

「まあ、そなたの祝言の時には、昌国とも面《つら》を突き合わせて存分に呑めるであろうがな」

甘利昌忠は高笑いしながら踵を返す。

昌幸は複雑な心境でその背中を見る。なぜか脳裡にはお久根の寂しげな横顔が浮かんでいた。

十一月に入ってから昌幸の縁談は信玄の手で進められ、月末には見合いが行なわれることになった。

昌幸は主君の所用を兼ね、南信濃の吉岡城《よしおかじょう》へと出向く。この城は信濃の南端にあり、まさに遠江と三河の国境を睨む要害である。城主の下條信氏《しもじょうのぶうじ》は信玄の妹を娶っており、下伊那衆《しもいなしゅう》として信任も厚い。遠江から人目を忍んで尾藤頼忠の一行が訪れるには、吉岡城が格好の場所だった。

吉岡城に尾藤頼忠と娘が入り、信玄への謁見《えつけん》が終わった後、城下の禅寺《ぜんでら》で見合いが行なわれた。昌幸には両親の名代《みようだい》として伯父である河原隆正《かわらたかまさ》夫妻が付き添った。昌幸は六連銭《りくれんせん》の大紋直垂《だいもんひたたれ》を纏い、折烏帽子《おりえぼし》を被《かぶ》っている。正装に身を包み、緊張のために全身が強《こわ》ばっていた。

主君より両家と当人の紹介があり、真田家からの宮笥《みやげ》の品が納められる。それから和《なご》やかな宴席となったが、昌幸は甘利昌忠に言われた通り、相手の背後にある壁の節《ふし》を見つめたまま微動《びどう》だにしない。先方の親から何かを訊かれても、簡単な返事を繰り返すだけで、己から話はできなかった。というよりも、己でも何を答えたのか思い出せないほどのぼせ上がっていた。

それから、当人たちだけで庭へ出ることを勧められる。昌幸は促されるままに立ち上がったが、軆の動きが木の傀儡《くぐつ》になったようにぎこちなかった。どうやって庭へ向かったのかも定かではなく、とにかく背中に相手の気配だけを感じながら外へ出る。二人は交わす言葉もなく、通された庭を前に立ち竦《すく》んでいた。

それでも、しんと冷えた大気が火照った頰に心地よく、昌幸は次第に落ち着きを取り戻す。そうなると、隣にいる女人の顔が気になってきた。

——名は確か、尾藤まつ殿、であったな……。歳は、身のひとつ下か……。

昌幸は庭を眺める振りをしながら、それとなく女人の横顔を窺う。

その気配を感じたのか、相手も昌幸の顔を見上げる。それから、頰を赤らめ、眩《まぶ》しげに笑った。

相手と眼があった途端、再び昌幸の面に血が上り、それをごまかすために空咳《からせき》をしながらそっぽを向く。昌幸を捕《と》らえたのは、澄み切った瞳だった。

——あのように穢《けが》れなき眼で見つめられると、すべてを見透《みす》かされるような気がして落ち着かぬ。……されど、美しい人だ。

昌幸はなぜか真田の里に咲く蓮華躑躅《れんげつつじ》を思い出していた。

その花は素朴でありながら、焰《ほのお》の如く艶《つや》やかに咲き、凛《りん》と背を伸ばしている。しかも雲ひとつない晴天によく似合う。まさにその蓮華躑躅の姿が、見合いの相手となった松《まつ》という女人の印象そのものだった。

昌幸は沈黙に耐えかね、何か言おうとする。その刹那《せつな》、己の声に噎《む》せてしまった。

いきなり咳き込み始めた昌幸を見て、松が直垂の背にそっと手を添えながら言う。

「……大丈夫にござりまするか」

「うぼっ、おごっ……。だいじょうぶ。……のどに……つめたい……かぜが」

昌幸は泪《なみだ》を滲《にじ》ませながら咳を止めようとした。

気が付くと、松の華奢な手が己の背中を優しくさすっている。

「……相すまぬ。もう、大丈夫だ」

再び火照り始めた頬を隠すように、昌幸は相手から體を離す。それでも、背中には手の温もりがはっきりと残っていた。

松も手を引っ込め、恥ずかしそうに身を竦める。

「ええ、あの、まつ殿……」

昌幸はやっとのことで声を絞り出す。しかし、その先の言葉が見つからない。

「昌幸様、松に殿をお付けになるのは、もったいのうござりまする。ただ、松とお呼びくださりませ」

松はしっかりとした口調で答える。

「えっ⁉　……ああ、まつ……。いや、それは無理だ。……やはり、まつ殿で」

戸惑う昌幸を見て、松は袖で口元を隠し、くすりと笑う。そうした仕草のひとつひとつが、この上もなく可憐《かれん》に見えた。

「……まつ殿、そろそろ戻ろう」

昌幸の言葉に、松は小さく頷く。二人は寺内へと戻った。

その間、昌幸の脳裡から満開になった蓮華躑躅の姿が離れず、背中に残る手の温もりがまるで烙印《らくいん》を押されたように熱く感じられる。言葉にし難い、不思議な感情が胸の裡に溢れ、昌幸は戸惑いを隠せない。それでも、同時に「己はこの人と夫婦になるべく生まれたのだな」という宿命を感じていた。おそらく、松の姿を故郷の蓮華躑躅に重ねた瞬間から逃れがたい感情が宿ったのであろう。

見合いは無事に終わり、年明け早々には結納《ゆいのう》が行なわれることになった。そして、輿入《こしい》れは梅がほころぶ如月《きさらぎ》と決められた。

次々と予定が決まり、年の瀬が迫る中、昌幸は煩悶《はんもん》していた。

お久根に婚儀《こんぎ》のことを伝えておかなければと思いながらも、なかなか勇気が湧かない。そんな己を漢らしくないと思いながらも、上手く伝える言葉も思い浮かばなかった。

悩みに悩んだ末、晦日の夜にお久根を室へ呼ぶ。

「本日は、そなたに伝えておかねばならぬことがあって来てもらった」

昌幸は重苦しい気分で切り出す。

「何でござりましょうや」

お久根はいつもと変わらず、ほとんど感情を込めない声で答える。

「祝言を……ご、御主君の命で、この身は祝言を上げることになった」

「存じておりまする」

お久根は抑揚《よくよう》のない声を発する。

「ああ、さようか。……もう少し早く、言わねばならぬと思ってはいたのだが……」

「お話とは、それだけにございまするか」

「えっ……。ああ……」

「では、失礼いたしまする」

何事もなかったかのように、お久根は室を後にしようとする。

「……お久根。……すまぬ」

昌幸はか細い声で呟く。

それを聞き、お久根の動きが止まった。

二人の間で宵闇と同じ色の沈黙が微かに震える。

「……残酷な御方」

今度は溜息とも思えるお久根の呟きが紅《べに》を差した口唇からこぼれ落ちた。

「残酷とは……。なにゆえ……」

昌幸が呆然《ぼうぜん》と聞き返す。

「……この身はすでに忘れておりましたのに、なにゆえ、昔のことを蒸し返されまする。しかも御自分の踏ん切りをつけるためだけに、かような話までなされて……。それが残酷でなくて、何と申せばよいのでありましょうや」

お久根は静かな口調で答える。しかし、その一言一言には、昌幸の胸に突き刺さる怨念《おんねん》の棘《とげ》が生《は》えていた。

——確かに、お久根の申す通りだ。これは己が踏ん切りをつけるための身勝手にすぎぬ。潔いどころか、女々《めめ》しいだけではないか……。

昌幸の胸には甘利昌忠の言葉が去来《きらい》する。

——果たして相手はそなたの口からさような話を聞きたいのであろうか。

「お久根、そなたの申す通りだ。……す」

昌幸の言葉を、お久根が遮る。

「いけませぬ！　……謝りの言葉など口になされてはなりませぬ。昌幸様、すべては幻《まぼろし》。もう、お忘れくださりませ。それがまことの意味で漢になるということにござりまする。この身には、何の覚えもありませぬゆえ」

確かにお久根の言う通りだった。

昌幸は改めて己の思い違いを噛みしめ、黙り込んでいた。

「それでは、失礼いたしまする」

お久根は両手をついて頭を下げ、音も立てずに室を後にした。

一人取り残された昌幸は所在なく項垂《うなだ》れる。

——すべては、お久根の申す通りだ。己があまりにも幼稚《ようち》すぎて情けない。

歳上の女人から己の未熟さを思い知らされ、ただ深い憂愁《ゆうしゅう》に沈んでいた。

お久根が歩巫女として真田家に仕える限り、昌幸を避《さ》けるわけにはいかず、これからやって来る嫁とも顔を合わさねばならない。それを乗り越えるために、お久根はすでに情も想い出も己の裡から消し去っていたのである。

にもかかわらず、昌幸は独りよがりの義心にかられて相手の覚悟をないがしろにしてしまった。そのことが、ようやくわかった。

幼少の頃から大人たちに囲まれて近習として生きてきたため、昌幸にはどこか老成したところがある。同じ歳の若武者よりは遙かに大人びているが、その実は胸の裡に傷つきやすい感情の触手《しょくしゅ》を隠した青年にすぎない。どれほど背伸びしてみても、大人になることの悲哀辛酸《ひあいしんさん》を知っているわけではなかった。

この一件で昌幸は心底《しんそこ》から落ち込んだが、それを乗り越えることが真の大人になるということかもしれなかった。おそらく、お久根はそれを伝えたかったのであろう。

こうして永禄七年（一五六四）は暮れ、新年を迎えた昌幸は役目をこなしながら婚儀の支度をする。真田邸の山側に寝所《しんじょ》が増築され、二人はそこに住むことになった。

一月の末には結納が交わされ、いよいよ梅のほころぶ季節がやって来る。

武門の輿入れは文字通り、花嫁御寮が実家から輿を連ねて婿の下へ向かう。嫁の実家では門の外に神聖な松の木を焚《た》く門火《かどび》を行ない、花嫁御寮は輿の中に安産《あんざん》の守り神と犬張子《いぬはりこ》の入った箱を置いて出立するのである。

遠江の引佐郡では尾藤家に縁《ゆかり》のある門という門で松の木が焚かれ、松の乗った輿の行列が甲斐へと向かう。尾藤の家臣に守られた輿は粛々《しゅくしゅく》と進み、信濃の国境で古府中までの護衛《ごえい》を受け持つ下伊那衆の出迎えを受けた。

花嫁御寮を待つために元城屋町通りの真田邸も門火を焚き、輿を待っていた。

やがて下伊那衆に守られた輿が到着し、門の前で請取渡《うけとりわた》しの儀が行なわれる。それから、輿寄《こしよせ》の儀式が行なわれ、花嫁御寮は輿から出て祝言の間《ま》に進み、床《とこ》の上座《かみざ》へと案内された。

花嫁御寮が新築された屋敷の床の上座につき、昌幸が婿の座につくと、神人《じにん》が祝儀《しゅうぎ》の詞《ことば》を述べ、「式三献《しきさんこん》」と呼ぶ酒式《しゅしき》が執り行なわれた。

この後、初献《しょこん》の膳が出る。これは夫婦となる者だけで行なわれる宴《うたげ》であり、父母兄弟や親族は立ち会うことができない。そして、この間は婿も花嫁御寮も汚れなき白無垢《しろむく》の衣裳《いしょう》を着るのである。

初日の祝言が終了し、翌日になると、婿と花嫁は縁起《えんぎ》の良い色直しの衣裳を着る。この日、花嫁御寮の松は赤の小袿《こうちぎ》と着物を、昌幸は臙脂《えんじ》に六連銭の紋をあしらった直垂を身につけた。この色直しが済んだところで、初めて舅《しゅうと》や姑《しゅうとめ》と対面するのである。

二人の場合は、まず武門の親である主君に目通りする。信玄は初々《ういうい》しい二人を目の前にして大いに喜んだ。

それから、互いの両親や親族に晴姿《はれすがた》をお披露目《ひろめ》する宴会が催《もよお》された。

そして、三日目の夜になり、やっと親しい者たちを招く宴席が設けられる。すでに堅苦しい儀式は終わっており、身内や知り合いが祝儀を持参し、無礼講《ぶれいこう》の酒宴となる。奥近習の者たちをはじめとして上輩や同僚の者たちが、祝儀の品を手に真田邸へと駆《か》けつけた。

兄たちの属する百足衆《むかでしゅう》も祝儀の品を持って現われ、盛大な酒宴が催される。昌幸も次々と注がれる祝福の酒を浴びるしかなかった。

果てしなく続くと思われた宴席の中で、すっかり酔った甘利昌忠が近寄ってくる。

「昌幸、すまぬが明日、和田城へ赴《おもむ》かねばならぬゆえ、今宵はこれで失礼いたす。されど、しくじらずに、よく祝言までこぎつけたものだ。これも、すべてわが助言の賜《たまもの》か」

そう言いながら、昌忠は高笑いする。

「有り難うござりまする」

昌幸は深々と頭を下げる。

「真《ま》に受けるな、昌幸。だが、どこを見回しても昌国の姿が見えぬな。かようにめでたい日に、何をやっておるのだ、あ奴は。まったく水くさい奴だ」

「きっと、お忙しいのでありましょう」

「もしも、遅参《ちさん》してきたならば、甘利が顔を貸せと申しておったと伝えてくれ」

「わかりました」

「花嫁御寮、こ奴は武骨者《ぶこつもの》だが、気は優しい漢なのだ。どうか、昌幸をよろしくお願いいたしまする」

「はい」

松は満面の笑顔で答える。

「では、皆の衆。元奥近習筆頭《ひっとう》、甘利昌忠、これにて失礼いたしまする」

そう言い残し、覚束《おぼつか》ない足取りで帰っていった。

それからしばらくして、素面《しらふ》の長坂昌国がやって来る。

「昌幸、遅くなってすまぬ。おめでとう」

持参した祝いの品を差し出す。

「長坂の兄様、ありがとうござりまする」

昌幸は酒で上気《じようき》した顔をほころばせる。

「ささ、どうぞこちらへ」

「いや、すまぬが長居はできぬのだ。これから義信様の寄り合いがある。せめて祝儀だけでも届けねばと思い、駆けつけた。祝杯につきあえず、すまぬな」

長坂昌国は顔をしかめて詫びた。

「いえ、お役目の方が大事ゆえ、お気になさらずに」

「されど、あの寝坊ばかりしていた源五郎が祝言とはな」

長坂昌国は昔を思い出したように眼を細めて微かに笑う。

「長坂の兄様まで、さようなことを……。本日は、べそをかいていただの、寝小便をしただの、言われ放題にござりまする」

昌幸は呆れたように頭を掻く。

「それも今となっては良き想い出ではないか。花嫁御寮、こ奴が寝坊をせぬよう、容赦なく叩き起こしてくだされ。お願いいたしまする」

「はい」

「では、不躾《ぶしつけ》ながら、これにて失礼いたす」

「あ、長坂の兄様。左衛門尉殿が是非に一献酌み交わしたいので、暇《いとま》をみて屋敷へ参られよと申されておりました」

「さようか。昌忠殿がな。承知いたしましたと伝えておいてくれ。すまぬな」

長坂昌国は盃に口をつけることなく、屋敷を後にした。

――確かに左衛門尉殿が申される通り、義信様の下へ行ってから長坂の兄様は変わられた。周囲が見えぬほど忙しそうにしておられる。それにどこか棘々《とげとげ》と……。

昌幸は己の世話役だった頃の長坂昌国とは別人であるかのような違和を感じていた。

祝宴は夜更け過ぎまで続き、お開きとなる。二人は目まぐるしい婚儀を終え、やっと二人だけの時を迎えた。

先に床の中へ入っていた花嫁御寮の横に、昌幸は軆を潜り込ませる。胸元に触れた松の肩から小刻みな震えとともに胸の裡に渦巻いている不安が伝わってきた。思えば、これが二人の初夜《しょや》である。

「まつ殿、長旅と婚儀でお疲れであろう。この腕を貸すゆえ、本日はぐっすりと眠りなされ。それがしも相当に酔ったゆえ、このまま眠りたい」

昌幸は松の首の下に己の腕を差し込み、仰向《あおむ》けになる。

「……昌幸様、松殿と呼ばれるのは、こそばゆうございまする」

己の頬を昌幸の胸に預け、拗《す》ねたように言う。

「昌幸様と呼ばれるのもなぁ……」

「では、何とお呼びすれば、よろしいのでありましょうや」

「せめて、昌幸殿かな。いや、違うな。母上は父上をお前様《まえさま》と呼んでいたがな」

「では、お前様とお呼びいたしますので、松とお呼びくださりませ。お前様」

「……何だか、それもくすぐったいぞ、まつ」

そう言ってから、昌幸は堪《こら》えきれずに噴き出す。それにつられて松も笑い出した。

ひとしきり笑ってから、昌幸が囁《ささや》きかける。

「ゆっくりと時をかけ、互いに馴染《なじ》んでいくしかなかろう」

「はい」

「焦らずに本物の夫婦になっていけばよい」

それは昌幸の本心だった。その言葉に、松は小さく頷く。二人は互いの温もりを感じながら心地よい眠りに吸い込まれていった。

昌幸が嫁を迎えた梅の候《こう》が過ぎ、甲斐にも盛夏《せいか》が訪れようとしていた。見上げる枝には、瑞々《みずみず》しい桃《もも》の実が鈴《すず》なりになっている。

古府中の空は蒼く澄み、暑くなりそうな気配が満ちている。昌幸は早朝から躑躅ヶ崎館へ出仕《しゅっし》し、寝所の奥の間に伺候《しこう》した。

中庭で打水《うちみず》をしていると、帷子《かたびら》姿で現われた信玄が声をかける。

「昌幸、早いな」

「おはようございまする、御屋形様」

「新しい暮らしは、どうじゃ？」

いきなりの問いかけに、昌幸は動揺しながら答える。

「……何とか滞りなく過ごしておりまする」

「お松はしっかりとやっておるか？」

信玄は縁側《えんがわ》に胡座をかき、しきりに首元を扇《あお》ぐ。

「はい。叔母上に手引きを受けながら頑張っておりまする」

昌幸は深く頷いた。

二人が新居を構えてから、松は真田屋敷を切り盛りしている河原隆正の妻に裏方の仕来《しきた》りを習い、忙しく家事をこなしている。

「さようか。生まれ故郷や実家を恋しがってはおらぬか？」

「はい。家事を習うのに懐郷《かいきょう》の念を覚える暇もなきほど忙しいらしく、さような素振りはありませぬ。実家にいた頃から相当に厳しく躾《しつ》けられていたようで、愚痴ひとつもこぼさずに働いておりまする。できた女子にござりまする」

「ほう。余の前で、ぬけぬけと惚気《のろけ》をほざきよるか」

信玄が呆れたように笑う。

「あ、いえ……。悋気るつもりなどは……」

昌幸は慌てて両手を振る。

「まあ、よかろう。新婿《にいむこ》はさようなぐらいで、ちょうどよい」

信玄は勢いよく扇《おうぎ》を閉じ、からからと笑う。

昌幸はその様を見ながら照れたように頭を掻いた。

「されど、故郷に帰りたいと思い始めるのは、少し時が経ってからなのだ。最初のうちは見るものすべてが目《め》新《あたら》しく、寂しがっている暇もないが、慣れてくればくるほど水の違いというものがわかり、望郷《ぼうきょう》の念にかられるようになる。三条がそうであった。日に日に、京を懐かしむ気持ちが強くなり、帰りたいと願っていた」

主君の言葉が、昌幸の記憶を激しく揺り動かす。信玄の継室と同じく、己が近習として古府中へ来た時もそうだった。

最初は訳もわからず上輩の後ろを走り回っていたが、三カ月もすると望郷の念にかられ、枕の端を噛みながら毎晩哭《な》き続けていた。

——それは松とて同じであろう。今は緊張と物珍しさで思い出に浸る間もないであろうが、やがて寂しさが募《つの》る日がくるのやもしれぬ……。

「昌幸、お松が一日も早く甲斐を好きになり、武田の女となれるよう、そなたが気を遣い、面倒を見てやらねばならぬ。いつまでも生まれ故郷に帰りたいと思うようでは裏方が収まらぬ。それに母親の心持ちというものは、子にまで伝わってしまうからな」

信玄が優しげな笑みを浮かべて諭《さと》す。

「はい、肝に銘じておきまする」

「さて、そなたに遣いを頼みたい。若神子《わかみこ》城に晴近《はるちか》が来ておるゆえ、書状を届けてくれぬか」

信玄の言った晴近とは、伊那郡代《いなぐんだい》を務める秋山伯耆守信友《あきやまほうきのかみのぶとも》のことである。

秋山家は武田家と同じく甲斐源氏の一族であり、信友は秋山信任《のぶとう》の嫡男として甲斐躑躅ヶ崎館の屋敷内で生まれている。幼い頃から一門衆《いちもんしゅう》として信玄の側に仕え、元服の時に偏諱《へんき》をもらって晴近と名乗った。今では信友と改名しているが、信玄は未《いま》だに慣れ親しんだ初名《はつな》で呼んでいる。

通常、秋山信友は伊那郡代として高遠《たかとお》城にいるが、本日は古府中から三里半ほどの若神子城に来ているらしく、馬を飛ばせば一刻もかからずに着くことができる。

「承知いたしました。すぐに出立いたしまする」

昌幸はそう答えてから微かに首を傾《かし》げた。

――伊那郡代の伯耆守殿が若神子まで参られているならば、この館にて談合なされてもよいはずなのだが……。なにゆえ、古府中へ参上なされず、須玉《すたま》の里で馬を止められたのか？

「昌幸、書状を渡したならば、すぐに戻って参れ。晴近も忙しいゆえ、すぐに高遠へ戻る。世間話をしている暇もあるまい」

主君の言葉が、疑問の答えとなっていた。

詮索《せんさく》は無用。黙って遣いに走ればよいということである。

「御意。では、行ってまいりまする」

袱紗《ふくさ》に包まれた書状を受け取った昌幸は、すぐに館を出立して若神子城へ向かう。

愛駒《あいく》を駆って一刻も経たずに到着し、城で待っていた秋山信友と面会する。

「ご苦労であった、昌幸。御屋形様は何か仰せになられていなかったか」

「いえ、特段、御伝言は預かっておりませぬ」

「さようか……」

袱紗を手にした秋山信友が怪訝《けげん》な面持ちで鬚《ひげ》をまさぐる。

「ところで、そなた、御屋形様の媒妁で嫁を娶ったそうだな」

「あ、はい……」

昌幸は思わず眼をそらしながら答えた。

「なんだ、そのことを訊かれると恥ずかしくてたまらぬといった顔だな」

「……申し訳ございませぬ。届け物を済ませたならば、すぐに館へ戻れと命じられておりまするゆえ、そのお話はまた改めて……」

「おいおい、愛想のない奴だな」

「相済みませぬ。失礼いたしまする」

昌幸は深く一礼する。

――ここに長居をしていてはならぬ。

主君の様子から、なぜか、そのように直感していた。

呆気《あっけ》にとられた面持ちの秋山信友を残し、昌幸は若神子城を出る。脇目も振らずに手綱《たづな》をしごき、来た時よりも早く古府中へと到着した。

その夜、屋敷へ帰ると、東海一帯を探っていた修験僧の清開坊が戻っていた。

昌幸は報告を受けるために山之手《やまのて》と呼ばれる自邸から真田屋敷の一室へ行く。

「清開坊、何か摑めたか」

「はい。東海は奇妙な風聞で溢れかえっておりました。特に尾張では、織田と武田の盟約が成るという噂がそこかしこで囁かれておりまする」

「織田と武田の盟約だと？　まことか」

昌幸は眉をひそめて聞き返す。

「まことにござりまする。今川家を打ち破ったことで織田の格が上がり、武田家が今川の代わりに盟《めい》を結ぶという話が、巷《ちまた》の凡下《ぼんげ》どもの口の端《は》にまで上《のぼ》っておりました。あまりにまことしやかな風聞ゆえ、その辺りを探ってみましたところ、確かに織田に縁《ゆかり》のある者が幾たびか遠江から南伊那へ出掛けておりました。和田定利《わださだとし》という者にござりまする」

「何者であるか？」

「京の公方、足利義昭様の御相伴衆《ごしょうばんしゅう》であります和田惟政《これまさ》殿の実弟《じってい》で、公方様の上洛《じょうらく》に供奉《ぐぶ》した一人と聞いておりまする。この者が織田掃部助忠寛を頼って織田家に寄宿《きしゅく》し、家臣同然の扱いを受けておるとか。和田定利が掃部助の名代となり、南伊那で武田家の御方と会っているようにござりまする」

「相手が誰なのか、摑めておるのか？」

「はい。しばし、お耳を拝借《はいしゃく》……」

清開坊が辺りの気配を確かめてから昌幸の耳に顔を近づける。

「……秋山伯耆守殿にござりまする」

その名を聞いた途端、昌幸の中ですべてが繋がった。

――織田との同盟という話は、あながち戯言《ざれごと》ではなかったようだ。どうやら、伯耆守殿が御屋形様の名代を務め、和田定利という者を通して織田掃部助と話を煮詰めているらしい。ならば、本日届けた書状は、織田との盟約絡みのものということになる。だから、伯耆守殿が古府中へ参られなかったのだ。

「昌幸様、もうひとつ、お耳に入れたき件がござりまする」

清開坊が囁きかける。

「何であるか」

「草の者からの報告によりますれば、かかる動きに呼応して古府中においても、ある一派の談合が繰り返されているようにござりまする。差出口になるやもしれませぬが、それは織田との盟に反対する動きではないかと。その一派というのが……」

清開坊の言葉を、昌幸が制する。

「みなまで申すな。だいたいの察しはついておる。その話は父上に詳しくお伝えしてくれ」

「承知いたしました」

「ところで、お万阿たちは、いかがいたしておる?」

本当はお久根がどうしているか知りたかったのだが、昌幸はそれを直には訊けなかった。

「歩巫女《ののう》どもは松尾本城と岩櫃城の連絡役を務めるため、信濃と上野を行き来《き》しておりまする。しばらくは、こちらへ来られぬかと」

「さようか」

昌幸は何となく安堵しながら答える。同時に、申し訳ないという思いが湧《わ》き上がっていた。

「清開坊、何か不穏な気配を感じるな。調べを続けてくれぬか」

「承知いたしました。では、失礼いたしまする」

清開坊が退出した室で、昌幸は一人で考えに耽《ふけ》る。

――一連の出来事は、確かに武田家の鞍替《くらが》えを示唆《しさ》している。されど、御屋形様は本気で今川家に見切りをつけるおつもりなのか？

理由もなく胸の裡で悪い予感が渦巻いていた。

そして、その心配が形となるのに、さほどの時はかからなかった。

「諏訪勝頼様と織田の縁組が進められているらしい」

古府中のそこかしこでも、そんな噂が囁かれ始める。さらには「その縁組を契機にして武田と織田の盟約が結ばれるのではないか」という風聞までが流れた。躑躅ヶ崎館の中でそれを公然と口にする者はいなかったが、話は尾鰭《おひれ》がつきながら広まっている。昌幸は胸のざわつきを覚えながら、その様を見ていた。

そんな中、上輩である曾根昌世の様子が急変する。どこか気もそぞろの様子で、役目に気が入っておらず、そのせいで失敗を繰り返し、主君の叱責を受けている。一人になると、沈み込んだ様子で何かを思案していた。

昌幸もそんな曾根昌世の姿を見るのは初めてであり、肩を落として木陰に座っている上輩が心配になって声をかける。

「昌世殿、ずいぶんと元気がありませぬが、いかがなされました」

「……ああ、昌幸か。別に、どうということはない」

曾根昌世は筋骨《すじぼね》を抜かれたような声で答える。

「お加減でも悪いのかと」

「……いや、御屋形様に叱られすぎて気が滅入《めい》っているだけだ」

「この間、それがしもこっぴどく叱られました。御屋形様の諏訪行きの手配《てくば》りを忘れておりましたゆえ」

昌幸は一番身近な上輩をそれとなく慰めようとする。

「それでも、そなたは褒《ほ》められることの方が多いであろう。この身は御屋形様に疎《うと》まれているようだ……」

「さようなことはありませぬ。御屋形様は昌世殿のことを患《わずら》った眼の代わりと称されておりましたぞ」

「……下手な慰めを申すな」

「まことにござりまする。御屋形様はそれがしの前ではっきりと仰せになられました」

「……さようか。それがまことならば嬉しいのだがな」

曾根昌世はそう呟き、大きな溜息を漏らす。

「昌世殿、何か心配事でもおありか」

昌幸の問いに、曾根昌世は無言で大きく首を振る。

「では、何か相談事がありましたら、いつ何時《なんどき》でも家の方へお訪ねくだされ。久しぶりに一献傾けましょう」

「ああ、わかった。……昌幸」

曾根昌世は何かを言いかけて口をつぐむ。

「はい」

「……いや、何でもない。心配をかけてすまなかったな」

「いいえ、お気になさらず。では、役目に戻りまする」

昌幸には曾根昌世が何か問題を抱えていることがわかっていた。しかし、当人が話したがらない以上、問い詰めてもよい結果を生まないだろうと判断して引き下がった。

——昌世殿の憔悴《しょうすい》はこのところの出来事と何か関係があるのであろうか。いずれにせよ、近いうちに話をする機会が訪れるような気がいたす。

だが、異変はそれだけに止《とど》まらなかった。

今度は嫁の松が変調をきたしてしまう。慣れない暮らしでの疲れがでたのか、熱を出して寝込んでしまった。大事をとってしばらく安静にしていたが、いっこうに快方《かいほう》に向かわない。

昌幸は容態《ようだい》を心配していたが役目が忙しく、なかなか傍《そば》にいてやれなかった。その間も、松の軆には様々な症状が現われ、日がな辛そうに過ごしていた。どうやら軆の具合だけではなく、気を病《や》んでいるようにも見て取れる。

——身の回りの者たちが、次々と病んでゆく。いったい、何が起こっているというのだ？

昌幸は為《な》す術《すべ》もなく、途方に暮れた。

そして、ついに運命を揺るがす夜がやって来る。

昌幸が辛そうな松の背中をさすってやり、ようやく寝入ったので、己も床につこうとした。その夜更け過ぎに、不意の来客があった。

蒼白な面持ちで、鬢《びん》を乱した曾根昌世である。姿を見た途端、昌幸はただ事ではないと悟《さと》り、上輩を離れの室に招き入れた。

「……昌幸、大変なことになってしまった」

今にも哭き出しそうな顔で曾根昌世が切り出す。

「お、御屋形様の……」

そこまで言い、激しく咳き込む。いや、咳き込むというよりも、必死でこみ上げる吐気を止めようとしているように見える。

「御屋形様がいかがなされました」

「……おや、御屋形様の……御命が……危ない」

曾根昌世がやっとのことで泪声を振り絞った。

「御屋形様の御命が危ないとは、いかなる意味にござりまするか。昌世殿、それがしにもわかるようにお話しくだされ」

昌幸は上輩の肩に手を置く。その手に小刻みな震えが伝わってくる。

普通の動揺ではなく、心底からおびえているようだった。

「……わ、わかった。よ、義信様のお側の者たちが……勝頼様と織田の娘の縁組があるという話に激昂し……御屋形様をお諫《いさ》めするために、諏訪行きの途上で……直諫《ちょっかん》すると申しておる」

「御屋形様を直諫？　義信様のお側の者たちが？　……まさか」

昌幸は驚愕し、眼を見開く。

「まことのことなのだ。そ、それで、この身も長坂の兄様から仲間に加われと誘われた」

「長坂の兄様が、御屋形様を……。信じられませぬ。それに義信様の命《めい》とはいえ、兵部殿《ひょうぶ》がさように謀叛《むほん》まがいのことをお許しになるはずがありませぬ」

昌幸の言った兵部殿とは、武田最強の赤備《あかぞなえ》衆を率いる飯富虎昌のことであり、長らく義信の傅役を務め、武田一門のなかでも最古参の重臣筆頭だった。

曾根昌世は充血した眼で呟く。

「……昌幸、その兵部殿が先頭に立たれるおつもりなのだ……」

「そ、そんな……」

「長坂の兄様が、この身にはっきりとそう申された。兵部殿は『いくら御屋形様といえども、盟友の今川家を捨て、織田などと手を組むと申されるならば、力ずくでもお諫めしなければならぬ』と申されたそうだ。御世《およ》継ぎであらせられる義信様がないがしろにされれば、必ず家中《かちゅう》が割れ、禍根《かこん》を残すことになる。だから、手を貸せと……。武田一門のためだと……」

「力まかせのお諫めとは、謀叛のことではありませぬか。われら御屋形様の奥近習がさようなことをしてはなりませぬ」

昌幸は上輩の肩を摑んで揺さぶる。

曾根昌世はなされるがままになり、その體はまるで海月《くらげ》の如く力がなかった。

「……それゆえ、そなたに伝えようとやって来たのだ。諏訪行きの手配りをしていたのは、そなたであろう。おそらく、御屋形様に随行《ずいこう》するのであろうと思い、居ても立ってもいられなくなった。義信様のお側の者はその時に待ち伏せするつもりだ……」

「なんということを……」

昌幸は苦渋《くじゅう》の面持ちで思わず天を仰ぐ。

それから、意を決したように顔を下げ、両手に力を込める。

「昌世殿、これから長坂の兄様の処へ行き、お止めいたしましょう」

「……無理だ」

「なにゆえ、行きもせずに諦めまする。長坂の兄様は話せばわかってくれまする」

「……いや、あの方は義信様のお側についてから変わってしまわれた。御屋形様の諏訪行きの時に決行しようと進言いたしたのは、長坂の兄様なのだ。それに、この身は……」

曾根昌世はすがるように昌幸の腕を摑む。

「……この身はさようなことができる立場ではないのだ。す、すでに、わが身内の者が……この件に荷担《かたん》しておる。そ、それゆえ、長坂の兄様がこの身に……」

言葉に詰まった上輩は両眼から泪を滴《したた》らせる。

「長坂の兄様が昌世殿を脅《おど》したということにござりまするか？」

昌幸は怒りに満ちた瞳で呟く。

「す、すまぬ、昌幸。事ここに至るまで……断れなかった……」

そう言った曾根昌世が泣き崩れる。

力を込めて支える昌幸の胸に嵐が吹き荒れていた。

――己の知らぬ処で、かくも恐るべき話が進んでいたのか。何ということだ……。

「……昌幸、いずれにしても、この身は甲斐には居られぬ。これから、古府中を出て、親戚を頼ろうと思う。もう、二度と会うことができぬであろう」

曾根昌世は袖で顔を拭いながら言う。

「何を申されまするか、これから二人で御屋形様の下へ参りましょう」

「できぬ。……すまぬ、昌幸。許してくれ」

そう叫び、曾根昌世が腕を払って立ち上がる。それから、戸を開け放ち、離れを走り去った。

昌幸は呆然とその様を見ているしかなかった。

――すぐにこの件を御屋形様にお伝えしなければ……。

弾かれたように立ち上がる。しかし、凍りついたように足を止めた。

――そもそも、これはまことの話なのか……。確かに、昌世殿は嘘を言っているようには見えなかった。されど、義信様のために兵部殿までが関わるという謀叛まがいの話を真偽も確かめずに御屋形様へ言上《ごんじょう》してもよいのか？

　動き出そうとする昌幸の軀を疑問の繭《まゆ》が覆う。

　――まずは長坂の兄様の処へ行き、真偽を問い質《ただ》すのが先か。……いや、単身で首謀者《しゅぼうしゃ》の処へ参れば、この身が捕らえられて御屋形様にお伝えすることができなくなってしまうやもしれぬ。……誰か、誰かに助けを願うか。誰だ、誰がよい。……元奥近習筆頭の甘利殿か。そうだ、それがよい。……いや、さようなことをすれば、甘利殿が長坂の兄様を問い詰め、その場からただならぬ事態になってしまうやもしれぬ。……いったい、この身は、どうすればよいのだ。しかも、御屋形様の諏訪行きは三日後に迫っている。もう、時がない……。

　思案が堂々巡りをし、気がつくと昌幸は室の中を歩き回っている。頭の中が完全に混乱し、冷静さを失っていた。

　すると、開け放たれた戸の陰から小さな声が聞こえてくる。

「お前様……」

　そこには、顔色のすぐれない松が立っていた。

「まつ……。いかがいたした、さような処で」

　昌幸は驚きの眼差しを向ける。

「大きな物音がいたしましたので……。お客様にござりまするか？」

「ああ、火急《かきゅう》の用でな。されど、今し方、お帰りになった」

「……お持て成しもできず、すみませぬ」

「それはよい。寝ておればよかったのに」

「いえ……。あの、お前様にお話しして おかねばならぬことが……」

「すまぬ、まつ。少しばかりお役目のことを考えねばならぬゆえ、明日にしてくれぬか」

昌幸はつい苛立った声をぶつけてしまう。

「……あ、相すみませぬ」

松は今にも泣きそうな面持ちで軆を竦ませる。

それを見た途端、昌幸の脳裡に主君の言葉がよぎった。

――そなたが気を遣い、面倒を見てやらねばならぬ。

昌幸は気を取り直し、松に優しく語りかける。

「大きな声を出してすまぬ。役目のことで頭が一杯だった。どうした、軆の具合のことか。何なりと申してみよ」

「あ、はい。……軆の具合がすぐれなかったのは、やや、やこができたせいのようにござりまする」

松は恥ずかしそうに呟く。

「ややこ？　……ややこができた」

昌幸は眼をしばたたかせながら嫁の言葉を反芻《はんすう》する。

――子が……わが子ができたというのか。

「まことか、まつ」

「はい。薬師《くすし》の方も、叔母上も、間違いないと申されまして……。體の具合は、おそらく、つわりのせいだと……」

「ややこができた……」

昌幸は思わず駆け寄り、松の細い肩を摑む。

「でかしたぞ、まつ！」

「……ありがとうござりまする」

「なんということだ……」

たった一夜のうちに己の運命を根底から変えるような出来事が二つも起きていた。

「まつ、とにかく休め。體をいたわらねばならぬ。すぐ横になった方がよい」

昌幸は松の背中にそっと手を添え、一緒に寝所まで行って、嫁を寝かせた。

それから別の室に籠もり、一人で思案を巡らす。

――今宵のことを、典厩《てんきゅう》様ならば、いかように考えられたであろうか。

脳裡に武田信繁の懐かしい面影を思い出していた。

昌幸は主君を心底から尊敬していたが、憧憬《どうけい》をこめて目標としているのは弟の武田信繁であった。できれば、あのような漢になりたいと思っている。川中島で信繁が儚《はかな》く散ってからは、その気持ちが揺るぎないものとなった。

――天におわす典厩様に問うまでもないか。これから、御屋形様の下へ参ろう。きっと典厩様でもさようになされるはずだ。

昌幸はそう決意する。同時に、これから何が起こってもうろたえぬという覚悟を決めた。

屋敷を出た昌幸は愛刀を握りしめ、歩《ほ》を早めて躑躅ヶ崎館へ向かう。すでに丑《うしの》刻《こく》(午前二時)を過ぎていたが、逡巡している場合ではない。とにかく少しでも早く主君に危機を伝えねばならなかった。

昌幸は歩きながら戦陣へ向かう武田信繁の引き締まった顔を思い浮かべる。胸の裡には崇敬《すうけい》する漢の言葉がこだましていた。

虚心《きょしん》で動け。武田信繁は川中島の初陣でそのように教えてくれた。

――虚心。限りなく我執《がしゅう》から離れた平らな心。それを持つことで、機転というものも働くようになると典厩様は仰せになられた。とにかく今は起こってしまった事柄《じへい》を真っ直ぐに受け止め、御屋形様のために動かねばならぬ。

昌幸は動悸《どうき》を抑えるため胸に手を当て、気息《きそく》を整えようとする。気がつくと「虚心で動け。虚心で動くのだ」と何度も呟いていた。

館へ着くと、脇目も振らず寝所の入口へ向かう。昌幸は宿直《とのい》のために待機していた小姓に主君への目通《めどお》りを願った。

「火急の用件につき、御屋形様に取次を。お休みになられていてもかまわぬ」

「無礼は承知の上だ！　ぐずぐずいたすな！」

是非を言わせるつもりはない。

「は、はい」

宿直の小姓は弾かれるように奥の間へ走ってゆく。

昌幸は取次を待つ間も惜しいと思い、廊下を歩き始めた。

すると、寝所へ通ずる廊下の奥に人影が浮かび上がる。先ほどの小姓かと思い、昌幸が揺れる灯明《とうみょう》の中で眼を凝らすと、意外な人物が歩いてきた。

飯富虎昌の甥《おい》、飯富三郎《さぶろう》兵衛尉《びょうえのじょう》昌景である。

しかし、いつもとはまったく様子が違い、普段は温厚な飯富昌景が三白眼《さんぱくがん》の鬼相《きそう》になっている。その全身には怒気《どき》とも、殺気《さっき》ともとれるような凄まじい気を纏っていた。

その気配にたじろぎ、昌幸は思わず足を止める。

しかし、飯富昌景は昌幸の姿に目もくれず、口唇を真一文字《まいちもんじ》に結んだまま正面だけを見据えて歩き去った。

――宿直の小姓がすぐに取次へと走ったのは、先に三郎兵衛殿がお見えになっていたからか……。この時刻に御屋形様へ目通りとは、やはり、この身と同じ事を察知なされたということはないか。あるいは……。

そこへ先ほどの小姓が摺足《すりあし》で駆け寄ってくる。

「真田殿、御屋形様がお待ちになっておられまする」

「わかった。無理を申してすまなかったな」

昌幸は愛刀を預け、小姓の肩を摑んで詫びる。

「え、いえ……」

小姓は強ばった面持ちで頷く。すでに何か変事が起こったことを悟っていた。

昌幸は奥の寝室へと行き、室内に声をかける。

「昌幸にござりまする」

「入るがよい」

信玄の声が響いてくる。

昌幸は音もなく戸を開閉し、寝床の脇に畏《かしこ》まる。

「お休みのところ申し訳ござりませぬ。火急にて、お伝えせねばならぬことがありましたゆえ、ご無礼を承知で罷《まか》りこしましてござりまする」

そう言った家臣を、信玄は黙って見つめる。そして、自ら口を開く。

「義信のことか？」

主君は抑揚を殺した声で訊く。

「はい」

昌幸は平伏したまま返答の声を振り絞る。

――御屋形様はすでにご存じであった……。やはり、三郎兵衛尉殿がこちらへ参られたのは、その件であったか。

「苦しゅうない。頭を上げて近《ちこ》うへ」

寝間着《ねまき》姿のまま蒲団《ふとん》の上で胡座を掻いていた主君が扇の先で招く。

「はい、失礼いたしまする」

昌幸は膝立ちで躙《にじ》り寄った。

「ここへ来る前、源四郎に会《お》うたであろう」

信玄の言った源四郎とは、飯富昌景の幼名である。

「はい」

「だいたいのことは、源四郎より聞き及んでおる。昌幸、そなたは誰から話を聞いた？」

「……曾根昌世殿にござりまする」

「孫次郎か……」

信玄は溜息を漏らすように呟く。

「……あの者も荷担しようとしていたのか」

「いいえ、御屋形様。長坂殿から仲間に加わるよう強要されていたようにござりまするが、それはできぬとそれがしの処へ」

昌幸は先刻の話を包み隠さず主君に伝える。信玄は腕組みをし、黙って一部始終を聞いていた。

「……どうやら、昌世殿の身内が関わっているらしく、それがしにこのことを伝え、出奔《しゅっぽん》してしまいました。御屋形様、どうか諏訪行きをお取り止めくださりませ。この諫諍《かんそう》には……ひょ、兵部様も関わっておられまする。どうか、お願いいたしまする」

苦渋の面持ちで言った昌幸を、信玄はじっと見つめている。

それから、おもむろに口を開く。

「知っておる。源四郎が伝えに来たのは、まさに兵部のことじゃ。昌幸、これは諫諍などではない。謀叛だ」

主君の言葉に、昌幸は思わず息を呑む。

「源四郎が血判《けっぱん》を捺《お》した起請文《きしょうもん》を持参し、義信の謀叛に関わる者どもをすべて明らかにしてくれた。当人も兵部から誘われたようだが、全貌《ぜんぼう》を摑むために荷担する振りをしたと申しておった。昌幸、源四郎と何か話をしたか？」

「いえ、三郎兵衛尉殿は鬼の形相で何も申さずに出てゆかれました」

「さようか。源四郎は謀叛の先頭に立った兵部を捕らえに行ったのだ。おとなしく縄目《なわめ》を受けねば、おそらく斬るつもりであろう。実の伯父をな」

その言葉で、昌幸は先ほどの鬼面の意味を解する。

――三郎兵衛尉殿の殺気は本物だったのか……。

「たかだか御台《みだい》の実家を見限るくらいのことで、謀叛を企《たくら》むとはな」

信玄は溜息まじりで呟く。

「甘やかしすぎたせいで、義信は目先のことしか見えぬ愚昧者《おろかもの》に育ってしまった。今の武田家にとって今川は逆茂木《さかもぎ》の代わりにもならぬ。歯黒《はぐろ》のまねをして育った氏真では、今川家の存続が叶わぬのだ。そのことが読めぬのでは、武田の惣領は務まらぬ。愚かな母や御台に尻を叩かれ、家督の相続が危ういとでも吹き込まれたのであろう。あの女子どもは、己や親戚の保身しか考えておらぬ。なにゆえ、四郎に諏訪の名跡を嗣がせた上で織田と縁組するのかという意味もわかっておらぬ。さような者が家を嗣げば、武田が終わってしまう。わかるか、昌幸」

信玄の問いかけに答える術はなかった。それでも、主君の悔恨と決意が痛いほど伝わっていた。

——御屋形様はすでに義信様の廃嫡《はいちゃく》も辞さずという御覚悟までなされている。

昌幸は直感的にそう思った。

飯富昌景と同じく、信玄もまた苛烈《かれつ》な処断を下す覚悟を決めているようだった。

「ところで、昌幸。そなたは昌国から誘われておらぬのか？」

「はい。誘われておりませぬ」

「で、あろうな」

そう呟き、信玄は微かな苦笑をこぼす。

「昌幸、よくぞ、この機で知らせてくれた。これより謀叛に荷担しようとした者どもの捕縛が始まるゆえ案ずるな。大儀であった」

「夜更け過ぎに失礼をばいたしました。不躾をお許しくださりませ」

昌幸は平伏してから奥の間を退出する。寝所の入口で小姓から愛刀を受け取り、そのまま館の外へ出た。

昌幸は昏《くら》い藍色《あいいろ》に染まっている天を仰ぐ。寅刻《とらのこく》（午前三時）を迎えたばかりの空に光はなく、辺りは夏草の匂《にお》いに包まれたまま静まりかえっている。

胸の裡に溜まった不快な熱を追い出すように、昌幸は細く長い息を吐く。幾度かそれを繰り返し、気息《きそく》を整えた。

——長坂の兄様だけは、この手で止めねばならぬ。

そう思いながら奥歯を噛みしめ、愛刀の鍔《つば》に左手の親指を添える。脳裡では武田信繁の面影に、主君と飯富昌景の覚悟を決めた顔が重なっていた。

昌幸は意を決して長坂家の屋敷へ向かって歩き出す。心なしか足が重く感じられ、緊張で頬が強ばってくる。

長坂家の屋敷も真田屋敷と同じく元城屋町にあり、さほど遠くはない。昌幸はあえて裏木戸《うらきど》へ回り、声をかける。すると閂《かんぬき》を外して現われたのは思わぬ人物だった。

「な、長坂の兄様……」

昌幸が驚きの声を漏らす。てっきり雑掌か、端女《はしため》でも出てくるものと思い込んでいた。

しかし、現われたのはまごうかたなく長坂昌国であり、しかも小袖《こそで》に袴《はかま》をつけて帯刀《たいとう》している。

「昌幸か……」

手燭《てしょく》をかざした長坂昌国が呟く。

「……そなたがここへ来たということは、昌世はここへ参らぬということだな」

小さく息を漏らした長坂昌国の顔を、昌幸は真っ直ぐに見つめる。

「とにかく、中へ入れ」

上輩にいざなわれるまま、昌幸は裏庭へと入った。

長坂昌国は手燭を手水鉢《ちょうずばち》の上に置き、昌幸の方へ向き直る。

「御屋形様の下へ行った帰りか？」

「はい、さようにござりまする。昌世殿からすべてを聞き、御屋形様にお伝えいたしました。もっとも、御屋形様はすでに飯富三郎兵衛尉殿から事の次第をお聞きになっており、それがしがお伝えするまでもなく、すべてをお知りになっておられました。長坂の兄様、これより一緒に御屋形様の処へ行ってもらえませぬか」

「なんのためであるか」

「こたびのことが謀叛ではなく、御屋形様をお諫めするためのことだったと申し上げてくださりませ。その後におとなしく縄目を受け、沙汰《さた》をお待ちくださるよう、お願いいたしまする」

昌幸は両手を膝に置き、深く頭を下げる。

「さようなことをする気はない」

「なにゆえにござりまするか。長坂の兄様、いま三郎兵衛尉殿が兵部殿を捕縛しに行っておりまする。どうか、事が荒立つ前に御屋形様に申し開きを」

「この身は間違っておらぬ。たとえ兵部殿が縄目を受けたとしても、己の信念は揺るがぬ」

「されど、それでは義信様にまで咎《とが》が及んでしまいまする」

「義信様も間違っておらぬ。御屋形様が正道を見失われているのだ。それを直《じか》にお諫めしようとしているだけのこと」

長坂昌国はあくまでも強硬《きょうこう》だった。

「……だからとて御屋形様の諏訪行きを襲い、力ずくで諫諍することが正しいとは思えませぬ。近習の節義《せつぎ》に悖《もと》りまする」

昌幸は苦しげな声を振り絞った。

「近習の節義に悖る、だと？」

長坂昌国は口唇の端を歪める。

「それがしの主は義信様ぞ。主の行末《ゆくすえ》や家族親戚に害が及ぶような事柄を見過ごすようなまねはできぬ」

「御嫡男とはいえど、御屋形様が義信様の主君であることに変わりはありませぬ。いくら主の行末を案じたからとはいえ、主君に背《そむ》くのは本末転倒《ほんまつてんとう》にござりまする。われらは御屋形様に忠義を誓った奥近習ではありませぬか」

昌幸の言葉に、上輩の顔色が変わる。

「ふん、忠義だと？」

長坂昌国は軽蔑《けいべつ》の色を浮かべて鼻で笑う。

「うぬの申すことは、忠義でも何でもないわ。ただ主に尻尾《しっぽ》をふるだけの、仔犬《こいぬ》の所業《しょぎょう》ぞ！」

「こ、仔犬の所業？」

昌幸は愕然《がくぜん》として聞き返す。

「さようだ。うぬは御屋形様に忠を尽くしているような気でいるが、その実は主人の興《きょう》を買いたがる仔犬がじゃれついているのと同じことぞ。では訊くが、昌幸、そなたは武田家がこれまでの盟友であり、縁戚のある今川家を捨て、織田などと野合《やごう》することを是《ぜ》とするのか？」

「……そ、それは」

昌幸には答える言葉がない。心のどこかに、今川家を捨てて織田家と組むことをよしとしていない己がいる。

「今川家を捨て、織田と結べば、北條家はいかように動く。答えてみよ、昌幸！」

長坂昌国は敢然《かんぜん》と言い放つ。

昌幸は黙り込んだまま上輩を見つめる。

「答えられぬか。北條は甲斐よりも駿河を選ぶであろう。その結果、われらは駿河、相模からの南塩を失い、武蔵と東上野の諸勢力を敵に回すことになる。当然のことながら西上野に出張っているそなたの父は窮地に陥《おちい》るであろうな。織田と敵対している美濃の斎藤は喜んで越後の上杉と結び、飛騨でもわれら武田は挟撃《きょうげき》される。それ以上に周囲の諸国は武田家の信義を疑い、蔑《さげす》むであろう。武田の家名は地に堕《お》ちる。それをわかっていながら、織田を選べば、これだけのことが一度に起こるやもしれぬ。それをわかっていながら、御屋形様の差配《さはい》を間違っているとお諫めできぬで、なんの忠義か！　何も考えておらぬくせに忠を尽くすなどとほざくゆえ、主になつきたいだけの仔犬だと申しておるのだ！」

あらゆることを考え尽《さ》くした上輩の言葉は刃《やいば》と同じだった。眼にも止まらぬ疾さで昌幸の心を切り裂く。

「よいか、昌幸。われらは義信様の御台殿の実家を裏切ってはならぬなどという狭い了見《りようけん》で物事を見ているのではない。武田家の行末を見つめ、あらゆる出来事を想定してものを考えておるのだ。その結果、今回は御屋形様をお諫めせねばならぬと決心した。たとえ、この一命を賭《と》すことになろうとも、ここで申したことを御屋形様にお伝えせねばならぬ」

長坂昌国は眼を細めて昌幸を睨む。

昌幸は固唾を呑み、相手の視線を受け止める。しかし、返す言葉が思い浮かばない。

浮かばないのだが、何かが胸の裡で燻《くすぶ》り、こみ上げようとしている。

――確かに、長坂の兄様の申される通りのような気がする。この身は思慮《しりよ》の足らぬ仔犬やもしれぬ。されど、心中にくぐもる、このやるせなさは、いったい何なのだ？

「昌幸、そなたは愚昧《おろか》でもなければ、稚拙《ちせつ》でもない。いや、皆が言うように、この身もそなたは聡明《そうめい》だと思っておる。されど、わが眼には、はっきりと欠点が見えるのだ。それがいかようなものかわかるか？」

「……わかりませぬ」

「そなたの眼には御屋形様しか見えておらぬ。周囲にいる者たちが眼に入っておらぬ。それがそなたの欠点であり、仲間に誘わなかった理由だ」

長坂昌国はとどめともいうべき言葉を放つ。

「こたびのことは、そなたの手に負えぬことゆえ、これ以上、無用の容喙《ようかい》をいたすな！」

激しい言葉をぶつけられ、昌幸は口唇を噛みしめる。「容喙するな」とは、「黄色い嘴《くちばし》を突っ込むな」という意味だった。

――たとえ、そうだとしても、これだけは確かめねば気が済まぬ。

「長坂の兄様……」

そう言いかけ、昌幸は激しく首を振る。

「……いや、昌国殿」

「何だ」

「ひとつだけ、お聞かせくだされ」

「だから、何だというのだ」

「昌国殿の申されることがすべて正しいとして、諏訪行きの途上で御屋形様に直《ちょっ》諫《かん》いたし、もしも聞き入れてもらえなかった時は、いかがいたすおつもりでありましたか？」

昌幸の思いもよらない問いに、長坂昌国は眉間に縦皺を寄せて黙り込む。

「昌国殿も御屋形様の御気性はご存知のはず。力ずくの諫言など受け入れる御方ではございませぬ。その時はいかがいたすおつもりであられましたのか！」

何をおいても、それだけは訊かねばならなかった。

しかし、上輩の答えはない。

「答えられぬということは、御屋形様を手に掛けてでも本懐を遂げるつもりであったということではありませぬか……」

昌幸は独言のように呟く。それから左足を引き、半身になって叫ぶ。

「ならば、それは諫言でも何でもない！　手前勝手な謀叛にすぎませぬ！」

「言いたいように言うがよい」

「さようなことを赦すわけには参りませぬ！」

「赦《ゆる》せぬならば、なんとする。この身を御屋形様の下へ引き立てたいのならば、屍《しかばね》にして引き摺っていくしかないぞ。できるならばな！」

叫ぶと同時に、長坂昌国が抜刀し、間合を詰めて斬りかかる。

昌幸も刀を抜き、その一撃をかろうじて受け止める。その手応えから、はっきりと相手の本気が伝わってきた。

二人は鎬《しのぎ》を削って押し合う。刃の嚙み合う音が、鼓膜を突き刺す悲鳴のように響く。

昌幸はわずかに押されるが、奥歯を嚙みしめて堪える。

――この殺気は本物だ。やらなければ、やられる！

膂力《りょりょく》を振り絞り、昌幸は相手を突き放す。

長坂昌国は後方に飛び退り、昌幸を見据える。それから、ゆっくりと切先を上げ、上段の八双に構え直した。

昌幸は正眼《せいがん》の構えで相手を窺う。

両者の真剣が手燭《てしょく》の揺らめきを受けて妖しく輝く。互いに間合を計り、爪先で前に躙《にじ》り出る。二人は同時に歩を詰め、夜気を切り裂いて二つの刃が閃いた。

長坂昌国は右の袈裟懸《けさが》けで刀を振り下ろし、昌幸は左の逆袈裟斬りで相手の攻撃を受けようとする。渾身の一撃が、闇の中に火花を散らした。

それから、二人は数合を打ち合う。その疾さは、ほぼ互角。

いや、上輩に気後れしている分、昌幸がほんの瞬きの間だけ遅れているかもしれない。

——いかん！　このままではやられる。眼前にいるのは、もはや兄様ではない。御屋形様に手を掛けようとした謀叛人なのだ。

昌幸は己に言い聞かせる。それから、あえて間合を取り直し、地擦《ちず》り八双《はっそう》の構えで右へ回った。

長坂昌国は相変わらず大きく上段に構え、躰《たい》だけを入れ替える。相手の攻撃を待ち、一刀両断を狙っているような気配だった。

昌幸は右転しながら瞳の端に手水鉢《ちょうずばち》を捉える。狙いはひとつ。そこに置かれた燭だった。

大きく横へ飛んだ昌幸は、刀の切先で手燭ごと弾き飛ばす。長坂昌国はわずかに眉をしかめ、それを眼で追った。己の顔に向かって飛んでくる手燭を反射的に斬り下ろす。

焔のついた蠟燭と燭台が真っ二つになる。しかし、その刹那、長坂昌国は相手の姿を見失っていた。

昌幸はわざと相手の足下に転がり、刀を握り直しながら、起き上がりざまに棟打ちで貫胴《ぬきどう》を放つ。長坂昌国は気配だけを頼りに後方へ飛び退るが、昌幸は確かな手応えを感じる。

「ぐわっ！」

思わず声を出し、長坂昌国は左の脇腹を押さえて倒れた。

肋《あばら》への痛打によって相手を倒した昌幸は素早く歩を詰め、相手の刀を踏み押さえ、喉元に切先を突きつける。

「……ひと思いに突け、昌幸」

長坂昌国が覚悟を決めた顔で眼を瞑《つむ》る。

その時、後方の裏木戸で騒然とした音が響き、続いて怒声が聞こえた。

「動くな、そこの者ども！　おとなしく縄目を受けよ！」

甲冑を身につけた甘利昌忠が駆け寄ってくる。その後ろから武装した兵たちが付いてきた。

「うむ……昌幸か？」

昌幸が振り返ると、甘利昌忠が龕灯《がんどう》を差し向ける。

「はい、さようにござりまする」

「そなた、一人で昌国を捕らえに来たのか？」

甘利昌忠の問いかけに、昌幸は黙って頷く。

「さようか……。昌国、刀を放して立てい！」

その勧告に従い、長坂昌国は観念して立ち上がり、兵たちが縄を掛けた。

「昌国、おまえともあろう者がなにゆえ……」

甘利昌忠が後輩の襟をねじり上げるが、それ以上言葉にならない。

「昌忠殿、御屋形様の御機嫌しか眼に入らぬ方々には、われらの思いは一生わかりますまい」

「おまえも御屋形様しか見ておらぬ奥近習の一人であったではないか」

「もう、われらはじゃれ合う仔犬の如き奥近習ではありませぬ。立場が変わり、お役目が変われば、考え方も変わりまする。大人になれば、当たり前のこと」

「それはうぬの保身にすぎぬ！」

甘利昌忠は怒ったように吐き捨てる。

「保身ではありませぬ。家臣としての信念にござりまする。織田との盟約は、必ずや武田家に禍《わざわ》いをもたらしまする。その判断のもとに、われらは一命を賭して御屋形様をお諫めいたすと決めました。それが、われらの考える信義！　家臣としての真の忠節！」

　長坂昌国はきっぱりと言い切った。

「言葉でどれだけ綺麗に言い繕《つくろ》おうとも、うぬらが御屋形様へ危害を加えようとしたことには変わりない。さような者どもに、好き勝手はさせせぬ。御屋形様には指一本たりとも触れさせまいぞ。それが奥近習であった家臣としての信念だ！」

　甘利昌忠は両眉を吊り上げて反論する。それは昌幸が胸中で呟いていた言葉とまったく同じだった。

「これ以上の申し開きは、御屋形様の御前でいたせ」

　甘利昌忠は後手《うしろで》に縛られた長坂昌国の背を押し、槍を手にした兵たちがそれを囲んで歩き始めた。

　縄目を受けた長坂昌国が、虚ろな眼差しを昌幸に向ける。

「……昌幸、御屋形様に體の一部の如く思われているそなたが、ずっと羨ましかったぞ。何ひとつ御屋形様を疑わず、そこまで無邪気でいられる、そなたがな」

　慕っていた上輩は、それだけを言い残して連行された。

　奥歯をきつく嚙みしめ、昌幸はその後姿を見つめていた。

　――あれだけ仲の良かった奥近習が、なにゆえ、ばらばらになってしまったのか……。兄弟のように仲の良かった皆で、いつまでも仔犬の如く無邪気にじゃれていたいと願うのは、それほど悪いことなのか……。

心中を荒《すさ》んだ風が吹き抜け、虚しさだけが残っていた。

謀叛ともなりかねなかった信玄への諫諍《かんそう》は事前に食い止められ、永禄八年（一五六五）八月十五日に重臣の最長老であった飯富虎昌が切腹した。この時、「首謀者は己一人だ」と言い張り、虎昌は嫡男の義信に咎が及ばないように願う。同じく長坂昌国をはじめとする八十余名の加担者たちも「自分たちの独断による諫諍である」と主張して処罰を受けた。

しかし、信玄は義信を赦さず、十月に古府中の東光寺《とうこうじ》に幽閉する。その上で、今川家から嫁いできた嫡男の御台所は離縁となり、駿河へ送り返された。このことによって、武田家と今川家は事実上の手切れとなる。

そして、なんと十一月十三日には、織田信長の養女となった遠山の方が諏訪勝頼に輿入れし、武田家と織田家が縁組した。

それらの経緯を聞いた義信は、改心の素振りを見せるどころか、東光寺で荒れ狂う。結局、廃嫡の上、切腹の次第となってしまった。

すべての仕儀は、信玄の思惑通りに進められる。

だが、武田一門にとっては何とも苦い幕引きとなった。家中の動揺を鎮めるため、残った家臣たちは改めて信玄に忠誠を誓う起請文を認《したた》め、小県郡の生島足島《いくしまたるしま》神社に奉納すると決められた。

それに先立ち、昌幸は信玄に呼ばれ、驚くべきことを告げられる。

「謀叛を未然に防いだ褒美として、源四郎に山県《やまがた》の名跡《みょうせき》を嗣がせ、赤備《あかぞなえ》をまかせることにした。あの者も飯富姓のままで赤備衆を率いるのは、何かと肩身が狭いであろうからな。同じく褒美として、そなたは武藤《むとう》家の名跡を嗣ぐがよい」

主君から言い渡された突然の改姓に、昌幸は戸惑う。

「それがしに新しき氏姓《うじかばね》をと……」

「さようだ。武藤はわが母の実家にも通ずる誉れの高い家門であり、兵衛尉を極官とする家柄だ。それゆえ、こたびの起請には武藤喜兵衛尉《きひょうえのじょう》昌幸と署名いたすがよい」

「はっ……」

昌幸は頷きながら答える。その胸中は複雑だった。

本心ではやはり、元姓のままでいたい気がする。何をおいても、己は真田に生まれし漢であり、そのことに人一倍の矜恃を持っていた。

しかし、主君から贈られる栄誉を断る理由はなかった。

「どうした、気に染まぬか」

「いえ、有り難き仕合わせにござりまする」

昌幸は両手をついて平伏する。その時、脳裡で閃いたことがあった。

「……御屋形様、懼れながら、お願いしたき儀がござりまする」

「申してみよ」

「こたびの褒美を、もうひとつだけ、いただけませぬでしょうか」

「ほう、何であるか」

「この身に一日だけお暇《いとま》をいただき、曾根昌世殿を迎えにいかせていただけませぬか」

「昌世を？　……そなた、居場所を知っているのか」

「はい。甲斐と相模の国境《くにざかい》にいる親戚の処に身を寄せておりまする」

「それがそなたの望む褒美とな……」

信玄は眉を寄せ、昌幸を見つめる。

「なにゆえだ？」

「昌世殿はこたびの騒擾《そうじょう》に荷担しておりませぬ。同じく、この身に内情を通報しておりまする。それに……これ以上、奥近習の輩《ともがら》を失いとうはござりませぬ。どうか、お許しを」

「うむ……」

信玄は眼を瞑り、微かに顎を上げる。檜扇を己の掌に打ちつけながら、しばし思案していた。

「……よかろう。そなたの望む褒美を取らす。迎えに行くならば、早い方がよい。明日、暇を遣わす」

「有り難き仕合わせにござりまする」

昌幸は心底から嬉しそうに答えた。

主君に許しを貰った翌日、昌幸はすぐに甲斐と相模の国境にある都留郡へと向かい、曾根昌世の親戚の屋敷を訪ねて面会を求めた。

「……昌幸、なにゆえ、そなたがここへ」

突然の来訪に驚き、上輩は明らかに狼狽していた。

「昌世殿をお迎えに参りました。御屋形様のお許しがでましたゆえ、一緒に古府中へ戻りましょう」

「つまらぬ嘘を申すな。この身を捕らえに来たのであろう？」

「違いまする。昌世殿が謀叛に荷担していなかったことは、それがしが一番よくわかっておりまする。あの機で、それを打ち明けてもらわねば、手遅れになったやもしれませぬ。御屋形様もそのことをおわかりになっておられまする」

「まことにか……」

それでもまだ、曾根昌世は半信半疑だった。

「……昌幸、そなたが取りなしてくれたのか？」

「ありのままにすべてを、ご報告申し上げただけにござりまする。さあ、古府中へ返りましょう」

「昌幸……」

曾根昌世は拳を握りしめて項垂《うなだ》れる。

「……かたじけなし」

上輩の両肩が微かに震えていた。

「昌世殿、もう、すべては片付いておりまする」

「兄様は……。長坂の兄様は？」

曾根昌世は面を上げ、縋るような眼差しで訊く。

昌幸は静かに眼を閉じ、首を横に振る。その仕草だけで、上輩は事の顛末を理解したようだ。

二人は古府中へ戻り、謀叛の存在を告げて出奔した曾根昌世だけは、咎めなしで再び信玄に仕えることを許された。

昌幸は武藤家の名跡を嗣ぎ、謀叛騒動に揺れた翌年に誕生した長男は、源三郎《げんざぶろう》と名付けられた。その年、嶽山城の池田佐渡守《いけださどのかみ》を武田に誘降させた父の幸隆は箕輪城へ進攻する。それに際して昌幸も出陣し、激戦の末に長野一統を降し、ついに武田家は念願の西上野を手中にした。

昌幸にとっては予想もしていなかった婚儀に始まり、奥近習の同朋を突然失う騒動が起きるなど、歓喜と悲哀が激しく交錯する目まぐるしい時が過ぎる。その歳月はまだ青かった若者を否応なく大人へと変貌させた。

――人は新たな使命を背負った時、それまでの絆さえも捨ててしまわねばならぬほどの選択を強いられることがあると、こたびのことで思い知らされた。それを解せねば、大人にはなれぬということも。されど、あまりにも痛い。大切なものを失ってでも、大人にならなければならぬということが、これほどまでに痛いとはな……。

その痛みの分だけ、昌幸は漢としての生様を学んだ。

そして、いつしか信玄が「わが眼」と呼ぶほどの側近へと成長していた。

（下巻へ続く）

この作品は、二〇一三年十月に、ＰＨＰ研究所より刊行された。

著者紹介

海道龍一朗（かいとう　りゅういちろう）

1959年生まれ。2003年に剣聖、上泉伊勢守信綱の半生を描いた『真剣』でデビュー、中山義秀文学賞の候補作となり、書評家や歴史小説ファンから絶賛を浴びる。2010年には『天佑、我にあり』が第1回山田風太郎賞、第13回大藪春彦賞の候補作となった。主な著書に、真田幸村の大坂の陣での活躍を描いた『華、散りゆけど 真田幸村 連戦記』ほか、『乱世疾走』『百年の亡国』『北條龍虎伝』『悪忍』『早雲立志伝』『修羅』『室町耽美抄 花鏡』などがある。

ＰＨＰ文芸文庫　我、六道《りくどう》を懼《おそ》れず【立志篇】（上）
真田昌幸 連戦記

2016年1月22日　第1版第1刷

著者　海道龍一朗
発行者　小林成彦
発行所　株式会社ＰＨＰ研究所
東京本部　〒135-8137 江東区豊洲5-6-52
文藝出版部　☎03-3520-9620(編集)
普及一部　☎03-3520-9630(販売)
京都本部　〒601-8411 京都市南区西九条北ノ内町11
PHP INTERFACE　http://www.php.co.jp/
組版　朝日メディアインターナショナル株式会社
印刷所　図書印刷株式会社
製本所　東京美術紙工協業組合

ISBN978-4-569-76491-7